二見サラ文庫

目が覚めると百年後の後宮でした
～後宮侍女紅玉～

藍川竜樹

| Illustration |

新井テル子

| 本文Design |

ヤマシタデザインルーム

C O N T E N T S

百年前（玄禧十年）

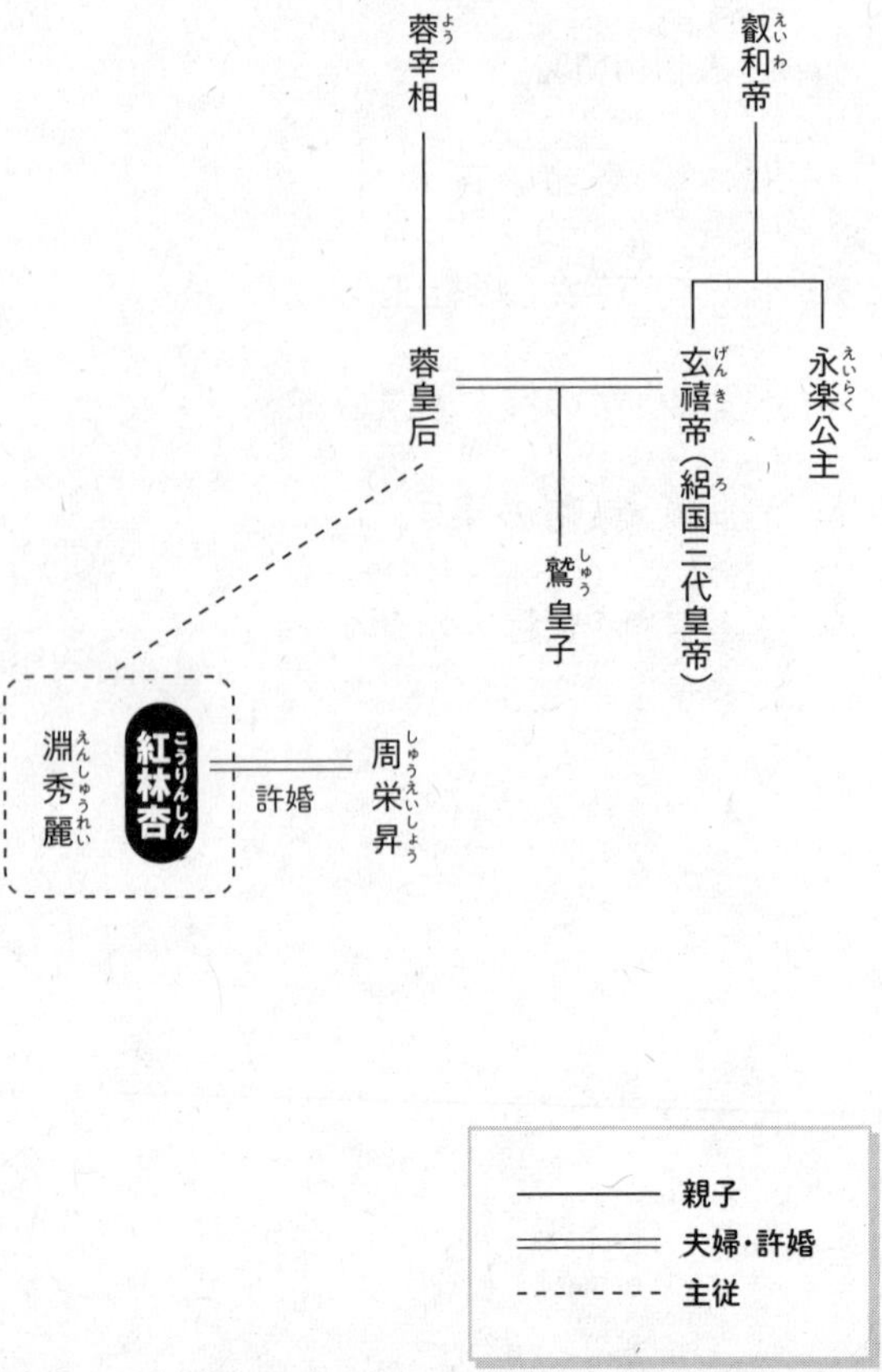

蓉《よう》宰相
叡和帝《えいわ》
蓉皇后
玄禧帝《げんき》（紹《ろ》国三代皇帝）
永楽公主《えいらく》
鷲《しゅう》皇子
淵秀麗《えんしゅうれい》
紅林杏《こうりんしん》
許婚
周栄昇《しゅうえいしょう》
親子
夫婦・許婚
主従

百年後（賢雄二年）

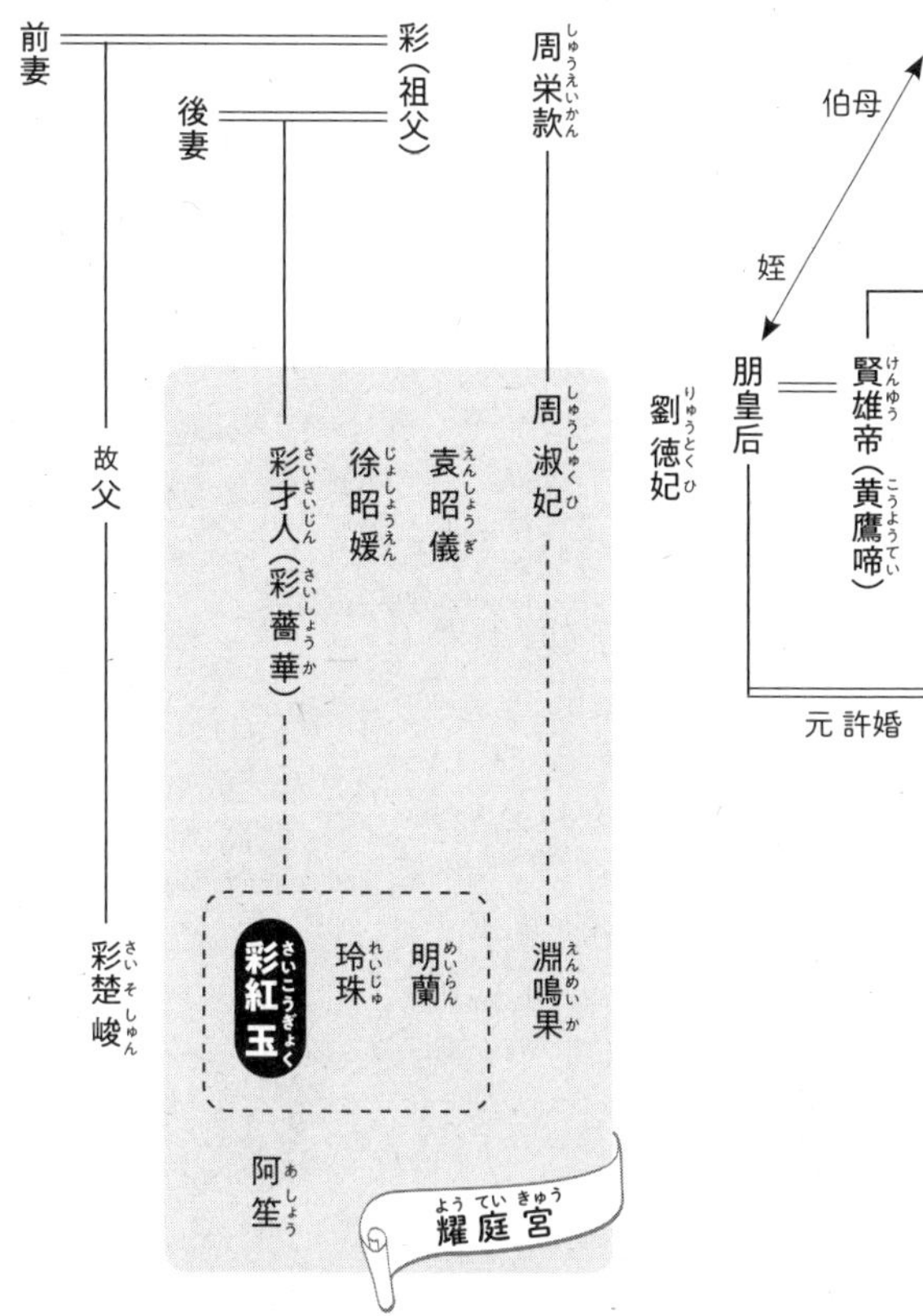

前妻
彩（祖父）
後妻
周栄款《しゅうえいかん》
朋《ほう》皇太后
伯母
姪
朋皇后
賢雄帝《けんゆうてい》（黄鷹帝《こうようてい》）
故皇太子
元許婚
劉徳妃《りゅうとくひ》
周淑妃《しゅうしゅくひ》
袁昭儀《えんしょうぎ》
徐昭媛《じょしょうえん》
彩才人《さいさいじん》（彩薔華《さいしょうか》）
故父
彩楚峻《さいそしゅん》
彩紅玉《さいこうぎょく》
明蘭《めいらん》
玲珠《れいじゅ》
淵鳴果《えんめいか》
阿笙《あしょう》
耀庭宮《ようていきゅう》

序章——春節の宵

「こっちだよ、林杏《りんしん》、早く早く」

「まあ、鷲《しゅう》皇子さま、そのようにお駆けになると転ばれますよ」

紅《こう》林杏は五歳になったばかりの可愛《かわい》らしい皇子の後を追いつつ、目を細めた。

林杏は皇后の侍女だ。

十一歳の時に後宮に入り、以来六年、皇后に仕えている。

時は初春、元宵節《げんしょうせつ》を明日に控えた黄昏時《たそがれどき》。後宮の園林、御華苑《ぎょかえん》では、皇后臨席のもと春節を祝う妃嬪《ひひん》の宴が催されていた。緋毛氈《ひもうせん》が敷かれた苑《その》には無数の提灯《ちょうちん》が飾られ、卓上には山海の珍味と美酒が並ぶ。次々と干される盃《さかずき》、煌《きら》めく金銀の錦衣、揺れる歩揺《ほよう》に耳飾り。紅梅、白梅が薫《かお》る枝下では、宮妓たちが舞を披露し、曲を奏でる。

今上帝《きんじょう》の御代《みよ》はいや増すばかり。

皇家のますますの繁栄を祈願して、今年は東の皇太子宮、西の皇后宮に対となる、高さ九層にもなる楼が築かれた。今後、百年という年月をかけて、地中を走る龍脈の霊気を皇城に集めるという大がかりな祈禱《きとう》の楼だ。明日の元宵節が終われば鷲皇子の立太子の儀と共に竣工式《しゅんこうしき》が執り行われる。

その前に、二人で登ってみようと皇子が林杏を誘ったのだ。

すでに楼は完成している。検分を兼ねて皇帝も皇后を伴い登られた。危険はない。実は林杏も登ってみたくて仕方なかった。遊び仲間の心を知る皇子が悪戯《いたずら》っぽく笑う。

「もちろん、来るよね」

きらきらと輝く瞳でこちらを見上げる皇子に、「はい」と返しかけて、林杏はあわてて顔を引き締めた。〈猪突猛進《ちょとつもうしん》の林杏〉と、皇后によくからかわれる林杏は、抑圧された幼児期を送ったせいか、十七歳になった今でも子どもっぽいところが残っている。元気があり余っていて、考える前に体が動いてしまう。それで失敗することも多い。皇子の冒険のお供は、侍女としてやっていいことだろうか。

迷い、おそるおそる宴席にある皇后の御顔を窺《うかが》う。いつも林杏に正しい道を示してくれる皇后は、幸いなことに慈母の笑みを浮かべておられた。鷹揚《おうよう》にうなずかれる。

「鷲は明日の元宵節が楽しみで仕方がないようじゃ。このまま床《とこ》に入れても興奮して眠りそうにない。少し体を動かして疲れさせたほうがよいだろう。林杏、そのほう供をしてまいれ」

許しが出た。なら、なんの心配もない。安心して心ゆくまで登楼を楽しめる。

満面の笑みで拱手《きょうしゅ》した林杏は、護衛の娘子兵《じょうしへい》がついてくるのを確かめながら、すでに走り出している皇子を追い、梅林の奥にある楼へと足を向けた。

楽しい。大切な人たちと過ごす、後宮の日々が楽しくて楽しくて仕方がない。今が盛りの梅花の下を歩んでいると、なんという誉れかと顔が自然にほころんでしまう。

林杏は本来ならこんな尊い場所にいられる身分ではない。地方役人の娘なのだ。母を幼い頃に亡くし、折り合いの悪かった継母《ままはは》に弟と共に家婢《かひ》扱いをされていた。体の弱かった弟が母の後を追うように命を落とし、林杏自身も虫の息になっていたところを、幸運にも皇后の父、蓉《よう》宰相に見いだされ、女童として引き取られた。

侍女としての教育を受け、仕えることになった皇后は聡明で慈悲深く、三人おられる幼い皇子がたも皆、愛らしい。年頃になったのだからと、皇后自ら月下氷人を務めてくれた許婚《いいなずけ》とも偶然、外朝で言葉を交わせた。人柄も確かめられたし、夏には嫁ぐ予定だ。そのうえ婚姻前に故郷の母弟の墓に参る許しまで得た。まさに幸せの絶頂だろう。怖いくらいだ。

だから油断したのかもしれない。楼を取り巻く、不穏な空気に気づけなかった。

皇子に急《せ》かされて階を上る。開かれた扉の内へ足を踏み入れた刹那、視界が揺らいだ。空気が重い。蜘蛛《くも》の糸にからめとられたように、手足の自由を奪われる。林杏の視線の先で皇子も動きを止める。振り返った幼い顔が驚きと恐怖に満ちていて。

何が起こったかわからなかった。

わからないながらも、林杏の脳裏に今は亡き弟の顔が蘇《よみがえ》る。死の床の母から託された、なのに救えなかった小さな命。幸せをつかんだ今でも林杏の中で悔いとなって残る幼い面影が、母とも慕う皇后から託された鷺皇子の顔に重なる。

嫌だ。今度こそ守りたい。

(鷺皇子さまっ)

声にならない叫びをあげ、林杏は手を伸ばした。必死に皇子の腕を引き、自分の後方、大勢の人がいる、安全であろう扉のほうへと突き放す。だが動けたのはそこまでだ。全身の力が抜けていく。

自分は守れたのだろうか。大恩ある方の御子は、大切な可愛い皇子は無事か。

せめて一目その姿をと、皇子のほうを振り返ろうと身を傾けたまま、林杏は頽《くずお》れた。床に額がつく。もう顔すら上げられない。

あがく林杏の耳に、どこか聞き覚えのある声が届く。あわてたように、林杏、と、名を呼んでいる。それに祝詞のような文言を唱える、別の声が重なる。

誰？　知っている相手だ。だが誰の声だったか思い出せない。

誰でもいい。〈敵〉でさえなければ。だから、どうか皇子を、

(助けて)

そう意識したのが最後だった。周囲が歪《ゆが》む感覚がして、林杏は意識を失った。

まさかそのまま百年もの間、一人、眠り続けることになるとは、思いもよらずに……。

一章 侍女、彩紅玉

1

春の夜に風が吹く。

ひらりと頭上を舞った薄紅は、咲き初めの桃の花弁か。かすかに甘い香りがする。

彩楚峻《さいそしゅん》は許しを得て広い後宮の園を歩いていた。

行く手にそびえるのは古い楼だ。案内の宦官《かんがん》たちが持つ手燭《しゅしょく》の灯《あかり》に、周囲にめぐらされた高塀がぼんやりと浮かび上がる。それを見ると、つい、楚峻の口からため息がこぼれた。

(何故に、世にはこうも煩《わずら》わしい問題が多いのか……)

楚峻は工部《こうぶ》の若手官吏だ。家は代々、国の治水工事に携わる地方官家で、楚峻自身は恩蔭《おんいん》による地方任官を蹴り、わざわざ科挙を受けて仕官した変わり種だ。

そう聞くとさぞかし野心に燃えた俊才だろうと人は噂《うわさ》するが、楚峻に出世欲はない。

(私はただ、試験にかこつけて上京し、都の建築物を見たかっただけなのだ)

中央への任官を希望したのも、地方にいては見ることの叶《かな》わぬ皇城秘蔵の建築図面を見たかったから。なのに宮仕えとは思うようにいかない。楚峻が引いた絵図がたまたま皇帝の目に留まり、抜擢《ばってき》を受けて後宮に立つ老朽化した楼の解体を命じられた。そしてそれを喜んだ祖父が「お前も一人前になったのじゃな」と、家督を譲り隠居すると言い出した。

そこまではいい。父の早世後、老いた祖父に家は任せきりだった。家長の座はいつかは継がねばならなかったし、普段、男は立ち入れない後宮の建築物に触れられるなど、同僚たちのやっかみを受けることを差し引いても役得以外の何物でもない。

ところがそれらの出来事に加えて、問題が起こった。

祖父が若い後妻に産ませた今年十六歳になる叔母《おば》が、皇后直々の声がかりで才人《さいじん》として後宮に入ることになったのだ。

彩家の家格では娘を入宮させるだけでも大事だ。頭が痛い。なのに共に後宮入りを許された三人の侍女のうちの一人が、下男と通じて子を孕《はら》んでしまった。これでは連れていけない。

叔母の入宮は訳ありだ。侍女の数は減らせない。早急に信用できる後任を探さねば。そんな気ぜわしい時にさらに問題が起こった。

件《くだん》の楼には幽鬼が出ると、工人たちが怯《おび》えて作業につくのを拒否したのだ。

ただでさえ皇城内、しかも後宮の工事となればわずかな失策も許されない。工期や出入りさせる工人の管理にも気を使う。このうえ幽鬼騒ぎとは。

馬鹿な、と思う。問題の楼は確かに〈曰《いわ》く付き〉だ。竣工式すら中止され、百年もの間、塀を築かれて封印されていた。逆に言うと故に誰も立ち入れず、ここで死んだ者はいない。

幽鬼の出ようがないのだ。

なのに口で言っても迷信深い工人たちは納得しない。

そこで楚峻が身をもって危険はないと示すため、複雑な手続きを経てやってきたのだが。

案内の宦官たちまでもが真っ青な顔をして震えている。

「あの、本当にここに入られるので？」

「もちろんだ。お前たちも一緒に来てもらうぞ。幽鬼などいなかったと証人になってもらう必要がある」

そもそも皇帝でもない男が、封印された楼とはいえ後宮内を案内もなく一人でうろつくわけにはいかない。案内役も含めて関係した皆の首が飛ぶ。そう説いても怖がる宦官たちは楼を取り巻く院子《にわ》へと通じる門をくぐろうとしない。

「……先《ま》ず私が安全を確かめる。それならいいだろう。後から来てくれ」

よく中が見えるように門扉を大きく押し開き、一人、灯を手に四柱門をくぐる。

中の院子は広かった。元は梅林か。曲がりくねった古木と生い茂った草の間を進み、楼前の石段を上る。広い土台を進んで、漆喰《しっくい》で塗り固められ、幾重にも封印の札を張られた扉を持参の工具でこじ開ける。

風化しきった封印の札が剝《は》がれ落ち、中の湿った空気が風と共に流れ出した。途端に、

「う、うわあ」

「で、出たああ」

漆喰の粉が散ったのを幽鬼と勘違いしたのか、宦官たちが悲鳴をあげて逃げていく。

「おい、待て、私をこんなところに一人にするな」

帰りはどうしろと。あわてて呼んだが戻ってこない。顔をしかめつつ、それでも目的を果たさねばと、楚峻は床に置いた手燭を持ち直した。工具をどけ、扉を固定する。

中に入ると、長い年月の間に積もった埃《ほこり》と静寂の匂いがした。

「誰かいるか?」

天井どころかつづら折りになった階段の先も見えない、八層分の吹き抜けになった楼の中に呼ばわるが、応答はない。

やはり幽鬼などいない。夜が明けたら工人どもには迷信だ、何事もなかったと言ってやろうと、楚峻が踵《きびす》を返しかけた時だった。

音がした。

儚《はかな》い吐息のような、身じろぐ人の気配めいた音が。

窓を覆う板戸が朽《く》ちたのか、夜空の断片が見える階上の一角。石壁に添うようにしてぐるりと設けられた各階層の欄干、そこに幾重にも帳《とばり》のようにかかった蜘蛛《くも》の巣に、淡い影が映っている。誰かが横臥しているような薄青い影。かすかに空気が動く。

馬鹿な。楼の扉は一つだけ。それも百年もの間、封印されていた。それを破って自分は入ってきたのだ。人がいるわけがない。ごくりと息をのみ、階上へと続く階を上がる。

そこに、〈彼女〉がいた。

月が雲間から姿を現し、清澄な銀の光が楼の内を照らす。何もない板張りの部屋に薄い帳を降ろされた臥榻《しんだい》が一つだけ置かれていて、誰かが横たわっている。

「仙、女……？」

思わずつぶやく。

そこにいたのはそうとしか思えない美しい娘だった。

すべらかな頬、ほっそりとした鼻梁《びりよう》。しなやかな柳のように弧を描く眉の下には、固く閉ざされた青い目蓋《まぶた》がある。

そして彼女は不思議な衣装を身に纏《まと》っていた。女官たちが着る胸高に帯を締めた裙《くん》と上襦《じよう》《じゅ》といった薄物ではなく、襟のきちんと詰まった深衣《しんい》に似た衣だ。亜麻だろうか。やや生地が厚い衣の上からでもわかる、たおやかな肩から腰への線。つやつやと濡《ぬ》れた輝きを放つ髪は一部だけを高く結い、後は緩やかに背に流している。

古代、政《せい》の時代の画聖、厳旬《げんしゅん》の画めいた古風な姿だ。

そして、彼女は闇の中ほのかに光を帯びていた。揺蕩《たゆた》うような燐光《りんこう》がその肌を覆い、かすかに色づいた朱唇の上で遊ぶ。

楚峻は自分の手が震え出すのを感じた。手燭を落とさないように床に置き、目の前の佳人を凝視する。

今まで建築物にしか興味はなかった。ことさら人を見つめたことなどない。なのに喉が干上がる。眼《め》が惹《ひ》きつけられる。

娘の長い睫毛《まつげ》がかすかに震えた。生きている。

楚峻はあわてて傍らに膝をついた。触れるのも恐ろしいような華奢《きゃしゃ》な体を抱き起こす。小さく肩をゆすると、重たげな睫毛が揺れて、娘がゆっくりと目を開けた。

「君は……」

掠《かす》れきった声で問いかけた楚峻を見て、娘がつぶやく。

「栄昇《えいしょう》、さま……？」

「え？」

男の名か？　あわてて問い直したが、そこまでだった。力尽きたのか、彼女は花弁のような唇を再び震わせると頽《くずお》れたのだ。楚峻の腕の中で。

＊＊＊＊＊

林杏は困惑もあらわに、目の前の男を見た。

失神から覚めた後、初めて目にしたのは、後宮にいるはずのない〈男〉だった。

何故、皇帝でもない殿方がと驚いたが、それ以上に驚いたのが彼の顔だ。

すっと通った涼やかな鼻梁を持つ、端整な顔。宮廷に仕える官吏らしく知的で典雅な雰囲気を持つ許婚《いいなずけ》の周《しゅう》栄昇は、貴顕を見慣れた外朝勤めの女官たちまでもが、物陰から眺めてはうっとりとする、凛々《りり》しい青年だった。目の前の男はその栄昇と同じ顔をしている。男らしい広い肩も、上背のある逞《たくま》しい体もほぼ同じ。

（なのに、別の御方……？）

彼は周栄昇ではなく、彩楚峻と名乗った。そして今は賢雄《けんゆう》二年、時の皇后は蓉《よう》氏ではなく朋《ほう》氏だと、聞いたことのない名ばかりを口にする。林杏はこの楼に一人倒れていて、彼に見つけられたのだと。

「……鷲《しゅう》皇子さまを追って楼に入った、そこまでは覚えているのですが」

気がつくと、ここにいた。

改めて周囲を見回す。知らない場所だ。いや、知っているところかもしれない。皇子と入った楼に似ている。だが同じ場所のはずがない。今いるここは床も朽ち、埃にまみれている。自分が入ったのは木の香もかぐわしい、建ったばかりの新しい楼だった。

「あの、本当にあなたさまは周栄昇さまではないのですか。そしてここには私一人しかいなかったと、鷲皇子さまは、護衛の娘子兵《じょうしへい》たちはいなかったとおっしゃるのですか？」

「周家とは昔、血縁があったが、私の知る範囲では今の周家に栄昇という者はいない。それに先ほど内部を見回ったが、君の他には誰もいなかった」

都に周姓の者は多い。その中の誰かかもしれないがと言いつつ、彼は「ただ、栄昇とは覚えがある名でもある」と言った。

「ただし私が知る〈周栄昇〉は、資料上の名だ。この楼の建築に関わった百年も昔の人物で、とっくに鬼籍に入っている」

そしてここは長らく封印されていた楼で、林杏は燐光を纏って横たわっていたという。

言われて、林杏は自分の手を見る。

「……光ってなど、いませんわ」

「ああ、そうだな。今は」

抱き起した時に光は消えたのだ、と、男も困ったように腕を組む。

信じられない。春節の浮かれ気分の中、皆で芝居をしてからかっているのではないかと思った。今にもあの朽ちた扉の陰から同輩たちを従えた皇后が現れて、鈴の音のような笑い声を聞かせてくれるのではないかと。

林杏は期待を込めて扉を見る。

だが誰も現れない。

しかも楚峻と名乗る彼が纏う衣。襟の詰まった大袖を重ね、幅広の帯で締めるのが林杏の知る宮廷の官服だった。なのに彼は工部の官吏を名乗りながら、衣の上に丸襟の袍《ほう》を重ねている。冠や帯も、腰に下げた佩玉《はいぎょく》の形も、林杏が知るものとは違う。

（それに、窓の外も）

夜とはいえ月が広大な皇城を照らしている。艶やかに光る殿舎の屋根の配置からして、ここはやはり林杏の知る紹《ろ》国禁城、紫微宮《しびきゅう》だ。そして目の前にある窓は、後宮の西端にある楼の上階から東の空を望んでいる。ならばこの視界の先にあるべきものがない。

皇太子宮に建てられたばかりの、対の楼。

元宵節《げんしょうせつ》が済めば皇后のもとを離れ、皇太子の宮、春明宮《しゅんめいきゅう》へ移ることになっている鷲皇子が、母を恋しがらぬよう、皇后の宮である永寿宮《えいじゅきゅう》を望める楼を皇太子宮内に建てた。そして逆に永寿宮には母が手を振る子に応えられるよう、春明宮を望める楼を建てた。それがこの二つの楼が建てられたもう一つの理由だと知って微笑《ほほえ》ましく思った、皇帝の昼の御座所である太極宮《たいきょくきゅう》を挟んであるべき東の楼がない。

辺りを睥睨《へいげい》する高い楼。広い土台の上に建てられた九層の楼は、実質、十層以上の高さがある。見落とすはずがないのに。

「楼が、ないのですね」という林杏の問いに、楚峻が不思議そうに応じる。

「ああ、昔は皇太子宮と対で建っていたというが、東の楼はとっくに取り壊された」

百年も前の建物を何故知っていると、逆に問われた。駄目だ。会話が、記憶が食い違う。震えを抑え、「私は蓉皇后さまの侍女です」と帯につけた佩玉と札も見せたが、彼は蓉皇后など知らない、その佩玉も見たことがないと、わずかな沈黙の後に答えた。

林杏は蒼白《そうはく》になった。ここは自分の知る時代ではない。その実感がこみあげてくる。林杏は思わず頭を抱えて、口を大きく開いて――。

それからのことは、覚えていない。


気がつくと、林杏は楚峻と名乗った男に抱きかかえられていた。

自分の肩が荒く上下し、喉や鼻が詰まっていることを見ると、取り乱し、泣き喚《わめ》いたのだろう。そしてそんな息も絶え絶えになった自分の背を、彼が「落ち着け、落ち着け、大丈夫だから」と辛抱強くさすってくれていた。

どれくらいそうしていただろう。ようやく落ち着いた林杏に楚峻が水を飲ませた。

彼が腰に下げていた竹筒の水だ。用意がいい。ぼんやりと目をやると、何故そんなものを持つと林杏が疑問を抱いたと思ったのか。楚峻が言った。

「以前、取り壊し予定の廟《びょう》を視察に行った折に柱が折れ、梁《はり》の隙間に半日、閉じ込められたことがある。以来、古い建物を見に行く時は水と、胡桃《くるみ》を炒め、塩と糖蜜で固めた非常食を常備している」

そんなことを大真面目に言う彼がおかしくて。それ以上にこんな状況で水を飲み、おとなしく知らぬ男の腕に抱かれている自分が奇妙に感じられて。何より、携帯食を持ち歩くほど慎重なのに、廃屋に入ることをやめるという選択肢がないらしい彼に、遠い昔の許婚を思い出して。こんな時なのに、くっ、と林杏は笑っていた。

笑わなくては心の均衡が保てなかったのだろう。この、周家と血縁があるという楚峻という男の中に、許婚の栄昇の影を見つけてしまったから。

林杏の知る周栄昇も工部の官吏だった。そして慎重な人だった。それでいて職務のためなら危険な場所へもためらわずに踏み込む、熱のある人だった。そんなところにこの二人の血のつながりを感じてしまったのだ。百年の時が経《た》ったのだと。自分がいなくとも、時と共に別の誰かと彼の血は継がれていったのだと女の勘で確信してしまった。

もともと自分と栄昇の結婚は周家を取り込みたかった蓉家が決めたこと。一族に適当な娘がいなければ子飼いの侍女を嫁がせるのもよくあること、政略結婚だった。だから林杏がいなくなれば別の娘が周家に入るのが当たり前。自分も納得していたはず。なのに。

これは失恋になるのだろうか。

自分が信じた世界が崩れていく心地がした。

言葉で聞いても実感できなかった時を超えた現実。だが目の前の事象が次々と現実を知らせてくる。

何故こうなったかわからない。ここが百年後の禁城だという荒唐無稽も信じたくない。

信じたくないが、信じるしかない。ここは自分が生きた時代ではないと。

くっ、くっ、と、喉を鳴らしながら、林杏は言った。

「桃の香りが、します」

「え？　あ、ああ、塀の外には桃園があるはずだ。そろそろ咲き始めているのか、先ほど、花弁が舞うのを見た」

突然の言葉に、楚峻が戸惑い顔で答える。

「曰くある場所をせめて桃の香気で覆おうと、楼を囲む塀の外には幾重にも桃が植えられている、と、工事図面で見た。それがどうかしたか」

言われて、林杏は笑いを収めた。また泣きそうになるのをこらえて淡い笑みを浮かべる。

「私がこの楼に入った宵は、まだ梅花の香りがしておりました」

「え？」

「桃は蕾《つぼみ》さえつけていなかった。そもそもこの楼の周りに桃林はありませんでした。本当、なのですね。時が経ってしまったというのは……」

脳裏に、最後に見た鷲皇子の姿が浮かんだ。あれからあちらの時代ではどうなった？　皇子は無事なのか？　突如消えた林杏はどういう扱いになっている？　皇后はどう思われただろう。政略の駒であっても自分が役割をもらい、属していた懐かしい世界だ。栄昇は新しい妻を迎える時に少しは前の許嫁《いいなずけ》のことを思い出してくれたのか。

他にも知りたいことはたくさんある。

侍女として任されていた仕事、大切な人たち。

愛らしい皇子がたを見守る皇后に、その肩に手を置く皇帝、気の置けない朋輩たち。いなくなった自分を置いて紡がれていったであろう後宮の日常。同房の皆と夜が更けるまで牀《しんだい》の中で話した。あれは自分の中ではついさっきのことなのに、もう誰とも会えないのか？

恋しい。空を、海を渡っていく雁《かり》の群れ。そこからただ一人離れ、置いていかれた今の自分。心細くてたまらない。

怖い。一人は嫌だ。皆に忘れられたくなくて、皆のもとへ帰りたくて帰りたくて、また涙が出そうになる。寂しくて、切なくて、胸が苦しい。

うつむいてしまった林杏に、「君がどうやって百年の時を超えたのか、どうすれば元に戻れるのか、私にはわからない。こういった事象の先例を聞いたことがないから」と、楚峻が言った。

「だがどちらにしろ、場所を変えたほうがいい。ここは幽鬼が出ると噂される不吉な場所だ。そろそろ逃げた宦官たちも戻ってくる。それで君を見られたら」

怪しい幽鬼だと思われる。それがなくともここは皇帝のおわす宮城内。身元不明の娘がいていいところではない。見つかれば捕らわれる。事情を話したところで信じてはもらえないだろう。あらぬ腹を探られて、後宮の風紀を守る宮正の責め苦を受けるだけだ。そのことだけは林杏の混乱した頭でもわかった。

「今ならまだ君を逃がすことができる」

楚峻がしっかりとした口調で言った。

「幸いと言うべきか君の存在を知るのは私だけだ。そしてこの楼なら。夏には始まる工事に備えて、裏手の塀のすぐ外まで廃材を運び出すための仮設通路が築かれている」

男子禁制の後宮内を男たちが大挙して行き来するわけにはいかない。なので板塀で囲った外朝につながる工事用の仮通路を確保してある。工事責任者として兵の巡回時刻も把握している。楼を囲む塀さえ越えれば、朝の開門時の混雑に紛れて資材と共に城外へ出せると彼は言う。さりげない言い方だが、それは皇帝の臣である楚峻にとって、かなりの際どい綱渡りだと林杏にもわかった。彼の優しさに胸が詰まる。

「ここを出て、行く当てはあるか？」

訊《たず》ねられたが、そんな場所、あるわけがない。

もともと肉親の縁が薄かった。八歳で蓉宰相に引き取られ、その後は蓉家の奥向きと後宮で過ごした。周家との縁も皇后の後ろ盾があったから。ここが蓉皇后の存在しない世界なら、林杏に落ち着き先などない。

「……私がなんとかしよう」

また楚峻が言った。とりあえず我が家へ身を寄せるといい、と。藁《わら》をもつかまねばならないこの時に、破格の申し出だ。なのにためらう。ここから出たくない。知る人がなく危険でも、後宮は林杏の知る唯一の場所なのだ。離れると大切な人たちとのつながりまで切れてしまいそうで。もう元の時代に戻れなくなりそうで震えが出る。

そんな林杏の心を察したのだろう、楚峻が言った。

「なら、この時代でも後宮に勤めてみるか?」

「え……?」

「君がどういった理《ことわり》でこの時代に来たかわからない。ならば現れた場所から離れるのは得策ではないかもしれない。楼やこの周辺を調べてからのほうがいいのは確かだ」

君が最後に聞いた呪言《じゅごん》のこともある。私が調べようと彼は言った。代々建築に携わるだけあって、我が家は呪に長《た》けた道士たちに伝手《つて》があると。

「それに、君は皇后に仕えていた、と言ったな。ならば私にとって君という存在は天の配剤かもしれない」

そして彼は事情を話してくれた。彼の年若い叔母が後宮入りをしたが、宮廷のことを知る侍女がなく困っていると。

「私などより君のほうがよく知るだろうが、後宮とは厳しい世界だ。そんなところに閉じ込められ、気を張らねばならない叔母の周囲に、知らぬ者を置きたくないのだ」

絶対に裏切らないと確信できる者が欲しい。この時代に係累のない君ならかえって信頼できると、彼が言う。すでに二人の侍女が叔母について後宮入りしたが、勝手がわからず苦労しているらしい。

「急いで補充を送らなくてはならないが、もともと彩家に余剰な女手はない。尚宮局《しょうきゅうきょく》には我が家の遠縁の娘、彩紅玉《さいこうぎょく》を侍女として入宮させると届けは済ませてあるのだが、この娘が子を孕み入宮できなくなってしまったのだ。君に代わりを頼みたい。紅玉は彩家の故郷、荊州《けいしゅう》で育った娘で、都に顔を知る者はいない。成り代われる。皇后の侍女まで勤めた君に才人付きなど物足りないかもしれないが、後宮で暮らすことはできる」

どうだろう、と楚峻が問いかけてくる。

こんな娘、放っておいていいのに。ばれれば彼の一族にまで咎《とが》が及ぶのに。

その優しく細められた目尻はやはり遠い記憶の許婚にそっくりで。頬に添えられた彼の指に、林杏は自分がまた涙を流していたことに気がついた。自分でもよくわからない感情に突き動かされて、彼を見る。

自分が知る人と同じ血を引き、同じ顔を持つ人。危険を冒してまで自分を助けようとしてくれている人。昔、後宮に入る際に心得として、蓉宰相から「人の言葉の裏を読め、簡単に相手を信じるな」と教えられた。だが今はその教えに背こうと思う。〈猪突猛進《ちょとつもうしん》の林杏〉の直感に従いたい。この人を信じたい。

後ろ盾も、知る者もない娘が見ず知らずの時代で一人、生きていけるわけがない。そんな自分の利を考えたからではなかった。ただこの楚峻という人を信じたいと思った。いつも林杏に安心を与え、進むべき道を示してくれた皇后。導いてくれる人がいないと、自分はこんなにも覚束《おぼつか》ない。一歩、足を踏み出すことすら怖くて決断できない。だから一人ぼっちになったこの場所で、大切な過去の記憶につながる容貌を持つ彼の言葉を信じたい。信じることで過去とつながっていたい。自分が属せる場所、すべき何かが欲しい。

何より、考えると気が狂いそうになる〈今〉から心をそらせたかった。

だから、諾、の意思を込めて彼を見た。もしかしたらすがるような眼になっていたかもしれない。彼の優しい眼差《まなざ》しが、さらに深い気遣うものになったから。

彼は、ありがとう、と謝意を示すと、こちらの意思を改めて試すようにして言った。

「君に、後宮の花陰に隠れた棘《とげ》から、叔母、彩薔華《しょうか》を守ってほしい」

それは契約。互いの利のために、この一連の秘密を共有するという誓い。

幸せの絶頂から一転、知らぬ時代へ飛ばされた林杏に、新しい主《あるじ》を守ってくれ、代わりにこの時代で生き抜く身分を与える、と、約束する言葉だった。

こうして、〈紅林杏〉は、〈彩紅玉〉になったのだ。彩家の娘、彩薔華を守るために。

2

彩家の娘、彩薔華は芳紀十六、その名の通り薔薇《ばら》の蕾のような可憐な令嬢らしい。

（お声も愛らしいそうなの。翠玉《すいぎょく》を打ち鳴らすような。……前室の帳越しに拝跪《はいき》したままお会いしただけで、御声どころか御影さえ拝見できていないけど）

入宮して三か月になるが、いまだ彩才人に皇帝の御召《おめし》はない。

（でもこれは彩才人さまのせいではないもの。今上帝は即位してまだ半年、父帝の喪に服しておられる最中で、後宮へのお渡りは控えておられるから）

早く彩才人びいきの侍女、〈彩紅玉〉にならなくては。

気を抜くと過去を想《おも》ってうずくまりそうになる自分を叱咤《しった》して、林杏、いや、紅玉は知り得た情報を、敢《あ》えて新しい主寄りの目線で吟味する。

もともと新帝は女色には淡白な質《たち》で、皇太子時代からの妃嬪《ひひん》との間にも子はないのだとか。

心配した母、朋皇太后の——朋、と、当代の皇后と皇太后が同じ姓なのは、二人が同族、朋家の出で、伯母《おば》と姪《めい》の間柄だからだが——再三の求めに応じて昼に後宮に渡っても、皇太后の宮で茶を飲んでいるか、書庫に籠もって時間をつぶすばかり。妃嬪に会おうとしないので、当然、夜まで後宮にとどまることもない。

「そんな主上だから後宮《ここ》も火が消えたよう。皇后さまはおられても、四妃《しひ》、九嬪《きゅうひん》、二十《にじゅう》七世婦《しちせいふ》の内官はすべて定員割れの有様で」

「皇太后さまが東の皇太后宮へは移らず、後宮《こちら》に残っておられるのも無理はないわ。お世継ぎのことが心配でいてもたってもいられないのよ」

などと皆は嘆くが、紅玉からすれば新皇帝は好ましい人物に思える。

前朝時代の皇帝には、父の喪中でも狩りを行い後宮にも通う、悪い意味で血気盛んな皇帝が多かったと聞く。それと比べれば新帝は父を亡くしたばかりの皇帝にふさわしい、思慮深い行動をとっておられるだけに見える。孝を重んじる、知的で真面目な方なのだろう。

(蓉皇后さまにお仕えしている時、光栄にも傍近《そば》くで龍顔を拝した玄禧帝《げんきてい》さまも、皇后さまにお似合いの、奢侈《しゃし》や女色に溺れたりしない、思慮深く誠実な御方だったもの)

きっとあのお二人の血が新帝にも流れているのだ。もう会えなくとも、懐かしい人たちの血は今も脈々と受け継がれている。

そう思うと切なくも嬉《うれ》しくなって、紅玉は、「よし、やるぞ」、と気合を入れた。

同じ仕えるなら好ましい主のほうがいい。世に暗愚な皇帝や残虐な妃《きさき》は多いのだ。不遜な言い方だが、この時代の皇帝も、紅玉が新たに仕えることになった彩才人も〈当たり〉の部類だと思う。彩才人が大切だった方の血を引く今上帝に嫁がれた妃嬪となれば、なおさらだ。

そして紅玉のすべきことは、そんな新しい主を守ること。

（それには先ず、彩才人さまの〈敵〉が誰か、見極めないと）

何から守ればいいのか。具体的なことは楚峻から聞いていない。君の目で確かめてくれと言われた。考えあってのことだろう。あの言い方では注意すべき〈花陰の棘〉とは、単なる妃の寵《ちょう》争いによる足の引っ張り合いとは違う気がする。

思案しながら、林杏は長い絹の袖口を紐《ひも》で縛る。

最近ようやく着慣れてきた薄い裙の襞《ひだ》も汚れないようにまとめて帯に挟み、紗《しゃ》のついた帽子をかぶる。

透ける白い肌と美しい手は侍女の必須条件だ。うっかり陽《ひ》に焼け色黒になっては、大事な主が「まあ、侍女に野良仕事でもさせておられるの？」と他の妃嬪に笑われる。楚峻にもらった侍女のお仕着せである襦裙にも、汚れないよう上から布衣を纏い、指先まできっちり保護するお手製の麻手袋もつける。

防備を完全に整えると、紅玉はおもむろにその場にしゃがみ込んだ。そして、

ぷち。

目の前の草を抜いた。

ぷち、ぷちぷちぷち……。

紅玉は鎌を手に、次々と地面を覆う雑草を始末していく。取っても取ってもまだ生えている。きりがない。

「……一体どれだけ放置されてたの、ここの草」

ここは後宮にある妃嬪のための宮殿の一つ、耀庭宮《ようていきゅう》。その北端にある、彩才人に与えられた翼棟前の院子《にわ》だ。

元は美しかったであろう放置された院子で、紅玉は草引きに専念していた。

もともと田舎育ちの紅玉は体を動かすのが好きだ。単調作業は没頭すると無心になれるうえ、抜き取った草が山になっていく様は達成感がある。それに彩才人の暮らす殿舎の状態を自分の目で確認できるというおまけ付きだ。

（とりあえず、彩才人さまが置かれている立場は、よっくわかったわ）

彩才人が与えられた北棟の院子はそこまで広大ではない。庭師が定期的に回れば十分、整えられる広さだ。人員の入れ替えがなされたばかりの新後宮とはいえ、妃は定員割れを起こしている。仕える人手が足りないわけでもないだろう。現に同じ耀庭宮でも他の場所は綺麗《きれい》だ。ここだけ鬱蒼《うつそう》としているのは、担当の官が手を抜いているからとしか考えられない。

それだけではない。紅玉はここへ来てまだ一度も、彩才人のもとに配されているはずの宮官、宦官たちの姿を見ていない。

才人の位であれば、清掃や洗濯を行う殿舎付き尚殿《しょうでん》の他に、専属で宮官二人と宦官四人がつくはずだ。なのに影も形もない。

彩才人は派手に茶会を開いたり人を招いたりする妃嬪ではない。身の回りの世話だけなら実家から連れてきた侍女だけで事足りるといえば足りるのだが。

「だからって、この放置はないでしょう！」

紅玉は猪突猛進な性格故か、一度入れ込んだ相手には熱が入る質だ。なのでこの状況には、憤りのあまり声が出る。

放置されているのは人員配置や院子の草だけではない。頭上を覆う花木も枝が伸びすぎている。草の始末が終われば剪定《せんてい》用の鋸《のこ》と脚立《きやたつ》を調達する必要がある。憤りつつも考えて、紅玉はまたぷちと草を抜く。紅玉の周りに抜いた草の山が築かれていく。

……主の居室を整えるのは侍女の仕事だが、さすがに屋外は範囲外。なのに紅玉が主の傍には控えず、端女《はしため》めいた真似《まね》をしているには理由がある。

他にすることがないからだ。

――林杏が彩楚峻の遠縁の娘、彩紅玉になって半月が経った。

が、いまだ彩才人に目通りできないだけでなく、先輩侍女二人に受け入れてもらえない。

彩才人に仕える二人の侍女は元からの彩家の使用人。今回の後宮入りに合わせて新たに雇われたわけではない、いわば彩家の子飼いで、一族の娘である〈彩紅玉〉と同じく家中の人間だ。なのに警戒心が強く、紅玉に仕事をさせてくれない。

室内を片づけようと化粧箱や衣装に手を伸ばすと、

「紅に毒を混ぜる気？　それとも白粉《おしろい》に蜜を垂らして蟻《あり》だらけにするとか？」

「触らないでっ。裙に細工して、歩いているうちに裂けるようにする気でしょう！」

と、妙に具体的なことを言われて追い払われる。

「新入りの不調法から高価な紅や衣装を守ろうとしている、というわけでもなさそうなのよね。近寄るなの一点張りで仕事を教えようとしないし。かといって私の正体を疑われているわけでもなくて」

最初はうまくなじめるかと心配だった百年後の後宮だが、物の形が変わっていたり、知らない用途の品があったりはしたが、仕事の流れは同じだ。すぐ慣れた。後宮内部も新たに建てられた宮があったり、住まう人が違ったりするが、戸惑っても「田舎者の新参はこれだから」という眼で見られるだけで済んでいる。怪しまれているとは思えない。そもそも紅玉の正体は、楚峻の進退にも関わる楚峻と二人だけの秘密だ。彩才人にすら話していない。

そうなると何故、警戒されるのかがわからない。紅玉は主である彩才人と同じ一族の名を名乗っている。だから、

「まさか他妃の手先と疑われてるとかは、ないと思うけど……」

紹国の同族間の結束は固い。仲良し主従のところへ新入りが割り込んだことが気に食わないのだろうか。

一緒にいても気まずいし、体もなまる。なので気分転換にと外へ出た紅玉は、草の繁茂した庭を見つけ、今に至る。

寂れた景色を見ると、心まで鬱屈としてしまう。彩才人のためにならない。

そこで始めた庭仕事だが、抜いた草を捨てるために塵捨《ちりす》て場を探したり、清掃道具の調達にうろついたおかげで、市井の街一つは余裕で入る、広い耀庭宮内の地理も覚えた。な

ので完全に無駄というわけでもない。

「あ、蒲公英《たんぽぽ》」

丁寧に根ごと採る。

「これ、葉は甘辛くさっと炒めたら美味《お》しいのよね。根はお茶になるし」

抜いた蒲公英を雑草の山ではなく、脇の籠へとよけると、紅玉は立ち上がった。引いた草を捨てに行くふりをして、園林の奥までやってくる。そこにあるのは各宮を囲う高い塀だ。

今の後宮は広い。紅玉が知る時代からかなり拡張されている。

耀庭宮と同じかそれ以上に広い宮殿が後宮内に八つもあり、他にも多くの殿舎や苑《その》がある。一度に複数の御前船を出し水遊びを楽しめる広大な池から、行楽を楽しめる人工の山まで。歴代皇帝が趣味と必要性から増改築を繰り返した後宮は、端から端まで見て歩くだけでも二日はかかる複雑な構造になっている。

当然、中には使われず、打ち捨てられたままになっている苑や宮殿もあるわけで。

紅玉の暮らす耀庭宮と背中合わせに立つあちらの宮殿の名は〈嘉陽宮《かようきゅう》〉。ここ数十年、主がいず無住となっている。先々代の帝の時に妃が首を吊《つ》った縁起のよくない宮だとかで、捨て置かれているのだ。何しろ後宮内の建物は多い。人手は有限だし、使わない殿舎を維持するのは無駄でしかない。

紅玉は辺りを見回した。誰もいないのを確認すると、傍らの樹《き》に登る。

百年前、乳母や皇子付き宮官を差し置いて、幼い皇子がたの遊び相手として指名を受けていたのは伊達《だて》ではない。紅玉は元が家婢《かひ》扱いの野育ちなせいか、上品な名家出の女官にはない運動能力と、既存の物品を工夫して使う力に長けている。

枝を足がかりに高い塀を越え、無人の宮殿へと入る。

何年も人の立ち入らない宮の庭は、先ほどまでの耀庭宮とは比較にならない荒れ具合だ。が、奥へと分け入る紅玉の足取りに迷いはない。

やがて紅玉は大きな菩提樹《ぼだいじゅ》の前で立ち止まる。

樹の周囲に置いた、自分だけにわかるように配置した小枝の位置が変わっていないことを確認して、菩提樹の幹に開いた大きな洞を隠していた枝をどける。

中にあるのは麻袋に入れた小鍋や火打石だ。

清掃道具を調達する際に、廃棄されそうになっていたのを譲り受けた。

それらを取り出し、紅玉はさっそく火を起こす。焚《た》きつけにする柴《しば》ならそこらに落ちている。水はこの宮の井戸から汲《く》んでくる。塀を乗り越えられることを確認した際に中を浚《さら》い使えるようにしておいた。そして、蒲公英の他にも草取りの最中に見つけて採りよけておいた自然の恵みの下ごしらえをする。

ほろ苦さが美味しいイワタバコに、逆に癖のないところがいいウワバミソウ。蕗《ふき》は茎だけでなく葉まで食べられる。

折しも季節は春まっさかり。桃の花も盛りを過ぎ、梅が艶々とした実を太らせる季節。

野山は産毛のような新緑で覆われ、庭師泣かせの雑草や枝の伸びが目立つ頃。当然、食用の野草も伸び放題。蕨《わらび》や土筆《つくし》といった初春の恵みが美味しい季節は終わったが、今度は瑞々《みずみず》しい春の恵みが生え放題だ。つわぶきにギボウシ。野草だけでなく、ここは後宮。庭木として植えられた花木には実のつくものも多く、探せばたくさん食べられるものがある。

紅玉の実家は地方ではそれなりに名の知れた家だが、幼少時は継母《ままはは》の虐《いじ》めで飯抜きが多かった。なので山へ薪を拾いに行かされたついでに野草を漁《あさ》り、今はもういない弟とこっそり焚火《たきび》をして暖をとっていた。その時の経験が生きている。

そして美味しいものと温かな火があれば、こっそり休憩に立ち寄る者がいるのはいつの時代も同じで。鍋の湯が沸いてくると、来た来た。常連客が現れる。

「彩小姐《ねえさん》ー、今日は厨房《ちゅうぼう》で余った肉の脂身もらってきましたー。細かく引いた極上の麦粉もあるっすー」

耀庭宮付きの下っ端宦官の阿笙《あしょう》だ。

紅玉は、「ありがとう。さっそく鍋に入れるわね」と、食材を受け取る。

ちょっとしょぼくれた感のある阿笙は耀庭宮の雑用係だ。七歳の時に宦官候補を集める童狩りに遭い後宮に来たというだけあって、よく見ると整った顔立ちをしている。が、二十年近くに及ぶ下っ端暮らしに疲れ果て、すでに退官前の老爺《ろうや》の雰囲気だ。耀庭宮の塵捨て仕事もやっていて、宮殿内外の出入りが比較的自由。そのせいか紅玉が開催していた〈鍋会〉も早々にかぎつけて参加するようになっている。宮殿内に詳しく、食べられる草を見せれば、「こっちにいっぱい生えてます」と籠いっぱいに採ってきてくれたりもする、助かる相手だ。

今日も彼は「後、これ」、と背負った籠から幅広の葉の束を引っ張り出した。

「ここに来る途中、見つけたんです。前に小姐、味噌《みそ》つけて食べさせてくれたでしょ」

「ああ、行者大蒜《ぎようじやにんにく》と間違えたのね」

阿笙が採ってきてくれたのはよく似ているが鈴蘭《すずらん》の葉だ。残念ながら食べられない。

「鈴蘭は根にも葉にも毒があるから、触らないほうがいいわ。覚えておいて」

「よく知ってますねえ」

「彩才人さまと同族といっても、私は田舎出だから。山菜採りもよくしたし」

それだけではない。毒については侍女の心得として一通り蓉宰相に教えられた。

が、それは今の紅玉にとって秘密だ。ものが茸《きのこ》や野草だと、「田舎出だから知っている」で納得してもらえるので助かる。阿笙も地方出のはずだが、幼い頃に故郷を離れ凄惨な体験をしたからか、外の世界のことはあまり覚えていないそうだ。なので紅玉の言葉も疑わず、そのまま信じてくれる。

「園林の奥で焚火して見つからないもんなんすねえ」

「そこはほら、ちゃんと場所を選んでるから」

大木の根元で火を焚けば、立ち上る煙は枝の間を通るうちに薄れていく。煙や食べ物の匂いも広大な庭内を流れる間に紛れて塀の外へは届かない。昼寝をする場所を求めてこの宮にやってきて、紅玉と遭遇した阿笙のほうがまれなのだ。

紅玉が仕えたのは玄禧帝の御代《みよ》。紹国が起こって三代目の皇帝の時代で、まだ戦乱の昔を記憶している老人が多くいた。だからだろうか。今が平穏でもいつ一変するかわからないと、蓉宰相が皇后と皇子たちを落ち延びさせた場合の、野営や山歩きの術《すべ》も紅玉に伝授したのだ。

そんな蓉大人の侍女教育を「単に旦那さまの趣味でしょう」と言いきったのは蓉家に古くから仕える家令だったか。蓉大人は齢《よわい》五十を超えて初めて女童を侍女に仕込む機会を得たらしい。もともと凝り性な質で、どうせ育てるならと調子に乗って、あれもこれもと教えたそうだ。おかげで紅玉は「これが必要か？」といった知識まで得た。が、こうして野外での煮炊きができる。蓉大人に感謝だ。

「あ、肉の色が変わってきましたよ」

「ありがとう、そろそろいいかな」

ふつふつ肉の煮立った小鍋を木匙《きさじ》で混ぜる。食事というには量が少ないが、大人数が相手の宮殿の賄いは、次々作り置きされるので食べる頃には固くなっている。それは作り立てを房まで運んでもらえる妃嬪も同じだ。宮殿内は広い。運んでいるうちに冷めてしまう。後宮では作り立ての熱々の羹《あつもの》を食べられる、それだけでかなりの贅沢《ぜいたく》なのだ。

紅玉が用意していた山菜を投入して、ふわりと上がった湯気に阿笙が鼻をうごめかせる。

「あー、いい匂いっす、たまんない。今日は韮《にら》も入ってます？」

「大正解。種が飛んだのか西の岩のところにいっぱい生えてたの」

大好物っす！　と体を震わせる阿笙に山菜採り人冥利を感じながら、紅玉は耳朶《みみたぶ》の固さに練った小麦団子も次々入れる。一度沈んだ白い団子が、艶を増してぷかぷか浮かんできたら出来上がりだ。今日の鍋は阿笙のおかげでお腹にたまるものになりそうだ。

「……だから私はなんとかなるんだけど。問題は、彩才人さまなのよね」

ぽつりと、つぶやく。今頃は彼女も中食《ちゆうじき》の時間だろう。今日はちゃんとお腹にたまるだけ食べられたかなと想いを馳《は》せる。

後宮の食事はそれぞれの宮にある厨で作られる。下っ端たちは直接、厨で食べるか、持ち帰って自房で食べるが、上位宮官や妃嬪となると、宮付き宮官や宦官がそれぞれ籠や箱に入れて運んでくる。が、彩才人の場合、

「嫌がらせか、こぼれてほとんど残ってなくて。皿数も少ないの」

通常、妃の食事は侍女が毒見も兼ねて共にいただく。なので多めに用意されるのが常だ

が、彩才人のもとへ運ばれてくる料理は少ない。紅玉も含めた女四人の腹を満たせない。なので主を飢えさせるわけにはいかず、侍女二人は片時も才人の傍を離れたがらない。なので紅玉が新参でまだ顔も知られていないのをいいことに、下っ端宮官のふりをして、直接、厨から賄いを受け取り差し入れているが、これは健全な形ではないだろう。

「あー、大変ですね。小姐のとこも」

うんうんとうなずきながら、阿笙が内輪の事情を教えてくれる。

「厨を監督してるのは周淑妃さまの腰巾着、袁昭儀《えんしょうぎ》さまだから。そうなるんですよ」

「袁昭儀さま?」

「ええ、この耀庭宮の東棟に住まうお妃さまです」

厨の監督、とは。東棟に住まうとはどういうことか。

実は後宮の妃は一人一人、個別の宮殿を与えられるわけではない。皇后、四妃であれば宮殿を一つ下賜されるので、彼女たちの下に他の妃嬪が数人ずつ別れて住まっている。

宮殿の一つ一つが広いうえ、内部に独立した棟や殿舎を多く持つ。なので共に暮らしても互いの領域を侵すことはない。が、一つ屋根の下に複数の他人が暮らすことになるのだ。共同生活を円滑に行うため、各妃にはそれぞれ役割が振られることになる。

それが厨の監督などの、百年前にはなかった〈職務〉だ。聞いたところによると今から五代前の皇帝、淳治《じゅんち》帝が、諍《いさか》いを繰り返す後宮の妃たちに辟易《へきえき》し、

「やることがあれば少しは気も紛れよう。そもそも後宮の妃はすべてが皇帝に仕える妻、妻の仕事は家をよく治め守ること。ならば自分の家の管理は自分でやるべきであろう。各宮殿ごとに主も決めて、よく治めよ」

と、後宮にある宮官たちの衙門《がもん》である、尚宮、尚儀、尚功、尚殿、尚服、尚食、の六尚の管理に妃たちも携わるべしと勅を出されたのが始まりだという。

耀庭宮の主は周《しゆう》淑妃《しゆくひ》。奇《く》しくも紅玉の許婚だった周栄昇と同じ姓だ。

周淑妃は宮殿の主として妃嬪を含む、宮殿全体のとりまとめを行う。淑妃を頂点に、この宮殿には袁昭儀、徐昭媛《じよしようえん》、他に彩才人を含め四人の世婦が暮らす。そしてそれぞれが宮殿の運営に欠かせない職務を周淑妃よりおおせつかっている。

「周淑妃さまの次席、袁昭儀さまは、顔は西王母《せいおうぼ》さまみたいにおっとりしてるんすけど、肉の一番美味しいとこを持ってく狐《きつね》みたいに目端のきくお人で。周淑妃さまにも何かっちゃ取り入って、ちゃっかり尚食の職務をもぎ取ったんすよ」

尚食は各宮殿ごとの裁量部分が大きいうえ、薪や食材の仕入れが毎日ある部署で、御用商人からの細かい賄賂が頻繁に懐に入るそうだ。

「献立も自由にいじれますからね。妃ごとに差をつけたり淑妃さまの好物ばっか出してごまをすったり。大家《たいか》(皇帝の呼称)や皇太后さまのお渡りがあった時なんかも献立趣向に工夫を凝らせばお目に留まりやすいから。役得だらけのいい役なんすよ」

彩才人は衣類などを扱う尚服の管理だ。尚服は家財や宝飾品などの工芸品を扱う尚功や、儀典、芸能を司る尚儀の職と並んで後宮全体をまとめる各衙門の力が強く、各宮殿の裁量はききにくい。それでいて失敗を許されない高価な衣服を管理することもあり、気苦労ばかりある損な職らしい。

「周淑妃さまは彩才人さまのことを目の敵にしておられるから。だから尚服の仕事も押しつけられたんすよ。袁昭儀さまの彩才人さまへの当たりがきついのも同じ理由っていうか、彩才人さまを嫌う周淑妃さまにごますった結果なんすよ」

詳しい。

阿笙は塵捨て仕事の他にもあちこちで雑用をこなしているため、宮殿内のことをよく知っている。今の後宮のことは何もわからず、訊ねる相手もいない紅玉にとって、貴重な情報源だ。

「彩才人さまは周淑妃さまから嫌がらせされるだけじゃなく、虐めめいた仕事まで持ち込まれてるそうっすよ。位も実家の家格も低くて反撃できないから、なめられてるんすよ」

なるほど。紅玉は、ありがたく阿笙の講義を拝聴する。

彩才人が置かれている状況が知りたくとも、この時代では聞くまでもなく〈常識〉とされていることかもしれない。へたに聞いて、素性を疑われてはまずいと、先輩侍女たちにも訊ねられずにいた。だから阿笙の存在はありがたい。そのために鍋会を続けているといってもいいくらいだ。

普段、「誰も俺の話なんか聞いてくれない」と寂しげに言う阿笙は聞き手がいることが嬉しいのだろう。調子に乗って、さらに今の後宮の状態を教えてくれる。

現在、皇帝が即位後間もないこともあり皇太后が後宮の監督のためにとどまっているが。他に注意すべき高位の妃としては、朋皇后、劉徳妃《りゅうとくひ》がいる。貴妃《きひ》と賢妃《けんひ》は空席だ。

「宮殿の改装や維持には費用がかかりますからね。数いる妃嬪たち皆が独立した宮殿を賜るなんて無理なんすよ。まあ、皇子をあげたり、特別な寵を受けることができれば、他の妃嬪と分け合わずに済む、一人だけの殿舎を与えられることもあるっす。そうなれば彩才人さまだって窮屈な思いをせずに済むんっすけどねえ」

一人の女主のもと、女が複数で住めば当然、序列ができる。世辞一つ、挨拶の一つなどのささいなもので居心地のいい棟をもらえるかどうか、待遇は変わってくる。だから下級の妃嬪は宮殿の主に取り入る。そうして宮殿ごとに派閥ができていく。

この派閥作りは皇帝の寵を得るためのものでもあるのだ。下位の妃にしてみれば、自分たちが主である周淑妃を盛り立てて皇帝の目を引くことができれば、皇帝の耀庭宮への渡りが頻繁になる。そうなれば自分も目に留まりやすくなる。上位の妃からしても、皇帝の寵が他の宮殿に行くよりは、自分の宮から寵妃を出せば、自分自身も皇帝と接する機会が増える。なのでこれはと思う者を引き立てたりもする。

各宮殿に別れた妃たちはまさに一つの運命共同体。後宮の寵争いは戦に例えれば、個人戦であるのと同時に団体戦でもあるのだ。ところが彩才人は、

「完全に、出遅れてるっすね」

女たちの輪に後から入ったのも不利だが、彩家は政治力のある家でも、裕福な家でもない。彩才人自身もお世辞がうまいわけでもなく、皇帝の気を引けそうな一芸に優れているわけでもない。味方に取り込むだけの価値がないと判断されたらしい。

「耀庭宮の周淑妃さまを囲む会にも誘われてませんし、たまに招かれても他の妃から嫌味を言われて弄《もてあそ》ばれるだけだし。皆の玩具《おもちゃ》扱いで」

嫌っているなら無視しておけばいいのに、そうやって彩才人を引き出してなぶるのは、皇帝の喪が明ければ、ここにいる女たちすべてが寵を争う競争相手になるからだ。なまじ他宮殿のよく知らない妃より、「皇后の声がかりで入宮した」と、その存在を認識されている彩才人は何かと耀庭宮の妃たちの神経に障る存在らしい。

そんな空気を敏感に察知して、宮殿内の宮官や宦官、他の妃嬪に仕える侍女たちまでもが周淑妃の機嫌を損ねないようにと、彩才人の周りには近寄らないのだとか。

しかも。

「確かめました。やっぱり彩才人さまは太監への心づけはもう渡してないっぽいっすよ」

宦官や宮官に渡す心づけは後宮では常識だ。なので彩才人も最初は渡していたが、

「他の方々と比べると額が小さくて。地方官家はこれだからって、あっという間になめられて、今じゃ渡しても渡さなくても変わりない、放ったらかしの扱いだそうっす。ここにいる者は皆、富貴な家の出のお妃さまを見慣れてますから」

「やっぱりそうなのね。様子を見て、もしかしてって思ったけど……」

それでか、あの庭の荒れ様は。いろいろ合点がいった。

彩家が代々、地方官吏を務める家でありながら富裕でないのは、それだけ袖の下を受け取ったりしない清廉潔白な一族だということだ。が、そんな理屈はここでは通用しない。

それでいて序列、序列とここでしか通用しないことで騒ぐのは、外の人間たちから見れば滑稽だろう。が、狭い井中から出られず一生を過ごす妃たちにとっては死活問題だ。

序列によって人の態度は変わる。妃であっても官たちになめられない権威が必要だ。本来、従うべき宦官や宮官たちが公然とさぼるのは、上位であり、仕えなくてはならない対象である彩才人を下に見ているから。そして宮殿の主である周淑妃がそれを黙認、いや、推奨しているからだ。

(うーん、思った以上に悪化しているわ)

ただ、

(でも本当にそれだけ？　それだけでここまで嫌われるものなの？)

紅玉は鍋をかき混ぜつつ、眉を顰《ひそ》める。まだ何かある気がする。

そもそも朋皇后も謎だ。彩才人の置かれている状態など、後宮を統べる皇后であれば把握しているだろう。なのに何故、動かない？　彩才人を気に入って入宮させたのなら、周淑妃の耀庭宮でなく、皇后自身の宮に彩才人を住まわせ、後ろ盾となるのが普通だと思う。

だが現状、皇后の助けはない。この状況でどう彩才人を守ればいいのか。

「難しいでしょうけど、俺も応援しますから！」

「ありがとう。頼むわ、阿笙」

感謝を込めて鍋の具をたっぷり椀《わん》によそう。嬉しそうに食べる顔を見ると、次はもっと頑張って食材を集めようという気になる。そしてうまそうにほおばる阿笙につられて、紅玉も椀の汁をすする。粗末な食事だが、話しかける者のない厨で一人で食べる冷たい賄いより、二人で食べる熱々の料理のほうが美味しいに決まっている。ほっこり胸の奥まで温まる。

そうして阿笙と鍋のお代わり競争をしている時だった。ふと気づくと、向こうの木立の中にちらりと青い色が見えた。

配属されたばかりの見習いだろうか。宦官の青い袍を纏った少年が一人、木陰に立っていた。遠目で佩玉などの判別はできないが、衣に着られているような小柄な少年だ。まだ十四、五歳くらいか。木の幹に半ば隠れ、驚いたようにこちらを見ている。

（……まあ、普通は驚くわね）

不吉な謂《いわ》れのある廃宮で、宦官と侍女が仲良く鍋を囲んでいるのだ。

宮正に報告されてはまずい。こういう時は相手を同罪に巻き込むべしが古今東西の対処法。阿笙と素早く眼を交わし、少年に呼びかける。

「おーい、お前も休憩して火に当たってかないか」

「出来立てだから美味しいよ。食べない？」

にこにこ顔で誘ったが、少年は釣られなかった。あわてたように逃げていく。

「ちっ、逃したか」と、阿笙が舌打ちした。

「耀庭宮では見かけない顔だったっすね。言いふらされると厄介なんで、後で誰の供で来た通貞《つうてい》か、調べときます」

「お願いね。とりあえずここの痕跡は消して、明日からは場所を変えましょう」

鍋会中止の考えはない。これは紅玉にとって貴重な息抜きであり、情報収集の場なのだ。

大切な人たちのもとを離れたことにはまだ慣れない。

だがとりあえずの寝起きする場所と生きるための身分は手に入れた。目標もある。

『林杏、覚えておくがよい。後宮の駆け引きは戦と同じ。先ずは己の持つ力を見極めること。使える兵の数、兵糧、戦場となる地の理を把握せねば。すべてはそこからじゃ』

遠い過去に聞いた蓉皇后の言葉が脳裏に蘇《よみがえ》る。

地方官家である彩家に今以上の金品を出す余裕はない。後宮妃の一番手っ取り早い出世法は皇帝の寵を得ることだが、肝心の新帝のお渡りがない。

それ以外の何かを使って彩才人の地位を上げ、他人に脅かされない居場所を作る。それが今の紅玉のなすべきことだ。


紅玉が秘密の鍋会と庭の清掃を終えて殿舎に戻ると、彩家から付き従ってきた二人の侍女、明蘭《めいらん》と玲珠《れいじゅ》が珍しく彩才人の傍を離れて前室にいた。

明蘭は主である彩才人と同じ十六歳。その名の通り明るく勝気な性格だ。幼い頃から共に育った〈お嬢さま〉が大好きで、絶対に守らなくてはと気概に満ちている。

玲珠のほうが明蘭より一つ年上だが、しっとりとした物腰の淑《しと》やかな娘だからか、明蘭が主導権を握ることが多い。同じく彩家で育った娘だが、家婢上がりだとかで、何事も他者を立て、控えめな態度をとる。

そんな二人が何やらもめている。

「これ、袁昭儀さまから預かったの。私、他ので手いっぱいだから、あなたがやってよ。これ以上、彩才人さまに負担をかけるわけにはいかないわ」

「待って、無理だわ。私も二つも頼まれた品を持っているもの。彩才人さまだって無理と知ってるのに、どうして新しい仕事を受けてきたりしたの」

「だって、前に頼まれた品を届けに行ったら、袁昭儀さまに呼び止められたんだもの」

明蘭がしかめっ面で、「ただの侍女がふりきって帰れると思う?」と開き直る。

「周淑妃さまの衣だ、彩才人の職務は尚服のとりまとめでしょって言われたら断れないじゃない。彩才人さまの印象だって悪くなるし。明日のお茶会までになんとかしてって言われてるのだけど」

どうやら噂の女狐、袁昭儀に刺繡《ししゅう》仕事を押しつけられたらしい。

(ああ、これね。阿笙が教えてくれた、彩才人さまへの嫌がらせの仕事って)

今日、頼まれたのは周淑妃が次の茶会で着る裙に刺す、花紋の刺繡のようだ。

紹国後宮では、皇帝が皇后と四妃、そして寵の深い妃嬪に固有の花を紋として与える。名誉なことなので身の回りの品に個人の印として入れるほか、晴れの場で着る衣にも図案化して取り込んで、他の妃に誇示することが多い。

「袁昭儀さまったら、きっといつものおべっかで自分から『やります』って周淑妃さまにいい顔して、期日に間に合いそうになくて押しつけてきたのよ」

「どうするの、これって糸の準備にも手間のかかる杭州《こうしゅう》刺繡よ。難しい技法だし、私には無理よ。期日に間に合わなかったら叱《しか》られるのはうちの彩才人さまで……」

紹国の刺繡は前王朝の頃からある技法を継いだものだ。広大な領土に住む各民族がそれぞれ独自の刺し方、柄を持っている。その中で、歴代王朝で尊ばれ、貴人の衣装を飾ることを許されたのは、格式が高いといわれる四種の刺繡。

陽州《ようしゅう》刺繡はよりのきつい糸を一刺しごとに玉のように留めながら刺す。ころころした小さな糸の塊がびっしり布の表面を覆う様は小粒の真珠をちりばめたようで愛らしい。

山東《さんとう》刺繡は山岳民族がもたらしたという、切り抜き刺繡の一種だ。細かい穴を作り、その周囲に刺す。透かし模様のようになるので、裏から、表から、透かして見ると美しい。

杭州刺繡はよりのない糸を、場所によって本数を変えながら刺していく。図案的な派手な図柄ではなく、写実的な水墨画のように、花や蔓《つる》の繊細な美を絹の上に写し取っていく。

そして慶嘉《けいか》刺繡は今、最も一般的な刺繡だ。裏と表、どちらから見ても美しい両面刺繡で、図案部分だけでなく、地の面、つまり下の生地まで見えなくなるくらいにぼってりと糸を重ね、立体的に仕上げる。

残念ながら、今の時代では陽州刺繡と杭州刺繡は廃れてしまっている。百年前よりも国力が安定したためか、女たちの装いも派手になっているからだ。襦裙も絹の供給が高まり、薄手の生地で作るようになったので、翻った時に裏からも表からも美しく見え、かつ派手な両面刺繡が受けて、以前の繊細な刺繡は地味だと避けられるようになったのだろう。

「古臭いと言ってしまえば終わりだけど、とっくに廃れた技法よ。知ってるわけないじゃない。いつもの嫌がらせにしたって質が悪いわ」

「あの、これなら私、いけます」

紅玉は割り込んだ。今まで勝手がわからずこういった出すぎた真似はしなかったが、彩才人の置かれている立場がわかってきた。なら、先ず、難癖をつけられる回数を減らすべく、自分も動き出す時だ。「あら、戻ったの」と、白々しく今気づいたとばかりに言われたのを受け流して、「手が足りないのであれば、よければ私が」と、声に出す。

「田舎育ちのあなたにこれが刺せるの？」

明蘭が鼻で笑って箱の蓋を開けてみせる。いつもは派手な装いを好むという周淑妃だが、今回は趣向を変えたのだろう。繊細な水墨画めいた杭州刺繡の技法で、泉から湧き出た清水の色の裙の前面に、揺蕩うように周淑妃の花紋である蓮《はす》がいくつも刺されている。が、数ある花の半分もできていない。

「あなたじゃ無理でしょ。流行の牡丹《ぼたん》さえ刺せないのに」

明蘭がそう言うのも無理はない。紅玉は今風の刺繡がへただ。

何しろ紅玉が育った時代とは衣装の形も生地も異なる。好まれる構図がまったく違ってくるからだ。

紅玉の時代は生地がしっかりした袿《けい》や深衣を着ることが多かった。糸も貴重だったので袖や襟の別布部分に連続模様の刺繡を入れるのが一般的だった。大きな花や瑞獣《ずいじゅう》といった刺繡は団扇《うちわ》や帯といった衣以外の物に施すことが多かった。なので明蘭が言うようなぼってりと花弁を厚くした大ぶりな牡丹などの派手な図案となると感覚がついていかない。刺せることは刺せるのだが、襦や裙に刺すとなると、当然、余白の取り方や配置の仕方が流行とかけ離れる。「地味」「古臭い」と言われる仕上がりになるのだ。だが、

(これなら大丈夫。ちゃんと、どこにどんな大きさで刺すか、別絹に描いてきてくれてるもの)

しかも元となった図案は百年前にもあった妃嬪が授かる固有花紋。

刺繍法も紅玉にとってなじみがある百年前にもあった杭州刺繍。よりのない糸も、今では廃れている技法で使わないとは知らず、どうしてこの房には用意がないのかと首を傾《かし》げつつ尚服の繍坊から分けてもらったものがある。無駄にならず助かった。

「貸してください」

言うなり紅玉は箱を手に取った。

念のため、もう一度、手を浄《きよ》め、衣も変えて、木枠に布を張る。

後は紅玉の独壇場だ。刺す花の数は多いが、紅玉とて伊達に皇后の侍女をしていたわけではない。得意というわけではないが、公式の場への出席や貴人相手の会談も多かった皇后のもとでは、直前に衣装に相手が喜ぶ図案を加えたり下賜品を変更するなど、尚服の工房に回す時間の余裕がない突発仕事が発生することがよくあった。なので侍女は皆、早仕事に慣れている。ざっと一刻ほどで見本通りに刺しきって、絶句している明蘭たちに掲げ

てみせる。

「これでよろしいでしょうか」

そして、この場に自分の居場所を作るため、畳みかける。

「図案さえわかっていれば私でも刺せます。先輩方はお忙しいでしょうから、これからはこういった雑用は私にお申しつけください」

「ふ、ふん、まあまあね」

口では素っ気なく言いながら、明蘭が目を輝かせて出来上がった刺繡を受け取った。丁寧に箱に入れると、掲げ持つ。

「じゃ、これ、届けてくるわ」

別にすぐ届ける必要はないと思うが、無理やり受けさせられた仕事だったのだ。無理そうなところをこんな短時間で仕上げたぞ、どうだ、と袁昭儀の前で胸を張りたかったのだろう。弾む足取りで明蘭が房から出ていく。

「ありがとう、助かったわ」

と、もう一人の侍女、玲珠がほっとしたように声をかけてきた。

「それに明蘭を先輩と立ててくれてありがとう。これで、これからは少しはあなたに仕事を回しても、あの子も怒らないと思うわ」

ごめんなさい、明蘭はお嬢さまが好きなだけなのよ、と玲珠が気遣うように微笑む。

「ずっと幼い頃から一緒に育って、自分が一番、お嬢さまに近しくしていただいている侍女だってことが明蘭の自慢だったの。だから同じ御一族だというあなたが気になって、それでつっけんどんな言い方になっていただけなの。悪気はないの。許してあげて」

玲珠は明蘭の同輩だが優しい性格で、明蘭と紅玉の板挟みになっているような雰囲気は前から感じていた。明蘭がいない今なら話しやすい。

「では、私が何かお気に障ることをしたとかではなかったのですね?」

ええ、と玲珠がうなずく。

「新しく来た人で人柄とかわからなくて警戒してたのもあるけど。……ここは警戒をいくらしても足りないくらいのところだから。もともとお嬢さまも私たちも来たくてここへ来たのじゃないのに」

「そのことなのですが、どうしてこんなに風当たりがきついのですか」

いい加減、事情を話してほしい。思いきって聞いてみる。

「彩才人さまは失礼ですが主上の寵を受けておられるわけではない。身分も才人と低く、何故、そこまで目の敵にされるのかわからないのです」

「……彩才人さまは悪くないのよ」

そう告げて、玲珠が話してくれた。彩才人さまは朋皇后さまの肝いりで入宮したから、と。

「ややこしい話なのよ。朋一族の肝いりと言えば、この宮の主、周淑妃さまもそうでしょ」

「……？」

残念ながら阿笙の情報に朋家と周家の関係はなかった。わからず戸惑った顔をしていると、玲珠が、「ああ、都に出てきたばかりのあなたは両家の今の事情をよく知らないのね」と周淑妃の実家、周家と、彩才人の実家、彩家の関係を説明してくれた。「もともと彩家と周家は同郷で姻戚の間柄、同じ家格の家だったでしょう？」と。

「両家とも地方豪族で、昔からその地の長を務めていて、民を大規模な土木作業に従事させられる力を持つお家だった。それで中央が進めていた運河建設をはじめとする国家事業に人を送って、その功績で代々、荊州の官吏の役職をいただくようになったのだけど」

ある時、都で政変があり、周家が重要な役割を務めたのだとか。

「で、時の権力者である朋家と面識を持ったそうなの」

「朋家って、もしかして」

「そう。皇太后さまと皇后さまの御一族よ。で、その縁もあって周家は中央に出て、工部の高官を歴任するようになった。つまり地方官吏のままの彩家とは差がついたの」

今の工部の長官、工部尚書《しょうしょ》は周淑妃の父、周栄款《しゅうえいかん》で、彼は朋家の懐刀とまで呼ばれているそうだ。

「そんな事情があって、周淑妃さまは朋皇太后さまの声がかりで後宮入りしたの。つまり朋一族の後ろ盾がある高級官家の娘であることが周淑妃さまの誇りだったのよ」

ところが同郷とはいえ、格下に見ていた彩家からも妃が出た。

「しかも自分と同じく、朋氏の出である朋皇后さまの口ききででしょう？　周淑妃さまは後宮妃になるために育てられたお嬢さまで矜持《きょうじ》の高い方だから、面白くないのよ。それであんな嫌がらせばかり。彩才人さまがお可哀《かわい》そうで」

玲珠がため息をつくが、紅玉はそれどころではない。頭の中が混乱している。

周家と彩家は縁戚の間柄だった。それは楚峻からも聞いた。国の治水工事で成り上がった周家、かつての許婚、周栄昇の家もそうだった。当時、各種事業に人を送り勢力を増していた地方豪族である周家を、蓉皇后の実家である蓉家が取り込もうと紅玉との縁が結ばれたのだから。そして楚峻には栄昇の面影があって。それで自分はここが百年後だと確信して。

（ということは、まさか周淑妃さまの周家とは、周栄昇さまのご一族？　あの方が別の娘の手を取り、血をつないだ末の……？）

改めて気づいて、動揺している自分がいる。馬鹿な。紅玉は顔を横にふる。過去ばかり恋しがり、考えるのはよくない癖だ。自分にはつい半月前のことでも、この世界では百年も昔。とっくに終わった出来事だ。今、考えるべき相手は周栄昇ではなく彩才人だ。

そんな紅玉に気づかず、玲珠が、「でも、彩才人さまのお悩みも後少しの辛抱よ」と、窓の外を見上げる。

そこにあるのはあの楼だ。耀庭宮は後宮の中でも西寄りにある。なので紅玉が眠っていた百年前から建つ楼がよく見える。

「うちの若さま……、楚峻さまがあそこの工事の責任者になられたの。あの楼は古くからある曰く付きだから、工事の前に念入りに祈禱《きとう》を行うらしくて。皇太后さまや妃が何人か立ち会うことになってるの。お身内だし、彩才人さまもきっと招かれるわ」

お嬢さまは箱入りで。だからいきなりご家族から離されて寂しくしておられるのよ、と玲珠が言った。それがもう会えないと思っていた肉親に会えるかもしれない。彩才人は最近、窓の外ばかりを眺めているそうだ。祈禱の日を心の支えにしているとか。

「今から彩才人さまのお顔が楽しみ。きっと久しぶりに笑顔を見せてくださるわ」

うっとりと言われて、紅玉は戸惑った。

何度も言うが、後宮の妃には序列がある。公の儀式に出られるのは皇后と四妃だけ。後は催事の規模にもよるが特別な寵のある妃嬪が、上位の妃の供という形で同行する程度だったはずだ。周淑妃にここまで邪険にされる彩才人が、出席できるとは思えない。

（それとも慣習が変わった、とか？）

百年の間に、職務などという知らない制度もできていた。こういった儀式も妃嬪が全員出席できる形になったのだろうか。

紅玉はよくわからないので口をつぐんだ。とにかく、あの刺繍のおかげで先輩侍女たちには受け入れてもらえそうなのだ。おとなしくしておくにこしたことはない。

と、紅玉がようやくの進展に安堵《あんど》の息を吐いた時だった。

周淑妃の裙を届けに行っていた明蘭が戻ってきた。

様子がおかしい。出ていった時よりも大きな箱を手にしていて、扉を閉めるなり、泣きそうな顔になる。そして、

「紅玉、あなたのせいよ！」

いきなり、紅玉に詰め寄った。

「あなたがあの刺繍をあんな短い時間でやり遂げたりするから。刺繍が得意なのねって、今度は周淑妃さまにこんなものを押しつけられたじゃない、どうしてくれるのよっ」

そう言うと。

我慢していたものが噴出したのか、明蘭がその場にうずくまって泣き出した。

泣き続ける明蘭から聞き出した新たな難題とは、帯に施された刺繍の補修だった。

何代か前の皇后が愛用していた儀典用の古い帯で、香炉の下に置く敷き布に仕立て直されたものらしい。施された刺繍の一部が擦り切れ、糸もけばだってしまったので、そこだけ新しい糸で刺し直す必要があるのだとか。

「そう言われても。私たちも彩才人さまも専門の工人じゃないのよ？　これ、擦り切れて元の模様がどんなだったかさえわからないわ。今回は正直にお断りしましょう。尚服の繍坊に回さないと無理よ」

「それが。これって次の斎会で使う品らしいの。で、皇后であった方への供物になるわけだから、妃が刺すべきって言われて……」

「なっ、次の斎会って皇太后さま主催のものでしょ？　無理よ。開催までもう十日をきってるわ」

斎会とは。歴代の皇帝、皇后の忌日を祀《まつ》る儀式のことだ。紹国では代々の皇帝や皇后の忌日は国忌とし、国中の仏寺や道観にて祈りを捧げる。

後宮の女たちも宮殿内にある廟に参らなくてはならない。

今回、皇太后が催す斎会は、同じ朋氏の皇后だった方のもの。そういった上位の相手への供物であれば、敬う心を表すため、妃自らの手で経文を刺繍するなど特別な品が必要だ。周淑妃が押しつけてきた刺繍の補修もその一つ。身分卑しき繍坊の宮官ではなく、妃が刺すべきと言われれば断ることもできない。

もともと祭具は呪具に通じる。血縁など祀る相手とのつながりが近い者や、身分高き者が手がけた品のほうが尊ばれる。事態の深刻さを悟った玲珠は蒼白だ。しかも。

「彩才人さまが楽しみにされてた楼の祈禱の儀への出席、私、確約が欲しくて訊ねたの」

明蘭が泣きながら言う。こんな短時間で裙の刺繍もしてあげたんだもの、それくらいのお返ししてくれてもいいと思って、と。すると、

「駄目、って言われたの。同席してた周淑妃さまに。『当然でしょう。そもそも公の儀式には皇后と四妃が出るものよ』って。それに『彩才人は仕事をため込んでるじゃない。そんな忙しい人に出席などさせられないわ』って」

「忙しいと言われても……。祈禱の儀なんて一日だけのことだわ。それに公式の場といっても、周淑妃さまはいつもお供に袁昭儀さまはじめ妃嬪を何人も連れていかれるし。そもそも楚峻さまはお身内よ。彩才人さまが行きたがっておられたことは、ご存知なのに」

だいたい「忙しい人」と言っておきながら、その舌の根も乾かないうちに次の仕事を渡してくる辺り、あんまりなやり方だ。

「彩才人さまになんて言えばいいの。あんなに楽しみにしてらしたのに！」

明蘭が我慢できないとばかりに泣き崩れた。玲珠も唇を噛《か》み締めて帯を見る。

「祈禱の儀のこともだけど。今はそれよりもこの帯よ。押しつけた周淑妃さまも周淑妃さまだわ。間に合わなかったらどうする気でおられるのかしら。できないとわかっていて押しつけたわけだから、周淑妃さまだって皇太后さまの不興をかうのに」

「……もしかして、それが狙いではないでしょうか」

紅玉は我慢できなくなって口を挟んだ。

「彩才人さまが泣きついてこられる様を見たいと思っておられるとか。いえ、もっとうがった見方をすれば、彩才人さまが強引に、「私がする」と周淑妃さまのもとから帯を持ち出したので忌日に間に合わなかった、と虚偽の訴えをすれば。そしてそれを皇太后さまがお信じになれば、皇后さまの声がかりで入宮された彩才人さまとはいえ、処罰は免れませんん」

考えすぎかもしれない。だがさっき周淑妃の彩才人への嫌悪を聞いたばかりだ。それに楚峻にわざわざ〈守れ〉と言われた。どれだけ深読みしても足りない。

言うと、明蘭がさらに青くなった。震える声で言う。

「……紅玉、あなたが責任を取るのよね」

「え？」

「今度は前のようにはいかないわ。付け焼刃でどうにかなる品じゃない。何かあったらお嬢さまの代わりに罰を受けてもらうから！」

明蘭が地団太を踏む。完全に八つ当たりだ。だが、

（逆に言えば、この危機をうまく利用できれば、普段、御傍に近づくこともできない皇太后さまの目に、彩才人さまが留まれる好機ではないの？）

彩才人を守るのに必要なのは、周淑妃に負けないだけの強力な後ろ盾だ。皇后の命で入宮したのに、皇后は動いてくれない。となれば、周淑妃を諫《いさ》める力を持つ人は後宮内では皇太后しかいない。

（なら、やる価値がある）

人生、分が悪くとも勝負に出なくてはならない時がある。避けなければならないのは慎重にいこうとするあまり機を逃すこと。蓉皇后もそうおっしゃっていた。

ましてや今回は勝機もある。何しろ過去を知る自分がここにいるのだ。

この時代の異端者。だからこそ〈今〉を変えることができるのでは？

百年経てばすべては変わっていく。紅玉も今の時代の女性の髪形や服装にはいまだに慣れない。が、逆に言えば、とっくに廃れ、捨て置かれたものはその時点で変化を止めている。それ以上変わり続けることはない。今回の帯の補修に求められているのは廃れた技術。百年前の技法のまま、止まっている。なら、かえって自分にはやりやすい。

紅玉は帯に手を伸ばした。布の表面を調べる。元の模様はわからない。だけど。

「……他の部分から、なんとか推測できないかやってみます」

布の全面を覆うのは西方から伝播《でんぱ》した唐草を模した金糸の派手やかな連続模様だ。完全な形で残る部分があるので欠けた部分も復元可能だ。この手の模様は昔もあったので嫌というほど刺した。今では珍しいかもしれないが、紅玉なら眼をつむっていてもできる。

だが困った。技法はわかる。周囲の連続模様はなんとかなる。

問題は真ん中部分だ。

「たぶん、ここには、その皇后の花紋が入っていたはずです……」

模様の配置からして、そうとしか考えられない。これは儀典用の帯だったのだ。格式を重んじる。奇抜な意匠は入れないはずだ。そしてこういう場合、妃が誇らしげにこの部分に刺す模様といえば。

「朋皇后さまといわれる方の花紋をご存知の方はどなたかおられないでしょうか」

皇帝が皇后と四妃に与える固有花紋は同代に同じ花はない。

が、紋に使いやすく、好まれる花は種類が限られることもあり、代が変わればまたその花をその時代の皇后や四妃に与えることがある。

なので区別をつけるため、与える花は同じでも、妃によって図案を少しずつ変える。だから紅玉も周淑妃に刺した蓮紋を他に何種類か違うものを知っている。

が、それらはすべて紅玉が生きた時代より前のもの。ましてや今問題になっている皇太后の一族であったという朋皇后の紋など、見たこともない。紅玉の記憶に朋皇后などという人はいないのだから。きっと紅玉が生きた時代以降に生まれた皇后だろう。

（花紋の図案さえ、いえ、色さえわかれば）

見たところ、熟練の技で布地は少しも乱れていない。が、注意深く拾えば針を通した穴が残っている。横に長い、少し中央が上へと盛り上がった花の形に見える。花弁の形は一律、細長くて先が少しとがっているようだ。

（これは、蓮、かな）

だが花がわかってもどう図案化されたか、色は何かまではわからない。どんな種類の糸を使ったかも。

刺繍糸の材は絹の他にも綿や鹿毛などいろいろある。皇后の帯だから通常は絹か金糸、銀糸だろうが、何か意図があって他の素材を使ったことも考えられる。故人をしのんで人の髪を使った例だってあった。だから他の部分よりも劣化が早く、そこだけほつれてしまった可能性もある。考えれば考えるほど迷いの袋小路に入っていく。

（せめてほつれたままの状態で渡してくれていれば）

元の糸の色と素材がわかったのに。

嫌がらせか、抜き取ってあるのでまったくわからない。尚服の宮官が管理する書庫を当たれば記録が残っているかもしれないが、尚功や尚儀と同じく技術職である尚服の繍坊には門外不出の技法を記した書なども保管されている。皇后、四妃級の口添えがない限り、宮官でもない一侍女の紅玉に閲覧許可は下りない。

お手上げだ。紅玉は深くため息をついた。

とにかく、わかっている連続模様部分だけでも刺していかなくては。時間がない。刺繍糸が必要だ。文を出し、急きょ、楚峻と面会の場を設ける。

後宮の基本は、四角い高い塀に囲まれた宮殿の集合体だ。広大な園林に点在する宮殿に妃嬪が住まう時代もあったが、不要の争いを避けるためか、いつの頃からか、細かく塀と門で区切られた官衙《かんが》のような宮殿が並ぶ今の形になった。許可証がないと、比較的自由のきく下級宮官といえど自分の宮を出て他へは行けない。

とはいえ一つの宮殿は市街でいう町ほどの広さがある。高い塀の中には正殿や翼棟と、複数の殿舎があり、宮官の住まう官舎まである。裏は広大な林となっており、川や池もあり、必要なものは担当の官に言えば届けてもらえる。暮らしに困ることはない。

それでも後宮では手に入りにくい品もあるし、実家から荷が送られてきたりもする。そういった物品の受け渡しをするために、後宮と外とを隔てる門の脇に専用の殿舎が設けてある。

今回、紅玉が楚峻と会うことになったのは、その殿舎だ。

表向きは、実家から彩才人への荷が届いたので彩才人の使いとしてそれを取りに来たという形で、紅玉は後宮の正門、西蛾門《さいがもん》横にある面会所へ向かう。

各宮殿と宮殿を区切った高い壁、その間にある長い石畳の通路。

等間隔に灯籠が置かれ美しく掃き清められているが、草木の一つも植えられず、塀が陽光を遮る路は寒々しい感じがする。普段、広い宮殿で暮らしている分には塀も木々が覆い隠し、閉塞感はないが、こうして門から出ると、両側に迫る高い塀が、ここにいる女たちが囚《とら》われの身であることを嫌でも自覚させてくる。

長々と通路を進み、西蛾門の脇に作られた殿舎に入ると、楚峻はすでに来ていた。紅玉が近づくと、実家からの荷だと言って、小さな行李《こうり》を差し出した。中に危険なものが入っていないか当番の宦官たちが調べる間に、少し話すことができる。いくばくかの袖の下を渡せば見張りたちも離れて会話を聞かないようにしてくれるし、茶まで出してくれる。

彩才人の近況を訊ねながら、楚峻が驚きを伝えてくる。

「……こんなに融通がきくとは思わなかった」

「私は主上の妃である内官ではなく、ただの侍女ですから」

百年前から変わらない後宮袖の下事情を知らないとは、本当に清廉な人だと思う。逆に表の男世界でやっていけているのかと心配になりながら、紅玉も用件を切り出す。

「申し訳ありません。今日お呼び立てしたのは、私の不注意で、至急、入用な品ができたからなのです」

今回、周淑妃に補修を頼まれた品は、妃が公の場で纏う衣とは違い、私的に祭壇に供える品という扱いになる。後宮の糸処の糸には手を出せない。自腹で買うか、実家から取り寄せるしかないのだが、ものが皇后の帯に使われた糸だ。当然、高価で手に入りにくい。紅玉の給金では贖《あがな》えない。楚峻に頼るしかない。

図案がわかっている連続模様部分の糸端を切った材質見本と、色種類を書いた書き付けを渡し、今の価を知らないが、手に入りにくいと思うので手配を急いでほしい。なるべく品質の揃《そろ》った大店《おおだな》で、と願うと、楚峻が顔をしかめた。

「……やはりいいです。自分でなんとかします」

尚服の女官たちに交渉して、対価は労働で払って……と算段しつつ立ち上がると、彼が「待て」とあわてて紅玉の腕を取った。それからすぐ「あ、すまない」と謝り、手を離す。

「べ、別に無理なわけではない。ただ私が刺繍糸などという女人向けの品を贖ったことがないので、どこの店に頼めばいいかとっさに見当がつかなかっただけだ」

すれていないことを言って、楚峻が「もっと私に頼ってくれていいんだ」と言った。

「君を送り込んで半月だが、こうして頼み事をされるのはこれが初めてだ。こんな一介の官吏では貴顕を見慣れた君の眼には頼りなく映るかもしれないが、糸を贖う財力くらいはある。私が叔母を守ってくれと言ったから、君はこんなことに巻き込まれているのだろう？　なら、私には君を助ける義務がある」

少しもこちらを責めず、「他に困ったことはないか？」と、大真面目に言う彼の心配そうな眼が心に染みて。あの時もそうだったと、紅玉は彼に初めて会った時のことを思い出した。

楼で目覚めた時の紅玉は、百年先の時代に飛ばされたことを知って絶望し、先のことなど考えられなくなっていた。そんな紅玉に彼は今と同じ誠実な眼を向けて「うちに来るか」と言ってくれたのだ。

思い返すとそこからの楚峻は素早かった。突然の事態だというのに、今後のことを即、頭でまとめ、まだ動きのぎこちなかった紅玉を抱き、高い塀を軽々と乗り越えてくれた。

もっとも。そこから先で、旧《ふる》い後宮と外朝の境で足止めをされることになったが。

何故か紅玉は、後宮から出ることができなかったのだ。

過去からここへ来たことと関係があるのかもしれない。茫然《ぼうぜん》としたが、楚峻はすぐに頭を切り替えて、紅玉を資材置き場の隅に匿《かくま》い、身代わりの娘を仕立てて外から後宮の門をくぐらせ、紅玉と交代させるという離れ業を手配してくれた。

仕事の速い人なのだと思う。そして決断力があり、有能だ。

そんな彼が紅玉を見込んで任せてくれた侍女仕事なのに、まさか先輩侍女たちとうまくいかず、彩才人ともまだ話せていないとは言いにくい。

「本当に、問題はないのだな？　ないから連絡をしてこなかったと解釈していいのだな？」

確認するように言われて、自分のつまらない見栄を見透かされていることを知る。

いっそのこと、言ってしまおうかと思った。明蘭たちとのことを。雇い主である楚峻からの言葉なら、彼女たちも無視はできない。

（……駄目。それじゃあ本当の信頼は得られない）

彼女たちの態度も前よりは軟化したのだ。これは自分でなんとかしないといけないことだ。

気合を入れた紅玉を気遣うように、きついなら無理に続けなくていいと楚峻が言う。

「やめるか」

問われた。紅玉は答える。

「いいえ」

侍女を辞めたところで紅玉に行き場はない。それにこの半月、共に過ごして彩才人とその侍女たちに情が湧いている。苦境の中に彼女たちを置いて去ることなどできない。何より少し落ち着いて、〈あの時〉のことを考えられるようになった。〈悔い〉がある。

あの時、鷲皇子と楼に入った時、何故、自分は油断した？　警護の行き届いた後宮の中だからと、目視による簡単な確認しかしなかった。護衛がいることに安心しきっていた。皇族が常に狙われる存在だとわかっていたのに。

あの時に聞こえた呪言。あれはきっと皇子を狙った呪術だ。自分は何故、楼に立ち入る前に道士たちを呼ばなかった。皇子を引き留め、楼を調べなかった。あれから皇子はどうなった？

自分はその確認すらできていない。後悔だらけだ。だからもう後悔なんてしたくない。彩才人はまだ言葉も交わしていない主だが、今度こそ全力で守りたいと思う。自分が未熟なせいでまた指の間を大切な命がすり抜けていく、あんな恐怖を繰り返したくない。

「続行、させていただきます」

彩才人のためにもつまらない見栄は捨て、楚峻を頼ることにする。へたな遠慮は無用と彼の眼も言ってくれている。

「実は、困っていました。大きな問題がありまして」

刺繍糸が必要なのは何故か、巻き込まれた騒動について包み隠さずすべて話す。

「と、いうことで。問題は元の図柄と色なのです。楚峻さまであれば史実にもお詳しいでしょう。それらしき記述を見られたことはありませんか？」

科挙突破の秀才に聞いてみる。彼なら紅玉の知らないこの百年の皇帝、皇后について知っているはずだ。最初に訊ねた時に蓉皇后のことは知らないと言われたが、それは逆に蓉皇后の時代に特筆されるような変事がなかったからだろう。そう信じたい。

楚峻が考えつつ答える。

「……花紋か。存在は知っているが、私の知る書にはその手の記述は残念ながらないな」

やはりそうか。朝廷の出来事を記すような官吏は朝議にも出る男性だ。女性の衣類について書き残しているとは思えなかったが、それでも一縷《いちる》の望みを抱いていたのに。

紅玉が肩を落とすと、ただ、と楚峻が言葉を続けた。

「その帯というのは皇后の遺品なのだろう？　なら絵図があるかもしれない」

「え」

「儀典用の帯なら正装に使う。代々の皇帝皇后はよく肖像画を描かせるし、教養ある女性なら絵心もあるだろう。ましてや花紋を賜るのは妃の誉れと聞く。誰か描き残しているかもしれない。絵の保管所を見せてもらえばどうだ」

実際に見たことはないので、中に何が収蔵されているかはっきりしないが、と前置きして、彼は後宮内の建物図面でそれらしき殿舎があるのを見たと言った。

「楼へと通じる工事用通路の建設に関連して、後宮の見取り図を見せてもらった。素晴らしかった。その中に棚を多く取りつけた書院があった。注釈からすると、後宮に住まう妃や公主たちが手すさびに描いた絵画など、宝物蔵に入れるほどではないが、不敬に当たるので簡単には廃棄できないものをまとめて保管する建物らしかった。棚の奥行や造作からして大判の絹布や巻物を収蔵するようになっていた。明らかに絵図の保管場所だ」

昔はなかったがそんな建物ができているのか。

場所を聞くと紅玉が知る百年前にあった書庫の近くだった。

「多分、途中で増築したのだろう」

納得する。あの書庫はもともと延焼を恐れて周りに他の建物がない、広い空間に建っていた。建て増しは容易だったろう。

長年、後宮にあった妃や公主たちが手すさびに描いた絵。行事の様子などを記し、暇つぶしに回覧した書画で、勝手に処分もできず積もり積もって置き場に困って増築したというのが真相なら、さほど重要視されていない書院だ。それなら彩才人に申請を出してもらえば閲覧許可は下りるだろう。

「少しは役に立てたかな」

悪戯《いたずら》っぽく言う楚峻に笑みを向ける。ええ、とても役に立ちましたとも。

「だが、君の正体がばれては危険だ。宮殿の外を歩く時は気をつけるように」

そう真顔になって付け加えてくれる彼は、この権謀術数うずまく宮廷の中で、誠実すぎるほど誠実な青年だと思う。

「他に、私にできることはあるか……？」

気遣わしげに言う彼に、そんなに気を遣うことはないのだ、と伝えたくて。紅玉は悪戯っぽく微笑んで、要求を返した。

「では、今回の一件が成功した暁《あかつき》には、塩を一袋ください」

職務とは関係ない自分へのご褒美、鍋会用だ。

こればかりは自給自足できない。そしてあるのとないとでは断然、鍋の味が違うのだ。

＊＊＊＊

頼もしく言って去っていく林杏、いや、紅玉の背を見送って、楚峻は安堵の息を吐いた。

（よかった。順応してくれているようだ）

信頼できる、後宮内に詳しい者が叔母の傍に欲しい。そう考えると紅玉は天に遣わされた救いといっていい。

明蘭と玲珠は忠誠心はあっても後宮には不慣れだ。当初使う予定だった娘も田舎育ち。後宮に上がる教育など受けていなかった。

薔華の入宮が決まり、急いで宮廷の礼儀作法や先例を知る娘を探した。が、都合よく見つかるわけもなく。朋家と周家からも邪魔が入り、満足な備えができぬまま後宮へ送り出すことになった。楚峻は心底、信頼できる者を後宮内に欲していた。

そんな時、彼女に会った。

身元不明の娘。怪しい娘を捕らえたと、皇城を守る近衛兵に突き出すのは簡単だった。否応《いやおう》なく後宮の勢力争いに巻き込まれ、政治的に危うい位置にいる楚峻にとって、それが最も無難な選択だっただろう。

だが、それができなかったのは、あまりに彼女が途方に暮れていたからだ。自分の身に起こったことを理解した彼女の頬を透明な筋が幾筋も伝って。声にならない悲鳴をあげて、彼女は身を震わせた。見ていた楚峻は身の置きどころがなくなった。その後も、白くなった唇を固く噛み締め、不安だろうに、「大丈夫です」と気丈に言う彼女を放っておけなかった。

骨の髄までの建築馬鹿。朴念仁。

親だけでなく友や知人にまでそう評される楚峻だが、あの時はこれ以上、彼女を泣かせたくない。そう思った。彼女をこのままにはしておけない、と。

へたをすれば一族にまで罰は及ぶ。わかっていても見捨てられなかった。いや、逆に、彼女が言う通り、本当に過去から来た娘だというのなら、庇護《ひご》を申し出れば自分の手をふり払うわけがない、頼ってくれるのではと下心が湧いた。相手の苦境に付け込む卑劣な真似を男がすべきではない。そう思うのに楚峻は彼女に言っていた。

「私の叔母の侍女になってくれないか？」

自分でもよくわからない感情に突き動かされて、楚峻はこの不思議な娘と縁をつなげたいと願った。一時的な目標でいい。生きる指針を失った彼女に何かを与えたかった。気力を取り戻してほしい。このままあきらめてほしくなかった。

生気のなかった彼女の瞳に光が戻ってくるのを確かめて、楚峻はほっとしたものだ。

（……だがあの時も彼女はこちらから申し出るまでは「助けてくれ」とは言わなかった）

一人のままでは身の破滅だとわかっていただろうに。あのまま自分が背を向けたら、きっと自分だけでなんとかしようとしただろう。

「皇后の侍女、だからか？」

人を信用するな、宮廷にあって己の身を挺《てい》しても皇后を守れ。そう身に染みついているのかもしれない。それが頼もしくもあり、哀れだった。だからだろう。彼女があの時口にした蓉皇后という名。実は記憶にあった。これでも科挙を通過した男だ。紹国の史実なら暗記している。だが言えなかったのは。

（言えるわけなかろう。彼女が絶望するとわかっていて……）

とはいえ史書には載っていることだ。いつかは知ってしまうだろう。

周家のことも。

その時、彼女がどうするか。その時、自分は傍にいて支えてやれるのか。楚峻は眉を顰めると、苦い息を吐いた。

4

「勝手に見るといいよ」

書院の番人はそう言うと、くるりと背を向けた。同輩との麻雀《マージャン》勝負に戻ってしまう。

こんな一侍女の前でまで仕事熱心なふりをする必要はないが、やる気がまったくない。

まあ、ここにあるのは後宮の女たちが手すさびに描いた絵ばかり。盗んでまで欲しいという者もいないし、閲覧に来る者自体ほとんどいないのだろう。

（だけど整理と管理くらいはやってほしい……）

代々の帝が徹底しなかったのか、それとも現場の怠慢か。数ある絵図は適当に突っ込みましたといったていで、年代ごとに並べられているわけでも描き手ごとに分けられているわけでもない。数があるのは当たりを引けそうでありがたいが、探すのは大変だ。

（とりあえず、名前はわかってるから）

片っ端から調べるしかない。紅玉は腕まくりをすると、書画の山に挑んだ。

肖像画を描いた場合、誰を描いたものか、朋皇后図、などと隅に書くことが多い。それを狙って探していく。巻いてある絹布を開いては閉じ開いては閉じ。どれくらいそれを繰り返しただろう。いい加減、腕が痛くなってきた時だった。一枚の絵を広げた手が止まる。

「あった！」

朋皇后、と書かれた女人図だ。しかも正装、帯の花紋は蓮だ。

百年の間にそう何人も蓮の紋を賜った朋家の皇后はいないだろう。それでも念のため、時間の許す限りは書院の中を調べようと、見つけた絹帛を元通り丸めようとして。

紅玉の眼に、隅に書かれたこの図を描いた年月日らしき字が入る。

「玄禧、十三、年……？」

思考が、止まった。

紅玉がこの時代に飛ばされたのは、春節を祝った年は〈玄禧十年〉だった。

（どういうこ、と……!?）

この絵が描かれたのはあの時から三年後だというのか？

ならどうして？　どうしてその年代に〈朋皇后〉などが存在する？　玄禧帝の皇后は蓉皇后。紹国の法では皇后位は同代につき一人にしか授けられないはずなのに……！

（嘘《うそ》、嘘嘘嘘、蓉皇后さまはどうなったの？　どうしてこんな……！）

紅玉は混乱した。まさかあれから蓉皇后の身に何かあったというのか。あの時の蓉皇后はまだ二十八歳、健康で持病などもなかったはずなのに！

（何か、何か他にない？）

知りたい。さっきの年号は何かの間違いで、蓉皇后は無事だと安心したい！

紅玉は必死になった。必要な花紋のことなど頭から飛んで、目を血走らせて絵図の山に向かう。それらしき記述が、あの時代の何かを記したものが他にないか懸命に探す。

が、絵画の山は時代別に分けてあるわけではない。なかなか欲しいものが見つからない。腕が痛くなるまで紅玉は大量の絹や紙を開いては脇に置くことを繰り返す。

そのうち辺りが暗くなってきた。絵の表面がよく見えない。灯が欲しいと番人に言うと、火気厳禁と素っ気なく言われた。ねばれば灯を貸してくれるかもしれない。だがもう時刻は遅い。番人を口説き落としたところで彼らが手燭を取りに行くのをさぼってどこかで時間をつぶされでもしたら日が暮れてしまう。宮殿の門が閉まれば帰れなくなる。

今回を逃したらもうここへは来られないかもしれない。

なら、ごねる時間が惜しい。

紅玉は番人たちに背を向け、棚の奥へと戻った。陽の光が残る窓際まで一枚一枚運んで、懸命に目を凝らす。そうしてどれくらい時間が経っただろう。かたん、と閂《かんぬき》の降ろされる音がした。顔を上げると中には誰もいない。

まさか、扉を閉めて帰ってしまったのか？

かろうじて夕方の陽で絵を見ていた。陽が沈めば真っ暗だ。こんなところで一晩を過ごすことになれば、宮殿の門だって閉まってしまう。毎夕の点呼に間に合わない。それどころか主の管理不足だと彩才人が責められるかもしれない。

はっとした。一気に今抱えている難問を思い出す。

今の時代では点呼に間に合わなかった罰はどれだけのものになるだろう。自分は何を私情に流されていた。ここへは花紋を調べに来ていたのに。そのために得た許しだったのに。自分はこんな時間まで何をしていた？　罰を受けるのは自業自得だが、杖打ちなどをされては痛くて椅子に座れなくなる。刺繡ができない。斎会に間に合わない！

ぞっとした。また自分の不注意で主を危険にさらすのかと。

「誰か、誰かいませんか、中にまだ残っていますっ」

紅玉は窓に取りついた。背伸びして、必死に狭い高窓から手だけを出して呼ぶ。声が枯れかけた頃、ようやく人が答えてくれた。

「……まったく、何事だ。閉じ込められただと？　何故そんなことが起こりうる」

高い、少年の声だった。通貞になって間もない見習い宦官だろうか。誰にしても見つけてもらえてよかった。紅玉はほっとして閂を外して扉を開けてもらえないかと頼む。だが、

「鍵がかかっておるな」

面倒臭げな声が返ってきた。そんな、鍵を取りに行くのも面倒だとこの少年に見捨てられたら。自分はもう終わりだ。

思わず半泣きになって懇願すると、うるさい、と言われた。

「見捨てたりはせぬ。……少し目をつむっていよ」

かたんと音がして、裏手から誰かが入ってきた。

どこから入ってきたのだろう。

暗がりにいるので顔は見えない。が、声の高さから、まだ少年かと思っていた彼の身長は、身を起こすと紅玉より少し低いだけだった。この体格では湿気逃しの狭い通風孔を潜り抜けたというわけでもなさそうだ。

「どこから……」

言いかけて、隠し扉の類があったのだと見当をつける。ここを熟知した所属の少年なのか。いい匂いの香がしてくる。阿笙とは違い身分が高そうだ。宦官といえど、妃嬪すら気を遣わねばならない身分の者もいる。きっとそういった高級宦官に仕えているのだろう。

相手からは窓際に立つ紅玉の顔が見えるようだった。

「……覚えのある声だと思ったが、やはりあの時の鍋娘か」

「え？」

少年が紅玉のほうへと歩を進める。夕日の名残が、相手の顔を照らし出す。

「あ」

思わず紅玉は小さく叫んでいた。

（鷲皇子さま⁉）

いや、違う。鷲皇子は幼児だった。目の前にいるのは少年だ。

じっくり見ると、彼は鍋会をしている時に姿を見せた、少年宦官だった。

遠目で見た時はもう少し幼く見えたが、こうして向かい合うと紅玉より一つ年下くらい、いや、もう少し下か。どちらにしろそこまで幼くない。だがその真っすぐな瞳が鷲皇子を想い起こさせるのだ。

(もともと鍋会のことを口止めしたかったから、この子に会えたのはよかったけど)

だがどうしていつもこの少年の前ではこうも自分は規則違反ばかりしているのか。恥ずかしくてとっさに口を動かせずにいると、外へ出よう、と言われた。が、

「あ。駄目。私、まだ図を写してない!」

紅玉はまた自分の失態に気がついた。頭に血が上って、肝心の花紋を写すのを忘れていた。なんということだ。泣きそうになった。

どうする? 今夜、この絵を置いてここを出たら。次はいつここへ来られるかわからない。そこまで重要な書院ではないにしても、そう何度も許可が下りる場所ではない。疑うわけではないが、紅玉がここに来たことを知った誰かが嫌がらせに絵図を隠してしまうことだってある。

今、紅玉が急務で探さなくてはならないのは刺繍の図だったのに。この絵を検証すればいけるはずなのに。ぎゅっと絹を抱く。

(……せっかく助けに来てもらったけど。朝陽が昇るまでねばって、書き写そう)

今帰っても、朝帰りをしても、受ける罰は同じだろう。

そう覚悟を決めたのがわかったのか、少年があきれた声を出した。

「持って出ればいい。明日、返せばいいだろう」

「持ち出し許可を得てないから」

「許可しよう」

「え？　でも」

あなたここの所属ではないでしょう？　と問いかける。最初はここの所属かと思ったが、彼の洗練された所作や薫《かお》る香はこんな窓際部署に配置される者のものとは思えない。

すると少しあわてたように彼は、後宮全体を司る有力宦官に伝手があるのだ、口をきいてやる、と言った。

「とにかく、ここから出るぞ。ただし、ここにある隠し扉は実は数ある出口の一つで、秘密の通路自体は後宮一帯をめぐり外の皇城までつながっているのだ。故にそなたごとき娘に知られるわけにはいかん。手を引いてやるから眼をつむっていよ」

秘密の通路なら、そんなふうに口に出してもいけないだろう。

少し心の中で突っ込みながらもおとなしく紅玉は目をつむり、手を引かれて外へ出る。

紅玉の腕をつかむ彼の手は骨ばってずいぶんと細かった。縦に伸びる体に横幅がついていっていない。宦官だから仕方がないとは思うが、もう少し肉をつけてもいいのではなかろうか。

そう思うと情が湧いた。彼に痩せ細って死んだ弟が重なって胸が切なくなった。

だからだろうか。紅玉は少年の背に向かって言っていた。「またあそこにおいでよ」と。「見てたでしょう？　またあの場所で鍋会をするから。今夜のお礼にご馳走《ちそう》する。あったかい羹をお腹いっぱい食べさせてあげる」

食べ盛りの少年宦官はいつも腹をすかせていると聞く。

彼は応えなかった。焦《じ》れた紅玉が約束を求めて握り合った手をぶんぶん振ると、彼は咳《せき》払《ばら》いをして足を速めた。

が、鍋会の誘いにはまんざらでもなかったのだろう。抜け道から出ると、そこで別れるのではなく、頼もしく、「後宮内とはいえこんな時刻に娘を一人で歩かせるわけにはいかない」と言って、耀庭宮の門が見えるところまで送ってくれた。

幸い閉門には間に合った。満面の笑みで感謝すると、宦官の彼は阿笙と同じく侍女に礼を言われることに慣れていないのか、照れたようにそっぽを向いて帰っていった。

その背を見送って、自分も房に戻りつつ紅玉は絹布の束を抱き締めた。

自分が昔から年少の男の子に弱いのは、幼い頃の記憶があるからかもしれないと思いながら。死の床で弟を頼むと願った母に蓉皇后を。痩せ細り、寒いよ、姉さま、と言いつつ儚くなった弟に幼い皇子たちを重ねていたから。皇后は紅玉のそんな胸内を知っていたのだと思う。だから皇子がたの遊び相手を任せてくれたのだろう。

紅玉は母と弟を亡くしたあの時から、過去に囚われ、あがいているのだと思う。

もう二度と大切な人を失いたくなくて。もっとできることがあったのではないかと、自分の無力を、無知を、後悔したくなくて。

だから彩紅玉になった今も。

彩才人のために、自分ができる精いっぱいのことをしたいと願っているのかもしれない。


無事、花紋の形はわかった。

絵図を見つけた翌日のこと。

紅玉は作業に集中しようと私室に下がり、絹布を広げていた。

彩才人が暮らす耀庭宮の北棟は、専属の宮官が常に不在だ。寝起きする房は余っている。

明蘭と玲珠は仲良く彩才人の寝房の隣で一緒に寝るので、紅玉は贅沢にも個室をもらっている。なのでゆっくり作業ができる。

借りてきた絵を広げる。あの少年宦官が言った通り、貸出許可は下りていた。おかげで細部まで丁寧に観察できる。お付きの侍女が衣装の記録を残すために描いたものだろうか。

生き生きとした筆致で、菊花を手に節句に臨む皇后の姿が写し取られている。

そして、その帯には見事な蓮の花紋があった。

それをそっくり写し取る。

もしこれが求められている朋皇后の絵とは違っていたら。紅玉にできることはもう何もない。実は今日の朝の点呼が終わった後、本当に貸し出し許可が出ているかを確かめるため、彩才人に願い出てもう一度例の書院に行ったのだ。すると今度は許可証の不備を言い立てられ、中に入れてもらえなかった。昨日は突然思いついてのことだったのでよかったが、今日はもう邪魔をされているらしい。

仕方なく引き下がって、昨日借り出した絵を元に図案を起こしているのだが。

「できた」

紙の上に描いた復元図をそっと絹の下に敷く。当たりをつけて針を刺していく。

幸いなことに絵は保管状態がよく、そこまで退色していなかった。心持ち、絵にあるよりも鮮やかな色糸を選んで刺していく。どうしてもわからない色は記憶にある他の蓮花紋と、この前刺したばかりの周淑妃の花紋から推測した。

後は時間との勝負だ。焦りが糸目に出ないよう、丁寧に刺しつつ考える。

この時代の朋皇后なる人物と、今の時代の皇后、皇太后も朋家の出だ。

あれから必死に思い出した。朋家とは蓉皇后の時代にもあった家だ。娘を後宮に入れていなかったので記憶に薄かったが、代々高級官僚を出す名門だったはず。他に紹国に皇后を出せるほど力を持つ、朋姓を名乗る家はなかった。なら、あの朋家が、紅玉がこちらの時代に来た後に、娘を入宮させた可能性はある。

（……それがどうして皇后位を得ているのかはわからないけど）

当代の朋氏の皇后たちは、この絵の朋皇后について何か知らないだろうか。

残念ながら紹国女性の教養は偏っていることが多い。

書を読むにしても詩文など文化面に重きを置いて歴史書は後回しにされがちだ。自国の史実でも知らないことがある。百年も前のことならなおさらだ。明蘭と玲珠に聞いてみたが、彼女たちも百年前の朋皇后なる人物については知らなかった。

だが後宮妃となるべく教育を受けた朋家の娘なら。そしてそんな上級妃に仕えるべく教養を授けられた高位の侍女たちなら。この絵の皇后について知るはずだ。一族から皇后を出すなど、末代まで語り継ぐ誉れなのだから。

（問題は。私の身分だとおいそれと皇太后さまに近づけないってことなのよね……）

だったら。自力で近づける伝手を作るまでのこと。

今刺している刺繡で皇太后の目に留まることができたら。侍女たちに質問することを許してもらえたら。だって自分は他に史実を知る手段を持たない。

ぎゅっと唇を嚙み締め、紅玉は必死に刺繡針を動かす。

（聞ける人がいないなら、残る手は〈正史〉を見ることだけど、それも難しいもの）

ここ、中原では多くの国が興り、潰えた。新たに王朝が起った際、自身の正当性を知らしめるため、前王朝の記録を〈正史〉として記すことが多い。当然、それらは勝者の都合のよいよう編まれている。それを憂えた紹国初代皇帝が、己が健在なうちに自朝の正史を編纂させることにしたのだ。今も行われているかは不明だが、以来、紹国では一つの年が終わればその都度、専門の部署がその年の正史を編纂にかかる。

それを見れば当然、玄禧帝の代に何があったかわかる。

ただ、どこで手に入れればいいのか。表の、男たちの宮廷に属する書だ。後宮の書庫に写しが納められているかも怪しい。そもそも書庫に立ち入る許可を紅玉は与えられていない。

胸の鼓動が期待と不安に高まりすぎて苦しい。ともすれば針先が震えそうになる。

いや、先走ってはならない。紅玉は必死に自分の心を抑える。

(また横道にそれて書院の時みたいな失敗をする気？　今の私の役目は彩才人さまをお守りすることでしょう?)

なんのために自分は針を刺している？　周淑妃に付け入られる隙をなくすためだ。そしてこの刺繡を通じて、皇太后に彩才人の存在を示すこと。皇太后の後ろ盾を得られれば彩才人への虐めはなくなる。先ずそれを達成しなくては。

それに斎会に出向く彩才人の供は一人。たぶん明蘭が行くことになる。自分が皇太后に近づける機会などない。

それでも万が一ということがある。刺した者に会いたいと言ってもらえたら。それだけの出来の刺繍をほどこすことができれば。紅玉はそれを願って寝食も忘れて手を動かす。

そうして、最後の一針を刺し、糸を切る。

……無事、穴を埋めることができた。

改めて帯を眺める。美しい金糸の唐草模様の中央に、花開いた蓮がある。つやつやとした薄桃色の花弁。うねるように周囲の唐草模様へとつながる花茎の装飾美。

今までの自分で最高の出来だ。

精魂使い果たした紅玉は卓につっぷした。針や鋏《はさみ》を卓上に出したまま眠ってしまう。

気がつくと袿が肩にかけられていた。卓上は片づけられ、刺した帯はきちんと箱に納めて棚に戻してある。いったい誰が片づけてくれたのかと、ぼうっと周囲を見ると、

「あ、起きたのならさっさと朝餉《あさげ》を取りにいらっしゃいよ、愚図ね」

と、盆を手にした明蘭が戸口のところに現れた。彼女が捧《ささ》げ持つ皿からは、うまそうな揚げ麵麭《めんぽう》の匂いがする。背後の回廊からは朝を告げる鳥のさえずりが聞こえていた。いつの間にか日も暮れ、夜も明け、朝になっていたらしい。紅玉のお腹がぐうと鳴いた。

「……えっと。もしかして朝餉を持ってきてくださったのですか」

「馬鹿ね！　そんなことするわけないでしょ、大事な預かりものに匂いが移るじゃない。

ここへは、た、たまたま通りかかったの。この麺麭だって別にあなたのためのものじゃないし」

予備よ、予備、と明蘭が顔をぷいと横に向ける。

「そもそも大事な預かりものを出しっぱなしで寝るなんて信じられない。よだれで汚れないように私が棚にしまってあげたわ。足を引っ張らないでちょうだい」

言うだけ言って、去っていく。その耳が照れて真っ赤だ。

紅玉は初めて明蘭を可愛いと思った。急いでその後を追う。

「明蘭さん、ちょっと顔、見せてください」

「きゃっ、いきなり回り込んでこないでよ。お皿を落とすでしょ。あなたやっぱり馬鹿？」

いつも以上に口数多く怒り出す明蘭に紅玉は微笑んで、それから提案する。

「あの、思ったより早く帯の補修が済んだので。よければ当日の彩才人さまの衣装にも手を加えたいんです。手伝っていただけませんか？」

考えたのだ。このまま帯を提出しても、手柄は周淑妃のものになってしまう。もともと周淑妃が朋皇太后から預かった帯なのだから。淑妃は刺したのが本当は誰かなど、皇太后には決して言わないだろう。

だが、その場に同席する彩才人の衣装に、同じ者の手とわかる刺繍があれば？　それに皇太后が気づけば？

「周淑妃さまを、出し抜いてやることができます！」

一瞬、眉を顰めた明蘭だが、こちらの意図は伝わったのだろう。みるみるその瞳に輝きが宿る。興奮のためか頬を紅潮させて明蘭が言った。

「……あの絵図みたいな衣装にするっていうなら、協力してあげてもいいわ」

絵図にあった衣装は古風だが美しかった。他の妃嬪が皆、今風の襦裙を纏う中できっと目立つだろう。

彩才人の姿を皇太后に印象づけることができる。その他大勢の下っ端妃嬪から、一歩、前へ出ることができる。

紅玉と明蘭はがしっと手を組んだ。

「やるわよ！」

「ええ！」

そこへなかなか来ない二人に焦れたのか、玲珠が迎えにやってきた。二人が手を取り合っているのを見て、くすくす笑いながら仲間に入ってくる。

「よかったら私にもやり方を教えて、紅玉。当日、お供する侍女の衣装にも同じ模様を刺したいの。明蘭ったら、あなたが借り出した絵図に夢中になってずっと見てたのよ」

「え？」

「明蘭は芝居が好きなのよ。楚峻さまについて都に上がった時も芝居小屋に通い詰めで。あの絵が気に入ったのも、その時の舞台衣装に似てたからなの。自分もこんなの着てみたいって、うっとりしてたんだから」

そういえば補修した帯が棚にしまわれていることは確認したが、絵図は見ていなかった。

「持ち出してたんですか、明蘭さん」

「な、何言ってるの。私、そんなの持ち出してないしっ。興味なんかないしっ」

図星だったのだろう。明蘭が真っ赤になっている。

玲珠がこっそり教えてくれた話によると、明蘭は堅実志向のくせに夢見がちという複雑な中身を持つそうだ。彼女にそんな少女っぽい一面があったとは。ますます明蘭が可愛くなる。つい、くすくす笑ってしまって、紅玉は明蘭に「馬鹿！」と叩《たた》かれた。

皇太后の目に留まる者は少しでも多いほうがいい。

明蘭の照れっぷりを許しはもらえたのだと判断して、紅玉は当日、出席する彩才人の衣装と共に、明蘭の衣装も手に取った。楚峻がたっぷり糸を届けてくれたので余裕がある。

明蘭と玲珠にどんな刺繍がいいか聞くと、

「肝心のお嬢さまのお顔を見ないと、お似合いになる刺繍なんてできないでしょ」

と、明蘭が大事なお嬢さまへの目通りを許してくれた。

侍女となって一月弱。紅玉はようやく自分が仕える主の顔を見ることができた。

彩才人は事前に聞かされた通りの、美しい少女だった。

疵《きず》一つない完璧な白玉から彫り出したかのような、可憐な顔。艶やかな黒髪に、淡くけぶるような項《うなじ》の生え際。眉の下には、大きな黒目勝ちの瞳が夢見るように開いていて、紅に色づいた唇はまさに薔薇の蕾のよう。今様に大きく髷《まげ》を結い、長榻《ながいす》にもたれた華奢《きやしゃ》な姿態は、まさに重げに枝先に開いた薔薇のようで。

（さすがはあの楚峻さまの叔母上だわ……）

美形一族なのだろう。うっとりと見惚《みと》れてしまう。これは着飾らせがいがあるというか、仕えがいがある。明蘭の気持ちがわかる。

そしてその可憐な様は、紅玉の母性本能をも刺激した。

彩才人自身は新参の侍女に人見知りをしているのか、すぐに、ふいっと顔をそむけてしまった。腹心の侍女、明蘭を通しての言葉も、「衣装の刺繡はどうでもいい。任せるわ」だった。が、拒否はされなかった。

そう解釈して、当日の用意を進める。彩才人が実家から持参した領巾《れいきん》や簪《かんざし》など装飾品をすべて並べて、明蘭と一緒に衣装合わせをする。

「この刺繡をここにこう使うなら、当日の彩才人さまの髪型も雰囲気に合うように変えてみるのはどうでしょう？」

「それ、いいかも。なら、簪はこれがいいわ。絶対、お似合いになるもの！」

興奮した明蘭が賛成してくれる。よかった。実は紅玉の目から見ると今の髪型は危なっかしくて落ち着かない。

きつく髪を頭上に上げた後、芯に鹿の角か馬の毛を詰めて髷を作るのが今風だ。大仰に左右に張ったり、不思議な角のように宙で折れた髷の数々。結い髪を大きくすることで顔や首筋をほっそりと見せ、風にも折れん儚げな佳人を装っているのだろう。が、紅玉の時代に流行《はや》っていた一部だけを結い、後は背に流す形も長い髪が風になびいて風情があったと思うのだ。可憐な彩才人にも似合うと思う。本当はそうしてみたい。

だが、今回は赴く場所が皇家の廟だ。

神聖な祭儀の場だ。髪を結わずに垂らすのは、この時代では不敬に当たっては困る。なので絵姿にあった朋皇后の髪型に似せてゆったりと髪を結い、頭頂には小さな髷だけを作ることにした。背に流した髪は、肩の下辺りで輪を作ってまとめる。つける簪は髷を覆う翡翠《ひすい》の小冠だけ。

首筋をあらわに見せ、派手な歩揺《ほよう》をつけた今の妃嬪たちの中にあって、一人、落ち着いた清楚《せいそ》な装いになる。試しに着つけさせてもらうと、それがまた可憐な彩才人によく似合う。

まさに明蘭の好きな古代劇に出てくる姫君のようになって、明蘭が、「似合います、彩才人さま」と手を打ち鳴らした。斎会では皆、床に頭を垂れ、拝跪するわけだから、後ろから見て美しい髪型のほうががいいに決まっている。

（やるべきことはやったわ）

後は皇太后の目に留まるかどうか、当日を待つだけ。

補修した帯も周淑妃のもとへ返したし、と、紅玉が刺繍の刺し終った当日の彩才人の衣装を点検していると、明蘭がやってきた。前を向いたまま紅玉に言う。

「当日は、あなたが供をして」

聞き違いかとまじまじと見る。お嬢さま大事の彼女がこんなことを言うなどあり得ない。

だが明蘭が重ねて言った。

「私じゃ髪型が崩れた時とか、対応できないから」

「え？」

「今までにもあったの。皇后さま臨席の会に行こうとしたら、他の人たちに転んだふりをして水をかけられたり、散歩中に見せかけて狆《ちん》をけしかけられたり。……それで何度、途中で引き返すことになったか。皇后さまが彩才人さまを見捨てられたのも、招かれた会に行けなかったからというのもあると思う」

悔しげに言う。それを聞いてここへ来た当初、衣装箱に触れようとして言われた「紅に毒を入れる」「裙に細工する」という言葉が実際にされたことだったとわかった。明蘭たちが賄いを食べに行く時間すら惜しんで彩才人の傍にいるのもそれらを防ぐためだったのだ。


……たった二人で彩才人を守って奮闘していた明蘭たちに、胸がじんっと熱くなった。

そんな大切なお嬢さまを、託してもらえた。

紅玉は衣装を卓に置き、居住まいを正して明蘭に向かう。

「わかりました」

明蘭の顔を真っすぐに見て、言う。

「あなたの大切な〈お嬢さま〉はきっと守ってみせます」


そして、斎会の日となった。

陽光の下、朱塗の柱と黄釉《おうゆう》の瓦が美しい家廟。華やかな中にも厳かな香の煙が漂う皇家の廟に、ぞくぞくと妃たちが集まってくる。

選りすぐりの侍女を従え現れた妃たちは、まさに天上に遊ぶ天女。そして侍女たちは天女の美を引き立てる可憐な花や瑞獣だ。それぞれが煌《きら》びやかに着飾り、妍《けん》を競っている。

この席で紅玉は初めて朋皇后と周淑妃、それに袁昭儀の姿を見た。

朋皇后は芳紀二十四、与えられた石楠花《しゃくなげ》の花紋と同じく、艶やか、かつ華麗な美女だった。歳《とし》に似合った落ち着きを見せながらも、瑞々しさ、華やかさを失っていない。淡い薄桃色の襦裙に施された金の刺繡が陽光を弾き、眩《まぶ》しい。

周淑妃は十七歳。少々勝気な感があるが美しい少女だ。眉の少し上で真っすぐに切り揃えた黒い前髪、凜《りん》とした立ち姿。まさに池を埋める満開の蓮。同じ薄桃色の花でも石楠花とは違い、泥の中からすっくと立つ様が皇后とは対照の美といえる。

そして淑妃の傍らに控える美女が袁昭儀か。

周淑妃より年上の十九歳。肌から色気が滲《にじ》むような豊満な肢体とぽってりと赤い唇。富貴の出の娘らしくおっとり微笑んでいるが、眼に隙がない。派手で美しい緑の装いが似合うがどこか腹に一物ありそうな、毒々しい美女だ。濃い香のする鬼百合《おにゆり》のような。

そしてそんな大輪の花が咲き競う場所では、やはり彩才人は精彩を欠いて見えた。

彩才人自体は愛らしい。

明蘭たちが毎日せっせと糠袋《ぬかぶくろ》で磨くだけあって肌も透けるよう。椿油《つばきあぶら》を塗り込めた髪も黒々として、たおやかな細腰はまさに風に靡《なび》く柳葉の風情だ。

だがあくまで可憐な薔薇の蕾。家格が落ちることや性格の控えめさが衣装や表情に出て、咲き誇る蓮や鬼百合の間に立てば埋もれてしまう。

もちろん、集まった主旨が主旨なので、皆、普段より控えめな装いをしている。だがあくまで妃嬪の控えめであって、装飾を抑えた分、生地の質などがいつも以上に明らかになる。周淑妃を立てるよう色は抑えているが、袁昭儀の裙は希少な河南《かなん》の絹ではなかろうか。

そこへ皇太后が到着する。

先ぶれの宦官の声に、皆が席を立ち、風に頭を下げる花のごとく一斉に床に膝をつく。

女官に手を引かれ悠々と現れた皇太后は辺りを圧するさすがの貫禄だった。

もう四十歳近いと聞くが、並み居る美女を押しのけ先帝を虜《とりこ》にしたという美貌はいささかの衰えもない。石楠花や蓮の可憐さこそ失われているが、絢爛《けんらん》たる牡丹、花の王の風格だ。

そしていよいよ斎会が始まった。

道士の祈りが終わり、妃たちが順に香炉に香を手向ける番になった時のこと。祭壇前に進み出た皇太后が、香炉の下に敷かれた帯にふと目を留めた。明らかに補修がなされたとわかる、鮮やかな糸の色。皇太后の眼が、ほう、と感心するかのように見開かれた。

やがて供養が終わる。妃たちが元通り祭壇前に膝をつき、皇太后に挨拶をしようとした時、皇太后が再び香炉の方へと目をやった。口を開く。

「……これは誰の刺したものか」

「私です、皇太后さま」

その場でしゃなりと腰を落とす周淑妃。だが、

「昔の柄をよく知っていましたね。どこで知りました」

続く皇太后の問いに答えられない。懸命に説明しようとするが、すぐにしどろもどろに

なり、あわてて袁昭儀のほうを見る。が、こちらもうろたえている。

気まずい間が開いた。

皇太后の眉間に溝が刻まれていく。そして皇太后がふと顔を上げ、列の後方に目を留めた。

「それは……」

並んだ妃嬪の中でただ一人、古風な結い髪をした彩才人だ。

衣装の襟に使われた刺繍は、皇太后が目に留めた帯を飾る連続模様を簡素化したもの。同じ模様にすれば不敬に当たるので少し変えたが、見る者が見れば同じ者の手による刺繍だと一目でわかる。案の定、皇太后が訊ねてきた。

「どこで、それを」

「私の侍女が知っておりました」

己の手柄にすることなく、言葉を多く語ることなく、正直に彩才人が答える。その美しい澄んだ声に、淑やかに頭を垂れた仕草に、清楚で控えめな人柄が現れている。

彩才人の素直な様に皇太后の眉間の皺《しわ》も取れていく。

今日の斎会で初めて唇をほころばせ、笑みらしきものを見せた皇太后が、侍女に耳打ちした。皇太后の侍女が紅玉に「御前へ」と告げる。

許しを得て進み出た紅玉は、初めて皇太后の尊顔を間近で拝した。

かつて後宮一の美貌を誇り、帝の寵を独占していた皇太后は、今なお美しく若々しい。紅玉はどこでこの技法を習ったかという皇太后の問いに、楚峻と打ち合わせしておいた〈彩紅玉〉の経歴と、技法の取得方法を語る。

「田舎者ゆえ今の流行は知りませんが、古風な柄であれば祖母より習い知りましてございます」

「流行り廃りの激しい都では忘れられた技法が、地方で残っていましたか」

それにその髪型も当時のものですね？　と皇太后が彩才人の髪を示す。

「その髪型、芙蓉結《ふようゆい》は我が一族の出である朋皇后が編み出したものと聞いています。我が家に下賜の品として伝わる肖像画にそれと同じ髪型がありました」

懐かしい。と皇太后が目を細めた。

「忘れずに伝えてくれて、嬉しく思いますよ」

皇太后が直々に彩才人と紅玉に声をかけた。そして褒めた。その事実に周囲がどよめく。

皇帝がいまだ喪中で後宮に足を運ばない今、皇太后に気に入られるかどうかは新参の妃嬪たちにとって生死を別《わか》つ問題だ。皇太后がそんな皆に聞こえるように言う。

「近頃は容姿と口先ばかりが派手な侍女を侍《はべ》らす風潮があるが、堅実な技法を持つ者を召し抱える賢明な妃がまだここにもいたのですね。皇家の今後のためにも安心しました」

彩才人を見る皇太后の眼差しはどこまでも優しい。

「今日は久しぶりに心が浮き立ちました。褒賞を取らせましょう。そこな侍女、先ずそなたからじゃ。なんでも好きなものを言うがよい」

「あの、では、恐れながら皇太后さまにお願いがございます」

言われて、紅玉はひれ伏し、彩才人の祈禱の儀への出席を願う。

「どうか我が主の出席をご許可いただきたく」

「まあ、そんなことでよいの。無欲な」

ますます気に入りました、と皇太后がころころと笑う。

「よい、ならば私の供で来るとよい。そこの侍女も一緒に」

そなた、名は？　と、皇太后が彩才人に聞いたのは、普段、上位妃としか顔を会わせない皇太后が、下位の妃嬪の顔を覚えていなかったかららしい。付き従う宮官がそっと、

「彩家の彩才人です」

と、耳打ちする。途端に、皇太后の表情が変わった。

「彩家？　あの？」

ほっそりとした柳眉が不快気に寄せられる。

「皇太后さま？」

「……いや、よい。そういえば楼の工事は彩家の者に任せたのであったか」

あの、とはどういう意味だろう。皇太后が椅子の肘かけに置いた手をコツコツと動かす。

「一度、なんでも褒賞を、と言ったのだ。撤回はせぬ」

皇太后が言った。再度、彩才人に向かって、「侍女を連れて、出席するがよい。許す」と言うと、皇太后は侍女の手を借りて立ち上がり、去っていった。その姿を拝跪して見送りつつ、紅玉は思考をめぐらす。

皇太后が眉を顰めた理由が気になる。

何故、「あの彩家の」と言った？　彩才人が朋皇后の声がかりでも入宮したことと関係があるのだろうか。だがそうなら、それは何故？　この国の女人の頂点に立つ皇太后と皇后、その二人までもが気にかける彩家の娘。

（地方官家である彩家にいったい何があると言うの？）

気になる。

だがそれ以上に、皇太后の面識を得た、その喜びに紅玉の胸が打ち震える。

これでもう彩才人も耀庭宮でもぞんざいに扱われたりはしない。周淑妃も一目置くだろう。

それに祈禱の儀にも招かれた。

彩才人はもう会うことはないと思っていた家族に、楚峻に会えるのだ。きっと笑顔を見せてくれる。

それに、紅玉自身も。

また皇太后に目通りできるかもしれない。そしてそのまま気に入られることができたら。彩才人の立場を安定させるだけではない。紅玉自身も皇太后に近づけるかもしれない。そうなれば。

百年前に何があったか、蓉皇后のことを聞き出せるかもしれない——。

二章——女の苑に住まう蛇

1

「本当によかった、祈禱《きとう》の儀に出られることになって。彩才人《さいさいじん》さまもお喜びになるわ」

「やった、やった、やっと周 淑妃《しゆうしゆくひ》さまたちにぎゃふんって言わせられた……」

斎会でのことを伝えると、明蘭《めいらん》と玲珠《れいじゆ》は今まで苦労したからだろう。二人で手を取り合って泣いていた。それを見られただけでも紅 玉《こうぎよく》は頑張って刺繡《ししゆう》をしてよかったと思った。

それから二日後。

皇太后から、祈禱の儀に出ることを許された翌々日のこと。

紅玉はいつもの通り、嘉陽 宮《かようきゆう》の園林にいた。彩才人が皇太后からお褒めの言葉を賜ったという噂《うわさ》はあっという間に耀庭宮《ようていきゆう》に広まった。宮殿の皆は今までの扱いを皇太后に訴えられたらどうしようと戦々恐々、前のような嫌がらせをしなくなった。外の院子《にわ》にも清掃の手が入るようになったし、食事も才人の位にふさわしい質と皿数を運んでもらえるようになった。なので紅玉が鍋会を続ける必要もなくなったといえばなくなったのだが。

やはり息抜きの時間は必要だ。

紅玉はこっそり塀を乗り越え、広い嘉陽宮の苑《その》を探索する。

今は晩春。紹国の中でもやや北寄りに位置するここ紫微宮《しびきゆう》でも、春先とはまた違った緑が芽を伸ばし、食べられる野草に事欠かない。

花海棠《はなかいどう》の淡い紅の花が咲き乱れ、花簾《はなすだれ》になっているのには目もくれず、紅玉は下生えをかき分けて大きな薇《ぜんまい》のようなこごみを探す。こごみは蕨《わらび》と違って灰汁《あく》がないので、さっと塩ゆでするだけで美味《おい》しい。嘉陽宮の苑は水が引かれ、池もあるので植生が豊かだ。イタドリも見つけるたびに遠慮なくぽきぽきと折っていく。皮を剝《む》けばそのまま齧《かじ》っても酸っぱくて美味しい。

灰汁抜きが必要だが筍《たけのこ》が顔を出す季節でもある。嘉陽宮には伸び放題の竹林があって、阿笙《あしょう》が朝から何個も採ってきてくれた。厨から柱磨きに使うと分けてもらった米糠《こめぬか》で湯がいて、薄く切って塩を添えてそのまま食べる。ふわりと口腔《こうこう》内に広がる旬の味。こってり豚肉と炒《いた》めて甘辛くして食べるのも美味しいが、これはこれで淡白な筍の味が引き立つ。あまりに美味しいので、彩才人たちにも差し入れた。あっさりしたものを好む玲珠は薄い一切れをじっくり味わって目を細め、明蘭も気に入ったのか無言でせっせと箸を動かしていた。

だがそうして自然の恵みをいただきながらも気になるのが、あの時の皇太后の表情だ。眉を顰《ひそ》め、「あの」と、彼女は確かに言った。何故《なぜ》？　あの、とはどういう意味？　考えていると、いつものように大きな籠を背負った阿笙がやってきた。

「小姐《ねえさん》、今日はご馳走《ちそう》持ってきましたよー」

「これって果子狸《ハクビシン》じゃ……」

猫くらいの大きさの、尻尾が長くて丸々とした毛皮の塊を、阿笙がぶらさげている。南方産の稀獣《きじゅう》だ。確か百年前は高価で貴人の愛玩動物として珍重されていたはずだが。

それを言うと阿笙がきょとんとした顔をする。

「そうなんすか？　袁昭儀《えんしょうぎ》さまが贈答ばらまき用にって大事にしてた桜桃《さくらんぼ》の鉢植えを食い荒らしたって苦情があったから、やっつけたんすけど」

今の紹《ろ》国が平和というのは本当だろう。豊かな国力に比例して、妃嬪《ひひん》の数と位が増えている。それに従って宮官や宦官《かんがん》たちの数も増え、建物も増えた。当然、目を楽しませるための園林も増え、紅玉が憩いの場にしている嘉陽宮のように無人の殿舎ができ、手つかずの林と化したところも出てくる。が、元が花苑や果樹林なので地味が豊か。長年にわたる隔離状態の間に、逃げ出した愛玩動物が天敵のいない後宮の園で繁殖しているらしい。

もしかして喰《く》えない肉で？　と肩を落とす阿笙に大丈夫と請け合う。

「美味しいわよ。果子狸がたくさんいる南方だと、普通に食べられてるから。私も皇后さまの巡幸にお供した時に……って、その、阿笙こそ南方の出じゃなかった？　市で売ってるの、見たことないの？」

「俺、市も立たない田舎の生まれだったたっぽいし、七つでここに来たもんで」

だから市や店なんか見たことがないと言われて、目頭が熱くなった。紅玉よりも十も年上のくせしてここまで母性をくすぐるとは、阿笙は実はすごい相手かもしれない。

「任せて。ちょっと臭いに癖があるけど、これは甘い果実を食べて育つから肉も甘いの。美味しく調理するから」

「待ってました彩小姐」

「だけどさすがに解体は難しいかも。こんな小刀しかないし、衣に血がついたら困るし」

「あ、それなら俺がしますよ。調理場の下ごしらえはよく手伝うから」

あっちの流水で処理してきますと阿笙が去っていく。そういえばこの宮殿が怖れられている逸話の一つに、血に染まる川というのがあった。長い後宮の歴史の中で、別の誰かが紅玉たちのようにここで鍋会をしていたのかもしれない。

そうこうするうちに、慣れた手つきで阿笙が果子狸を解体して戻ってくる。

「はい、肉です」

にこにこしながら阿笙が笹《ささ》の葉で包んだ肉を渡してくれる。出汁《だし》をとる骨もきちんとある。毛皮はなめして冬の寒さをしのぐ半纏《はんてん》にするそうだ。それを聞いて紅玉は、雪の降る冬は鍋会はどうしようと頭を抱えた。それまでに阿笙も含めた皆で、こんなところで息抜きせずに済むだけの立場を手に入れたい。

と、そこへ正門からきちんと回ってきたのだろう、彩才人が発行したらしき外出札を持った玲珠がやってきた。

「あの、よろしいかしら」

彩才人の二人の侍女、明蘭と玲珠には例の刺繡騒ぎの後、ここで鍋会をしていることは伝えてある。二人からの信用を勝ち取るためにも隠し事をするわけにはいかなかったからだ。ただ場所が場所なので、二人とも様子を見に来ることはなかったのだが。

玲珠はぐつぐつ煮える鍋と座りやすく周囲に並べられた丸太を見て、少し顔を引きつらせたが、すぐ唇を引き結び、「こちらにかけていいかしら」と言った。座ると、よければお味見をさせてくれないかしらと言う。

「でもいいんですか？　こんな料理で」

味と安全は保証できる。が、見た目が悪い。玲珠は家婢《かひ》上がりとはいえ彩家の奥向きで育った人だ。こんなものを食べさせていいのかと思う。夜にうなされたらどうしよう。

後宮侍女といきなり同席することになった阿笙も、どぎまぎしている。

「どうしてそんな陰にいるの」

「いや、だってあんな綺麗《きれい》な女官様に俺みたいな者の姿見せるわけにゃいかないでしょ」

眼《め》が汚れちまうよ、と、淑《しと》やかな玲珠をぼうっと見ている。

私の時は初対面から平気で声をかけてきたくせにと腹が立ったので、紅玉は阿笙の腕をぐいと引いて対面に座らせる。玲珠は、ああ、と言って居住まいを正した。驚き顔の玲珠には、「彼は宦官だけど重要な情報源で仲間なんです」と言いきる。

「だからあなたは新入りなのに後宮にすぐ慣れたのね。私も彩才人さまのために見習わないと。よろしくお願いしますね、阿笙さん」

ぺこりと頭を下げる。宮廷と関係なく育ち、後宮に入ってまだ数か月の玲珠は彩才人の周囲に宦官が現れないこともあって、忌避感は育っていないらしい。

それとも宦官でも味方ができたと思うと安堵《あんど》してしまうほどに追い詰められているのか。玲珠の優しげな態度に阿笙が「天女だ、天女がおわす……」と感動している。

「こちらのお料理、見た目は落ち着かないけれど、妙なものが入っていないか警戒しなくていいから落ち着くわ……」

渡された椀《わん》を手に、しみじみと言う玲珠に、苦労したんだなと思う。

「彩才人さまの食事も私たちの食事も。直接取りに行くわけにはいかないから、宮官たちの手を通すことになるでしょう？　毒とまではいかなくても何が入っているかわからなくて。私、他人が作った料理がこんなに怖いものだと、ここに来て初めて知ったわ」

紅玉は元がひどい暮らしだった。なので食べるものに困らず、蓉《よう》皇后に守られた後宮勤めは夢のようだった。だが彩才人たちは違う。

もともと後宮入りする家格ではないと楚峻《そしゅん》も言っていた。こんなところへ来るとは思いも寄らなかっただろうし、そのうえ周淑妃に目をつけられてあの仕打ちだったのだ。今までずっと主従三人で身を寄せ合って生きてきたのだろう。

そう思うといじらしくて胸が痛くなる。お疲れさまでした、の意を込めてそっと労《いたわ》ると、彼女は「ありがとう」と儚《はかな》く微笑《ほほえ》んだ。そして椀を置くと、本題に入った。

「刺繡の件では助かったわ。そのことはお礼を言います」

でも、と玲珠が続ける。

「これ以上、余計な真似《まね》はしないで」

他の妃《きさき》の侍女のように、主上の目に留まろうとしたり、勢力争いをしたり。そんな真似は決してしないでと彼女は言った。

「ここにはそれを言いに来たの。いいのよ、彩才人さまは。今のままで。主上の寵《ちょう》など望んでおられないのだから」

ぎゅっと膝の裙《くん》を握り締める。その手が高まった感情のあまりか、白くなっていた。

「覚えておいて。私たちには後ろ盾がないの。もし寵を賜ったり、御子を授かったりしても、私たちだけじゃ彩才人さまをお守りできない。お願いだからこれ以上、目立つことはしないで。私たちは周淑妃さまに宮殿の片隅をいただいているだけ。周淑妃さまににらまれては生きてはいけないのよ」

それは控えめな性格で、常に相手を立てる玲珠にしては勇気のいる発言だったろう。固く身を強張《こわば》らせた彼女は下を向いたままだ。紅玉とは目を合わせようとしない。それでも言う。言わなくてはと、必死で言葉を絞り出しているのがわかった。

「……私たちはただ耐えて、嵐が行き過ぎるのを待つしかないの。一生、ここで。それが私たちの分相応というものなの」

泣きそうな声で言うと、玲珠は立ち上がり、半ば駆けるようにして帰っていった。

紅玉はその背を追うことすらできなかった。

（そう、そうだったの……）

紅玉は思った。

紅玉が刺繍の件で名を上げ、耀庭宮の北棟に戻った時、侍女二人には笑顔で迎えられ、労られた。明蘭からも「これからは私が手が離せない時は彩才人さまの前に出ていいから。特別に許したげる」と、照れながらの言葉をもらっていた。だから……彼女たちに受け入れられたと、仲間だと心を許してもらえたと思っていた。

（でも違う。私、何もわかってなかった）

ようやく傍《そば》に控えることを許された彩才人は、物静かな少女だった。

刺繍仕事などがない時は日がな一日、ぼんやりと窓の外を見ている。しかも花の植えられた院子に面した南窓ではなく、誰も来ない、隣の棟の壁しか見えない西側の窓からだ。

その様を紅玉は、まだ後宮に入ったことに慣れず、どうすればいいかわからずにいるのかと思っていた。だが……。

紹国の前代、姜朝《きょう》は中原《ちゅうげん》の覇者だった。武で大陸を従えた開祖は、その威を示すためにも従えた国々から美女を差し出させ、後宮を満たした。以後の皇帝も代々、それにならった。その頃にはもう姜の国力も安定し、威を示すためというよりは皇帝自身の欲のためだったが、後宮妃の選出基準は、美、だった。皇帝の好みに合うか否かがすべてで、市井の娘であろうと異国の娘であろうと寵さえ得られれば宮廷で華やぎ、力を得た。

美しくさえあれば身分低く、教養のない娘でも高位に昇ることができる。

それはある意味、出自に関係なく出世の機会を与えるという稀有《けう》な平等性だっただろう。が、弊害が出た。寵を得た妃が己の親族に位をと皇帝にねだり、能力なき者や亡国の徒が宮廷を闊歩《かっぽ》するようになったのだ。当然、彼らの口出しで政治は混乱し、失意のうちに野に下る能吏が続出した。そのうえ、美と享楽、皇帝への阿り《おもね》がすべてとの価値観の母に育てられた皇子は、勉学に励む必要を感じず、周囲に佞臣《ねいしん》しか置かず。母や叔父《おじ》に今は亡き王国への憧憬を語られて育った皇子は、至尊の位についても簡単に外戚に意を左右された。

そして姜朝は滅んだ。

新たに起こった紹国の開祖は前朝の結末を憂えた。そして後宮に入れる妃は、家柄、父祖の功績も考慮すべしと勅に盛り込んだ。治世を支える皇子たちの奥向きにもそれを求めた。

故に紹国の皇族妃は有力氏族から出るものとなった。

名家の娘は生まれ落ちた瞬間から親たちの手で妃となるべく教育を受け、各皇子の後宮に送り込まれるようになった。おかげで紹国後宮妃の教養は一定の水準が保たれるようになった。が、今度は別の弊害が起こった。

妃の実家の力と事情が、そのまま後宮に持ち込まれるようになったのだ。彩才人のような家格の低い、妃教育を受けてこなかった者には生きにくい世界になっている。

だから彩才人が戸惑う理由はわかる。紅玉はそう思っていた。

彩才人が後宮から出られるのは、皇帝が崩御した時だけだ。それがいつかはわからない。何十年先か、それとも数年先か。本人の努力ややる気だけではどうしようもない、遠いところで運命は決められてしまう。ならば準備不足を思い悩んでも仕方がない。ここで生きるしかない。彩才人のためにも、彼女が気分を切り替えられるよう尽くすのが侍女の務め。

今までの紅玉はそう考えていた。百年前、紅玉含め侍女たちが皆で一丸となり蓉皇后を盛り立てたように、彩才人の幸せを願うなら、後宮での地位を上げるべきだと。

だがそこへ玲珠が一石を投じた。

寵妃となることが、彩才人の安全にはつながらない、と。

言われてみればその通りだ。百年前、紅玉が仕えた蓉皇后は名門蓉氏の期待を背負って入宮した。位もすぐ四妃《しひ》に昇ったし、宮殿も賜った。岳父が宰相で元太傅《たいふ》（皇帝の師）となれば皇帝も皇后をないがしろにはできず、後宮での立場は盤石だった。

すべて蓉家という有力な一族に守られていたからだ。紅玉は侍女として一切の迷いなく、数多い同僚たちと共に皇帝の寵をつなぎ止めることだけを考えていればよかった。それは皇后がそういう場を与えてくれていたからだ。最初の立ち位置がまったく違うのだ。

彩才人の実家は元は中央に伝手《つて》のない地方官家。後宮の奥深くにいる娘を守れるだけの力はない。そして彩才人にも城壁の外にある実家を守る力はない。

彩才人が皇子を授かったとしてもそれが彩才人の盾になるとは限らない。彩家の家格では皇子が皇太子の座につくのは難しい。それどころか御子が無事成人できるか、実家が安泰を保てるかも怪しい。彩才人が子を得て一歩、他の妃を差し置き前へ出れば、他の力ある妃たちが一丸となって彩才人と彩家をつぶしにかかってくるからだ。

皇帝の寵とは、妃の覚悟があるだけでは駄目なのだ。力ある者でないと受け止めきれない。

そういえば楚峻が頼んだのは「叔母を守ってくれ」であって、「寵を得るように協力してくれ」ではなかった。

玲珠の「波風を立てないで」との言葉は、この数か月、後宮で辛酸をなめてきた、そしてこれからもここで生きていかなくてはならない彼女たちの必死の叫びなのだ。

知らなかった。後宮には寵を得てはまずい妃がいるということを。

「私、今までそんなこと、考えたこともなかった……」

今になって思う。蓉皇后がいかに得難い主《あるじ》だったか。

「気にすることないっすよ」

阿笙がなぐさめるように言う。

「確かに小姐のことで彩才人さまはちょっと目立ったかもしれないっすけど、ちゃんともぎ取ったご褒美もあったじゃないっすか。おかげで彩才人さまは実家の人と会えるんでしょ？　で、工事の責任者の彩楚峻さまは、俺でも噂を聞く、めっぽうな男前で」

だったら、と阿笙がにっこり笑う。

「女たちも騒いで小姐が起こした騒ぎなんかすぐ忘れちまいますよ。ここじゃ皆、楽しいことに飢えてますから。外からたまに上演に来る舞劇に群がる娘たちみたいに、皆、彩才人さまのこともちやほやし出すに決まってますよ。楚峻さまによろしくって。だから小姐のしたことは少しも無駄になんかなってませんって」

優しい阿笙の言葉が心に染みる。

そういうものか。いや、確かにそうかもしれない。妃嬪と違い後宮の侍女や宮官は恋することを禁じられてはいない。それどころか後宮に出仕することで高位の官吏の知己を得て、嫁ぐこともある。侍女の中にはそれが目当てで勤める者だっている。

紅玉もそうだった。許婚《いいなずけ》だった周栄昇《しゅうえいしょう》とは皇后の仲介で会った。そして栄昇は女たちの間で人気が高かった。当時の彼はあの楼を築く責任者に任ぜられていたから、内朝に出向いた皇后から下問を受けることも多く、女たちは彼の声を聞くために、競って皇后の供をしたがった。

(婚約が決まった時も、羨ましがられたっけ……)

どうしてそんな平気な顔でいられるのとよく言われた。私なら有頂天になるのにと。

今にして思えば、母の死後すぐに別の女を妻に迎え、継子《まま こ》虐《いじ》めを黙認した父を見て育った紅玉は、男女の仲に夢を描けなくなっていたのだろう。冷めていた。

そのくせ一人は寂しい性だった。母と弟を早くに亡くしたせいか、家族が欲しくて仕方がなかった。だから蓉皇后を母に、朋輩たちを姉妹に見立てた後宮の暮らしが心地よかったのだ。離れたくなかった。そのせいだろう。引き合わされた栄昇が優しい人でほっとしたが、それよりも、後継ぎを生めば侍女に復帰していいと言われたことに有頂天になった。彼のその言葉は、妻を通じての蓉家への伝手が必要なだけ、だから出るものだということにも気づかなかった。妻を後宮に返した後の夫がどうするかなど考えもしなかった。

恋より仕事が大事だったから。皇后の傍で侍女として生きるのと、妻として彼の傍で生きるのと、どちらを選ぶと言われれば迷わず皇后の傍を選んだ。親子二代にわたって皇后に仕えるのが夢で、娘が欲しくて降って湧いた結婚話に喜んだほどだった。

だから蓉皇后は紅玉を栄昇の妻に選んだのだろう。決して自分を裏切らない娘だと信頼して。

（……もう会えなくなった今になって、こんなにいろいろ見えてくるなんて）

記憶の中の栄昇の顔に、楚峻の顔が重なった。少し胸が痛んだ。

そこへ、かさりと下生えをかき分ける音がする。

あわてて顔を上げると、あの少年宦官がいた。

「あ、来てくれたのね」

相変わらず鷲《しゅう》皇子を思わせる真っすぐな瞳だ。紅玉は急いで心を切り替えた。滲《にじ》んだ涙を袖で拭い、彼を迎える。だが彼は真面目な質《たち》なのか、紅玉の顔を驚いたように見た後は、迷うように一定の距離から近づいてこない。

おいでと言ったから律儀に来てくれただけで、鍋会に興味はないのだろうか。

そう思った紅玉に、阿笙が、「あー、やっぱあれ、そうとう鍋の中身、気になってますよ。こっち、ちらちら見てるから」と、こっそり耳打ちしてくる。

「上級宦官付きの見習いでも、人使いの荒い師父につくと忙しくて食べる時間がなかったり、罰で食事抜きってよくありますからね。しつけが厳しくてこっちに来られないだけじゃないっすかね。体罰って体だけじゃなく心にも染みついちゃいますから」

阿笙が「不憫《ふびん》っすねえ」と嘆息する。それを聞くと誘わずにはいられない。

「ほら、早く。あなたが来ないと私たちも食べられないから」

手招きをすると彼はようやく丸太椅子まで来た。が、座らずに、紅玉に向かって綺麗に畳んだ手巾を、ずい、と差し出す。

「え？　えっと、あの？」

「……何があったかは知らぬが。昼日中の野外で涙を流すなどよほどのことだろう。遠慮なく使うがよい」

言われて、紅玉は自分が過去を想《おも》って涙ぐんでいたことを思い出した。

(もしかして、私を気遣ってこっちに来られないでいたの？)

なんて可愛《かわい》い！　一人前のよい漢《おとこ》ぶったりして。

「もうっ、年下の子が大人にそんな気を遣わなくていいのよ」

母性があふれ出た紅玉は、つい、少年を引き寄せて頭をわしゃわしゃなでてしまう。

「わ、よせ、子ども扱いするな。ち、いや、我は十六だぞっ」

「へ？　十六歳⁉　その身長と童顔で。お前まじか⁉」

「え、嘘《うそ》、私と一つしか違わないの？　見えない。ちっこい……」

「やかましい！」

紅玉と阿笙の正直な感想に、少年が突っ込む。真っ赤になる様に、彼の大人ぶった態度は低い背を補うためのものだと紅玉は気がついた。そうなるとますますこの子が可愛くなる。

「ごめん、ごめん、謝るから許して。ね、お願い」

繊細なお年頃の彼を傷つけないように気をつけて、改めて焚火《たきび》の傍に誘う。彼はまだ拗《す》ねているのか、誘導した阿笙の隣ではなく、誰からも距離をとる対面席を選んだ。阿笙があきれて、「そこ、風下だから煙るぞ」と言った。

「煙る?」

律儀に問い返しながら少年はもう煙に巻かれてごほごほ言っている。放っておけない。

「ああ、もう、お前、なんも知らないんだな。なんで俺たちがそっちに座ってないって思ってるんだよ。こっち来いよ」

阿笙が世話を焼く。彼は焚火を見たことはあるが、実際に当たるのは初めてだそうだ。

「でもお前、厨仕事とかしたことなくても、高級宦官付きなら大家《たいか》の狩のお供とかで御苑《ぎょえん》へ行ったりするんだろ? ああいう場じゃさすがに火の番は見習いの仕事だろ」

「そういう時は天幕があって炭で暖がとれるようにしてある。焚火はない」

「そっか。お前、せっかく外に行けても自由がないんだな。師父が厳しくて天幕でおとなしく立ってるのしか許されないってわけか。それじゃここにいるのと変わらないじゃないか」

あったかい火に当たったこともないなんて可哀《かわい》そうにな、と、阿笙がほろりとする。

「え？　あ、いや、そういうわけでは……」

「言うな。その分じゃ親と火を囲んだことすら覚えてないだろ。いいよ、俺がいろいろ宦官の楽しみを教えてやるよ。さぼり方も。新入りの、名前なんだっけ」

「な、名前？　えっと、ち、雉奴《ちぬ》だ」

「主にもらった名前が後宮での真の名だ。とっさに出るようにしとかなきゃいけないよ。上役の前に出た時さえきっちり押さえときゃ、お咎めも受けずに済んで、こうして自由にできる時間だってひねり出せるんだから」

阿笙が先輩風を吹かせる。戸惑いながらも興味深そうに阿笙の言葉に耳を傾ける雉奴が微笑ましくて、紅玉はまた過去を思い出していた。

（兄弟でじゃれ合っていた、鷲皇子《かし》さまたちみたい……）

だが、あれ？　と首を傾げる。陽光の下で見ると、雉奴の衣はきちんと手入れがされている。幼かった皇子たちを連想してしまうほどに肌の色艶もいい。痩せていることは痩せているが、食事不足は思い違いのような気がしてきた。

いや、そもそも痩せていると思ったのも衣の大きさが合っていないかららしい。袍《ほう》の下は意外としっかりした体をしている。宦官は筋肉がつきにくいと聞いたが……。

それでも椀に鍋の中身をよそって渡すと、おそるおそる口をつけた雉奴が目を丸くする。

「……うまい！」

「だろう、彩小姐の鍋は山海の珍味に勝るってもんさ」

いや、ただの野草と害獣鍋だ。食材的には宦官たちの賄いにも劣る。それを美味と言うとは。

（やっぱり、ただのお腹をすかせた見習い宦官……？）

お代わりをよそってやりながらいろいろ話す。雉奴は高級宦官のもとにいて周りが大人ばかりだからか、偉そうというか堅苦しい口調で話す少年だった。それでも、ぱちぱちとはぜる焚火は和み効果がある。彼もだんだん打ち解けて、笑顔を見せるようになる。「この小姐はこう見えてお妃さま付きの侍女なんだぞ」と、阿笙が妙な自慢をしていて恥ずかしい。

「耀庭宮で彩才人さまにお仕えしてるんだ」

「彩……？　ああ、楼の取り壊しを命じた男の。縁者か。皇太后さまのところでもその名は聞いたな。何やら斬新な髪型とやらを皇太后さまの宮に流行《はや》らせたとか」

「え。あちらの宮ではそんなことになってるの？」

うわあ、玲珠に注意されたばかりなのに。

身の置きどころがないと肩をすくめる紅玉に、「なるほど彩才人ではなく、そなたが発案者か」と、雉奴が声に出して笑った。

「気にすることはない。男から見れば違いなどよくわからんごちゃごちゃした髪型だ。ただ、目立ちたくないと息をひそめるのは無理ではないか。そなたは何かにつけ目立つ娘のようだからな。それよりは目立っても敵を作らぬ方向で考えたほうが建設的だぞ」

悪戯《いたずら》っぽく鍋のほうを見られては紅玉も言い返せない。

ひとしきり食べて笑った後、雉奴が名残惜しそうに「もう戻らねば」と言い出した。

去り際に、先ほどまでとは一変したおずおずとした口調で、「また来ていい、か……？」と訊《たず》ねてきたのは、やはり普段は厳しい師父に鍛えられていて、甘え慣れていないからだろう。いじらしくて、「もちろん！」と、紅玉は即答する。

「野草鍋でいいなら、いくらでも食べさせてあげるから」

こんなか細い少年でも親と引き離され、後宮で頑張っているのだ。なら、自分だって新しい時代で頑張ろう。根が猪突猛進《ちよとつもうしん》な紅玉は思った。

やってしまったことはしょうがない。だが悪目立ちしたのはあの刺繍の一度だけだ。阿笙の言う通り、皆、すぐ忘れるだろう。ならこれからは妙な波風を立てないようにして、新しい主を守っていけばいい。そう思った。

だが人の運命とは、思うようにはいかないものと決まっている。

雉奴はそれからもたびたび鍋会にやってきて、大きな声で笑ったり、冗談口を叩《たた》いたりするようになったが。

例の髪型が皇太后宮だけでなく、後宮全体で流行り出したのだ。

結い方を教えてほしいと耀庭宮に他宮殿から文使いをしてくる者が増えた。目立ちたくないので断ったが、彩才人の名が人の口の端に上ることが多くなり、周淑妃も外聞を恐れて表立った手出しはできなくなった。一見、よい方向に事態は転がったように見えた。

が、違った。

表立って感情を出せなくなった分、深く、濃く、周淑妃の彩才人への敵意は陰に籠もるようになったのだ――。


周淑妃から呼び出しがあったのは、それから間もなくのことだった。

後宮に妙な髪型を流行らせたのは風紀紊乱《びんらん》に当たるとして、尚服《しょうふく》職妃嬪の責任において流行を終息させるようにと、耀庭宮に住まう妃すべての前で正式に言い渡されたのだ。

（そんな、無茶よ……！）

紅玉は息をのんだ。一応、十日の猶予を与えられたが、一度動き出した流れをそんな数日で止められるわけがない。そもそもあの髪型は昔あったものを掘り起こしただけ。紅玉は一度、彩才人の髪を結っただけで、後は誰にも教えていない。

だが髪型自体は絵図が残り、古い世代が祖母に聞いたと結い方を覚えていたりもする。

主を飾るため、常に新しい髪型の工夫にやっきになっている髪結い役ならすぐ結えるようになる。今、流行している髪型はそうして広まったのだ。皇后や皇太后といった宮中を取り締まる権限のある妃ならともかく、一侍女と一才人がやめるようにと言えるわけがない。

そうして。

流行を止められないまま、周淑妃に申しつけられた期限の日となった――。


紅玉は明蘭や玲珠と共に、彩才人に従い、耀庭宮の正殿に赴く。

結局、明蘭や玲珠、それに阿笙も動いてくれたが、流行を終えさせるのは無理だった。

阿笙曰《いわ》く、偶然、宮殿の外で会った少年宦官の雉奴も心配していたそうだ。

「新しい髪型は風紀紊乱との主張はおかしいと我も思う。はっきり言って前に流行っていたうねうねした髪型のほうがよほど風紀を乱していたと思うぞ」

と、彼は仕える師父にも訴えておく、と言ってくれたそうだが、今日の呼び出しは「妙な髪型を流行らせた」という罪に加えて、「周淑妃が宮殿の取締役として直々に彩才人に下した命を成し遂げることができなかった」という職務怠慢の罪まである。

これはもう髪型がどうの、という話ではない。雉奴の師父がどれだけ高位の宦官かは知らないが、周淑妃にとりなしを願うのは無理だろう。どれだけ理不尽に見えようと与える罰の種類は主の心次第。継母に家婢扱いを受けていた頃、紅玉も「真夏に雪を降らせろ」などという主の正気を疑う命令を実行できなかったからと、杖で打たれる者を見た。周淑妃がどこまでやるか想像できない。

（でもどうして？　どうして周淑妃さまはここまで彩才人さまにきつく当たるの？）

耀庭宮の長い回廊を行きながら、紅玉は思う。

同郷で格下の彩家の娘が自分を差し置いて皇后の声がかりで入宮した。それが気に食わないから。

玲珠にはそう聞いた。だが本当にそれだけ？　流行の髪型などという後宮の皆が自発的に取り入れたことで罪を問えば、嫌でも噂になる。断罪する相手は家婢ではなく皇帝の妻である才人なのだから。皇后や皇太后の耳に入れば、周淑妃も理不尽な罰を下す妃だと、評判を落とす危険がある。それでも罰したいのか。

扉の外に立つ宮官に到着を告げ、膝を落とし拱手《きょうしゅ》してから中に入る。

正殿の客室には周淑妃だけでなく、袁昭儀はじめ耀庭宮に住まうすべての妃嬪たち。それにずらりと周淑妃の侍女や宮官、宦官たちが並んでいた。

妃たちは優雅に椅子に腰かけているが、彩才人には誰も「お座りなさい」とは言わない。床に膝をつき、周淑妃に挨拶した彩才人は、身を起こすことすら許されず、皆の注目の中、周淑妃の下問を受ける。

案の定、責めるためだけに呼んだらしい。紅玉は彩才人の後ろで共に頭を下げたまま、歯を食いしばる。自分が蒔《ま》いた種だ。彩才人の前に出たい。が、許しも得ず侍女が身を起こすことも、口を開くこともできない。もどかしい。

（どうしよう。どうすればいいの……？）

なんとか自分が泥をかぶれないか。紅玉は必死に考える。わざと周淑妃を怒らせ注意をこちらに向けるか。いや、駄目だ。今の自分は彩才人の侍女、失態を犯せば彩才人が主として、監督不行き届きだと責められるだけだ。

「あなた、身分をわきまえなさい。ただの才人のくせをして」

さんざん彩才人を責めた後、艶やかな朱唇を曲げて、周淑妃が彩才人に言い放った。

「皇后さまに取り入って、あの楼の取り壊しまで横取りしてっ」

楼の取り壊し？　周家と彩家には後宮の女の争いの他にも、火種の元はあるのだろうか。表の、男たちの世界の諍《いさか》いらしきものまで周淑妃が口にしている。

「私は皇太后さまの宮殿で何度も大家とお会いしているの。つまり皇太后さまは私を押してくださっているのよ。皇太后さまに名を問われたからといって、朋氏のお后さま二人ともから後ろ盾をいただいたなどと思い違いはしないことね。朋家の皆さまがお選びになったのはこの私、私だけなのよ！」

ずっと、何故、周淑妃が彩才人を目の敵にするのかがわからなかった。

だが、周淑妃の罵倒と他の妃嬪の追従を聞くうちに、紅玉にも事情がわかってきた。

朋皇太后と朋皇后は同じ姓、名門朋家の出だ。

このこと自体は珍しいことではない。皇后を出した一族が、ぜひ次もと思うのは当然のこと。皇后と皇太后、立場は違えど同族の娘同士、協力してことに当たれとの意味もある。

朋皇后は当初、当時皇太子であった今上帝の兄の妃になるべく育てられたらしい。が、入宮前に皇太子が急死したために、弟である今上《きんじよう》帝の妃にされた。

（これも前例があることよね。朋家がそうしたのもわかる。皇后となるべく育てられた方が、今さらただの王や皇子に嫁ぐのは屈辱だと考えることも多いし……）

ところが誤算があった。朋皇后は入宮前の身だが亡き皇太子を慕っていたのだ。だが一族の説得を受け、新しい夫に嫁いだ。が、夫は皇后よりも年下なせいか、夫婦仲はうまくいっていないらしい。夜の渡りがなく、子もできない。そのまま皇后は二十四という歳《とし》になってしまった。このままでは子を孕《はら》めないまま容色が衰えてしまうのではないか。

それで皇太后と朋家は焦り出したのだ。一族の中にちょうどいい年頃の娘がいなかったこともあり、子飼いの周家に要請し、もともと今上帝の側室としての入宮を狙っていた周淑妃を新たな朋家の駒に、国母候補として後宮に入れたのだ。

皇后からすればこれは裏切りだ。家のためだからと強引に自分を弟皇子の妃にしたくせに、子をあげるのが難しいようだところりと態度を変え、別の娘を押し始めたのだから。

皇后は腹いせに、自分の権限で周家の縁戚である彩家の娘を入宮させた。周淑妃の対抗馬とするために。なのに何故、彩才人を寵を争う周淑妃の宮へ預けたか。それはもともと後宮の規《きま》りとして、皇后が立后から間がない場合、任された後宮内の取り仕切りに専念するため、新たに入宮した妃嬪の教育は淑妃はじめ四妃が行うこと、という取り決めがあったかららしい。

何より皇后は朋一族への意趣返しに入宮させただけで、彩才人に好意を持っているわけではない。それどころか若い彩才人は自分の年齢を意識させる相手として目障りでもある。なので彩才人を周淑妃の宮殿へ入れたまま、後は放置している。それが真相らしい。

なんということだ、と紅玉は再び息をのむ。

それでは彩才人はまさに八方ふさがり、敵だらけではないか。

そして朋家の思惑に翻弄されているのは彩才人だけではない。周淑妃が憎々しげに言う。

「あなたなんか、いなくなってしまえばいい……！」

心底、憎悪しているのに、どこか怯《おび》えたような細い声。周淑妃の必死の形相を見て、紅玉は思った。人がもっとも攻撃的になるのは、己の身を守ろうとする時ではないかと。

周淑妃は怖いのだ、彩才人が。

これだけの美貌と後宮妃にふさわしい教養、そして彩家がとうてい及ばない実家の力を持ちながら、取るに足らない、妃教育さえ受けてこなかった彩才人に怯えている。

皇后の声がかりという栄誉を奪われたから。

皇太后のお褒めの言葉を奪われたから。

彩才人に皇后だけでなく、皇太后の寵まで奪われるのではないかと、怖いのだ。自分が朋皇后への朋家の後押しを奪ってここにいるように、彩才人も淑妃である己の立ち位置を脅かすのでは、と疑心暗鬼に陥っている。

ここで負ければ周淑妃は実家での力も失う。あれだけ押してやったのに能のない娘だと朋家にも見限られる。周淑妃にはもう戻れる場所がないのだ。だから精いっぱい、虚勢を張り、相手を攻撃する。

よく考えてみれば周淑妃はまだ十七歳。妃などという大層な肩書で呼ばれ、高官たちにかしずかれても、紅玉と同じく若い経験不足の娘に過ぎない。市井では小娘と言われる歳なのだ。

なのに一人こんな舞台に立たされ、相談できる親もいず、戦わされている。

「この女を冷宮《れいぐう》へ。才人の位も剝奪します」

とうとう周淑妃が罰を決める。己が預かる宮殿内であれば、周淑妃が職務として内官への罰も裁量できるのが後宮の決まりだ。だがこれは。重すぎる罰だ。さすがに皇太后や皇后に言上のうえ許しを得なくては周淑妃が叱責される。

なのに頭に血が昇った周淑妃はそこまで気が回らない。

そして誰もが周淑妃を恐れて声をあげようとしない。仕方がない。ここにいる他の妃たちも皆、若い。そして侍女や宦官たちもが若く、新しい主に仕え始めて日が浅い。諫《いさ》める力がないのだ。誰もが、周淑妃を止めなければ、このままでは大変なことになると思ってもどうすればいいかわからない。

紅玉も動けない。

自分の位置を呪う。皆の注目の集まる、客室の中央だ。せめて後方、皆の陰にいられたら。

(私が、こっそり席を外して皇后さまのもとへ行けるのに……!)

後で勝手な真似をしたと罰せられるのを覚悟で、この場を収められるだけの力を持つ人のもとへと、助けを呼びに走れるのに。

必死に周りの誰かに気づいてくれ、動いてくれ、と目を走らせる。だが誰も気づかない。皆、とばっちりを恐れて身をすくめるのに精いっぱいだ。

なら……。紅玉は覚悟を決める。

自分が動く。途中、周淑妃に止められるのを承知のうえで、他の者に皇后のもとへ行く手があることを気づかせる。そう決意して紅玉が動こうとした時だった。

妃たちの背後に控えていた宮官、宦官たちが、ざっと音を立てて身をかがめた。床に膝をつく。周淑妃たち妃嬪も驚いた顔をして一斉に椅子から立ち上がり、腰を落とす。

深々と頭を下げ、周淑妃が口を開いた。

「大家に拝謁いたします」

(え？　大、家……？)

ゆったりとした足取りで客室に入ってきたのは、龍袍《りゅうほう》を纏《まと》った男性だった。紅玉の傍まで来て立ち止まる。

頭を下げたままの紅玉には、彼の足元しか見えない。だが薫《かお》る高雅な香が、背後に従う宦官たちの数が、彼が紛れもなくこの後宮の主であることを知らせてくる。

「袁昭儀より聞かされていた、見事な桜桃の鉢とやらを見ようと思い立って来てみれば。何事か。耀庭宮の妃がすべて集まっておるようだが」

細く、高くはあるが、しっかりとした男の声が聞こえて、息をのむ。

この声……。

紅玉は自分が蒼白《そうはく》になるのがわかった。背筋を冷たい汗が流れる。皇帝がその場に立ったまま、皆、顔を上げよと声をかける。言われて、紅玉はおそるおそる顔を上げ、主の夫である今の時代の皇帝を視界に入れる。

皇帝がまだ十代の少年だったのだと、紅玉は初めて知った。

そこにいるのは、何度も一緒に鍋を囲んだ少年宦官の雉奴だった。

何を思い違いしていたのだろう。皇帝、と聞いて、百年前の皇城の主、蓉皇后の夫である玄禧《げんき》帝と混同していた。皆が知るこの時代の常識としての今上帝の年齢を、改めて口にする者も周りにいなかったので、訊ねるまでもなく青年男性だと思い込んでいた。

若くても不思議はないのだ。新帝は即位してまだ半年。そもそも母である皇太后の若々しさを見た時点で気づくべきだった。鶩皇子の面影も、あって当然だ。二人は同じ祖の血を引く皇族同士、血縁者なのだから。

〈今〉の時代で、至尊の位につく少年が、紅玉を見下ろして面白そうに目を細める。

「どうした、鍋娘」

紅玉だけに聞こえるように小さく囁《ささや》く。

「いったい朕《ちん》を誰だと思っていたのだ？」

宦官にしてはしっかりした体をしているとは思ったが。あわてて拱手する紅玉を「あなた何をやったのよ」と隣にいる明蘭がすごい目で見てきた。腕を高く掲げてごまかす。

紅玉の反応を、単に正体に驚いていると受け取ったのだろう。悪戯が成功した童子のように皇帝がにやりと笑う。そういう顔をするとますます幼い鶩皇子の面影が出て、紅玉はたまらなくなる。過去が恋しくなる。

皇帝が周淑妃が譲った上座につき、皆に向き直る。周淑妃と袁昭儀、それに二人についている耀庭宮の太監《たいかん》に話を聞き、己に従う宦官たちに各種事情を耳打ちをされた皇帝は、この場を収めるべく口を開いた。

「思うに。五代前の皇帝、淳治帝《じゅんち》は後宮の諍いに悩まされた逸話が多い故、気苦労の絶えぬ皇帝であったとの印象を抱く者が多いようだが。かの皇帝は真に賢明な方であった。後宮の女たちに職務を与えよとの勅を残されたが、もう一つ名言を残されている。〈女たちが集まるから諍いが起こるのだ〉と。朕はその言葉を深く受け止めようと思う」

淳治帝の定めた妃の職務を犯す真似はしたくないが、冷宮送りは少々厳しすぎよう、と言った皇帝が、彩才人、と呼びかける。

「後宮の和を乱した罰だ。そなたに耀庭宮を出、嘉陽宮住まいを命じる」

まさかそれは宮殿を一つ与えるということ？　嘉陽宮は妃が首を吊《つ》ったという縁起のよくない宮殿とはいえ、それでは罰ではなく破格の出世だ。同じことを考えたのだろう、周淑妃が皇帝の前だというのに膝を浮かせ、大家、と口を開きかける。

「もちろん、罰であるからには辛《つら》いものでなくてはならぬ。確かあそこは長らく無住であったな。どれだけ荒れているかは知らぬが、自分たちの手で住めるようにせよ。それが罰だ。特別に宦官一人を専属につけてやるが、後は侍女たちとなんとかするがよい」

それは。荒れ果てた宮殿に宦官一人を供に女たちだけで住めというに等しい。なんという残酷な罰かと、周淑妃の顔に満足げな意地の悪い笑みが浮かぶ。

だがこれが罰のわけがない。雉奴ならあの場所が憩いの場だと知っている。思わず見上げた紅玉とは眼を合わさず、周淑妃のほうを向いたまま皇帝が鷹揚に微笑む。

「あの宮は見事に荒れ果てた深山のような場所だという。いかに強情な女であろうと、心を入れ替え、『元の住まいに戻してください』と泣きついてくるだろう。その時は罪を許し、寛大に受け入れてやれ。それまでは手出し無用だ。よいな、周淑妃」

ただし、と続ける。これだけの罰を与えるのだ、少しは温情も示さねばな、と。

「朕が目をかけておる宦官の雑奴が以前、彩才人の侍女にうまい鍋を食べさせてもらった、と言っていた。その礼というわけではないが、辛い荒れ宮での暮らしに移るそなたらにも、最後にうまいものを食べさせてやろう」

祈禱の儀では当然、星空の下に供物を並べる醮《しょう》も行われる。その後は皆でそのおさがりを飲み食いするのが皇城内外で行われる紹国の慣習だ。

皇帝が出席を許す、と、宣言する。

「祈禱の儀への彩才人とその侍女たちの供を許す。当日は皆で来るがよい」

その晴れ晴れとした声は紅玉たちにとって、まさに天上からの救いの手だった。

2

馥郁《ふくいく》たる花の香が満ち、色とりどりの蝶《ちょう》が行きかう後宮の苑。白い雲が浮かぶのどかな空に、その日は朝から、腹に力の入った女たちのかけ声がこだましていた。

「うおりゃああ」

「どっせい！」

紅玉は太い木の幹を明蘭と共に持ち上げると、手押し車へと積み込んだ。その横では阿笙がせっせと鋸《のこ》を使い、幹を切り分ける作業に励んでいる。

ここは嘉陽宮、その庭園。皇帝の命で越してきて十日が経《た》った。紅玉たちは総力を挙げて、損傷の一番ましだった殿舎を補修しているところだ。

荒れて石畳すら剝《は》がれた殿舎裏の院子は、元は美しく整えられ、花壇などもあったのだろう。が、それらはすべて土に還《かえ》り、伸び放題になった木々が殿舎の壁を圧迫し、窓を開かなくしている。なので紅玉は明蘭に手伝ってもらい、樹木の伐採を行っている最中だ。

幸いなことに、皇帝は命じたその日から荒れ宮に住めとは言わなかった。が、あれだけのことがあったのだ。さすがに気まずくて耀庭宮にはいられず、皇帝が寛大にも狩の時に随員が使う天幕を二幕、貸してくれたのをいいことに、その夜からうち一つで女たちが寝起きをし、もう一つには彩才人の家財道具を保管して、阿笙が番人も兼ねて暮らしている。天幕に牀《しんだい》を持ち込めた女たちはともかく、一人で荷物の間で寝ることになる阿笙は大丈夫かと心配したが、さすがは高官たちが使う天幕、寝心地はすこぶるいいらしい。

今まで狭い横長の房に雑魚寝で、他の下っ端たちのいびきや歯ぎしりに悩まされていた阿笙は、

「俺、こんな快適なとこで一人で手足伸ばして寝たのって、初めてっす……」

と、感激して、毎朝夕、皇帝のいる太極宮《たいきよくきゆう》に向かって感謝の叩頭拝跪《こうとうはいき》をしている。おかげで額がひどいことになっている。

門前では皇帝の命で特別に娘子兵《じようしへい》たちが、「宮を移された彩才人が逃げ出さないか見張るため」と称して番をしてくれている。なので、安全対策も万全。周淑妃の突然の来訪にも怯えずに済む。当初は嘉陽宮の有様に真っ青になっていた彩才人や玲珠たちだが、今では最高の住み心地と、翠玉《すいぎよく》を打ち鳴らすような笑い声を聞かせてくれている。

そして、労働をすればお腹がすくのは自然の摂理で。

「明蘭、紅玉、そろそろ中食《ちゆうじき》にしない？」

肉体労働には向いていず、もっぱら屋内の清掃を行っていた玲珠が、同じく主自ら片づけを手伝ってくれていた彩才人が休憩をとりたがっていることを知らせてくる。新生、鍋会の始まりだ。紅玉は急いで熾火《おきび》を残したままにしている炉に柴《しば》をくべ、鍋を温める。

新しい住居の厨がまだ整えられていないので、今は毎食、鍋だ。彩才人は処罰中とはいえ後宮妃で、毎日の食費は耀庭宮の予算に計上されている。なので今は野草を採らずとも耀庭宮の厨から材料を分けてもらえるし、調理器具ももらえた。なのでこちらも内容が一気に贅沢《ぜいたく》になった。

「ちょっと、これ、塩が足りないんじゃない？」

さっそく焚火の前に座った明蘭が、味見をする。少し塩を足すと満足してもらえたらしい。人数分の椀を行李《こうり》から出してくれているが、自分用には少し大きめの椀を並べている。

「ふん、冷めた料理にも少し飽きてたから。ま、熱いのだけが取り柄かしら」

「……そう言うなら喰わなきゃいいのに」

ぶつくさ言いつつ、給仕役に徹しているのは阿笙だ。堂々と丸太椅子に座った明蘭には逆らえないらしい。下僕根性が染みついている。その隣では玲珠がいそいそと自分と彩才人の分をよそって、屋内にいる彩才人のもとへと運んでいる。

（鍋会の参加者、増えたわよね……）

何故だ。そもそも何故に後宮で彩才人まで巻き込んで野営生活を行うことになった。紅玉は遠い目になりながらも、まあ、平和だからいいか、と結論づけた。

季節は初夏。

野蒜《のびる》やタラの芽といった新芽の季節は終わったが、まだまだムベの蔓《つる》や茂った蕗《ふき》の葉など食材にことかかない。何より木苺《きいちご》やヤマモモといった甘い果実が色づく季節だ。嘉陽宮にも果樹が植えられた園林跡があって、阿笙が朝の見回りがてらたくさん採ってきてくれた。なので今日は鍋だけでなく、食後の甘味も作ることにする。

厨からもらってきた蕎麦粉《そばこ》を水で溶き、引っくり返した鍋の底で薄く焼く。香ばしく焦げ目がついたら、前もって煮込んで甘味を増した果実の煮込みをかけて、召し上がれ。くるくるっと蕎麦粉の皮を巻いて齧りつけば、もちもちした薄い生地の中から甘酸っぱい果実があふれ出す。あっさりしたものを好む玲珠もこれは気に入ったらしい。一口一口じっくり味わって目を細めている。

「懐かしいわ。子どもの頃は彩家の本邸がある荊州《けいしゅう》の丘で母と一緒に木苺を摘んだのよ」

またこんな野遊び気分を味わえるなんて思ってもみなかったわ、と、しみじみ言う。

明蘭は甘味よりもがっつり鍋を食べたい気分らしい。無言でせっせと箸を動かしている。お代わりを要求された。鍋には実は厨でもらった材料だけでなく、阿笙が採ってきてくれた野生の食材も入っている。が、明蘭は多少のゲテモノを食べさせても夜にうなされたりすることはないだろう。紅玉は遠慮なく椀いっぱいに鍋の中身をすくって入れてやる。侍女である彼女に力仕事を強いているのだ。お腹いっぱい食べてもらわないと。

「それにしてもよくこんな場所に入る気になったわね」と、口をもごもごと動かしながら明蘭が聞いてくる。

「阿笙に聞いたわよ。最初にあなたがここで鍋会なんてやってたから、主上がここに住めば、なんておっしゃったのだって」

「それにはいろいろあって」

当初、彩才人のもとに居場所がなくて気まずかったから、とはさすがに言えない。

それにしても皆で三食しっかり食べるとなると、今使っている鍋では小さい。明日からはもう少し大きな鍋に変えようかと考えていると、皇帝がやってきた。門前の娘子兵たちが反応しなかったところを見ると、いつもの微行だ。まだどこにあるか突き止めていないが、この宮には太極宮からつながる抜け道があるらしいのだ。無人の宮だったのをいいことに、皇帝はここを後宮側の出口として使用していたらしい。

(だから鍋会してるの、見つかっちゃったのね)

あわてて拝跪する皆に、「よいよい、顔を上げよ。それより今日は朕も手土産を持ってきたぞ、仲間に入れてくれ」と、鷹揚《おうよう》に言いつつ、月餅《げっぺい》が山と盛られた高杯《たかつき》を掲げる。茶菓子として太極宮に置かれていたものを持ってきたらしい。お調子者の阿笙が、おおっ、やった、と歓声をあげて、明蘭に肘で打たれてうめき声をあげる。

皇帝はそんな皆にご満悦だ。

「やはりここは飽きぬな。彩才人に罰を下してよかった」

何か足りぬものはないかと聞いてくる十六歳の皇帝は、もはや宦官の衣を着ていない。

堂々と皇帝の証《あかし》である龍袍を纏っている。そうしているとさすがの貫禄で、最初、宦官と間違えていたのが不思議なくらいだ。顔立ちもやはり鷲皇子と同族の血を引く皇帝らしく、凜々《りり》しく整っている。同じく十六歳の、可憐な彩才人とお似合いだ。が、

「皆、朕がここにいる間は宦官の雑奴として扱え。もちろん他言も無用だ。命に背けば冷宮送りぞ」

と、にこにこ笑いながら恐ろしいことをおっしゃる。いや、龍袍を纏っておられる時点でそれは無理というものだと思う。

だがそんなことを口にできるわけがない。皆、引きつった笑みを浮かべながらも焚火の周りに座り直す。催促されたので、紅玉は常備されている皇帝のための椀に鍋の中身をよそう。満足げに箸を取る皇帝に、やはり奇異の念を隠しきれない。

(……至上の君なら、こんなところに来られなくても、山海の珍味を満腹食べられるでしように)

皇帝は、「彩才人の様子を見るため」と、毎日のように昼時になるとやってくる。なのに彩才人は、周淑妃や他妃の目がまだ怖いのか、屋内で懸命に身を縮めて外へは出てこない。なので皇帝も無理に中には入らず、鍋だけ食べて満足して帰っていく。

本当に、どうしてこんなことになっているのか。

彩才人は今の暮らしに不満は一切言わないが、こんなところに連れてきてしまったのは

紅玉だ。責任をとって、侍女としてさりげなく二人が顔を会わせられる場を設定するべきだろう。だが玲珠に注意された、波風を立てないでという言葉がある。皇帝も「ここにいる間は皇帝と扱うな」と命じている。

(……時間が解決してくれるかな)

縁というものがあるのなら、自然に出会う二人かもしれない。そもそも皇帝が引き離してくれたので小康状態だが、周淑妃と彩才人の問題は解決していないのだ。今、皇帝と彩才人の距離が近づけばややこしいことになるのは確かで。

やっと一息、落ち着いたばかりなのだ。

紅玉は時機を窺《うかが》うということで、二人のことはそっとしておくことにした。

その翌日のこと。

紅玉は宮を移ってからは珍しく、衣装を侍女らしい薄絹の襦裙《じゅくん》に替えて、後宮と外とを結ぶ西蛾門《さいがもん》へと向かっていた。

新しい宮殿に移ったせいで入用なものがたくさんある。主に建物の補修に必要な資材だが、皇帝が他妃の前で「自分たちで住めるようにせよ」と宣言したので、実家に頼るしかない。

幸い彩才人の実家、彩家は代々、治水や土木工事の監督で名を成した家だ。今の家長である楚峻も工部の官吏。前もって入用な宮殿補修の道具と資材の一覧、修理の方法を描いた図が欲しいと文を送ると、すぐに「面会所にて待つ」と返事が来た。

紅玉がすっかり顔なじみになった番人に名と用を告げ、ついでに嘉陽宮で採れた杏《あんず》を干して砂糖衣をかけた菓子を中食用に差し入れてから中に入ると、楚峻が「ここだ、紅玉」と軽く手を上げた。

面会所で人を待つのに少しは慣れてきたのだろう。楚峻は前回のように落ち着かなげに立つのではなく、卓を前に椅子に座り、出してもらった茶を飲んでいた。

勧められて対面に座るなり、楚峻が今日の差し入れ品の目録と、口頭で説明をしたほうがいい補修のやり方を図示した絹を取り出した。

それから、何やらずしりと重い巾着袋を卓に置く。

「先に渡しておこう。これを君に」

うながされて開けると、中には純白や桃色、琥珀《こはく》色と、きらきら輝く色の違ういろいろな塊が入っていた。さらさらした小さな粒になっているものもある。

塩、だ。

岩塩の塊や、海水を丁寧に濃縮して作った結晶の粒や。驚いた。こんなにいろいろの塩があるなんて。まるで宝石か玉のように美しいものまである。

「これは……?」

「褒美だ。欲しいと言っていただろう」

そういえば、何か欲しいものをと言われて、冗談交じりに、塩、と答えたのだった。

真面目な彼は真剣に受けて、公務の合間に買い求めてくれたのだろう。楚峻は都に出て年数が浅く、書籍や工具など、己の専門分野以外を扱う店には疎いと、糸を買うのですら戸惑っていたのに、こんなにたくさん。しかも使うのをためらうほどの美しさだ。

「あの、これだけの種類を集めるのは大変だったでしょう?」

あわてて礼を言うと、楚峻は気にするなと手を振り「他に不自由はないか」と聞いてきた。

「外にいる私にできるのはこれくらいだからな。宮殿替えの顚末《てんまつ》、聞いてひやりとした」

「申し訳ありません、事前に防げず」

だが、おかげでのびのびと暮らせています、と言うと、楚峻がぷっと噴き出す。

「玲珠からの便りで聞いてはいたが。本当に今は後宮の暮らしを楽しんでいるのだな」

はい、と肯定する。

最初のうちこそ明蘭は怒るし彩才人は茫然《ぼうぜん》としているしで大変だったが。とりあえず、痛みのましなところを居住区に定めて、皇帝の采配で傍付きとなった阿笙と一緒に掃除をした。

すると見違えた。

もともとが皇帝の妃が使用する、後宮の建物なのだ。柱に施された細工といい、床の石組の美しさといい。そこらの豪邸など足元にも及ばない贅沢さだ。

扉もきちんと打ちつけてあったので、中はさほど風雨の被害を受けてはいなかった。土台もしっかりしているし、尚功《しょうこう》の工房まで押しかけて建具の修理のやり方を訊ねたり、阿笙が後宮の塵《ちり》捨て場に陣取って運ばれてくる中から使えそうな木材を選んで持ってきて、今ではなんとか暮らせるようになっている。なまじ彩才人が豪華な邸で蝶よ花よと育てられた都の名門一族のお嬢様でなかったのも幸いした。

「どんなおどろおどろしい建物でも、いるのが自分たちだけで他からの嫌がらせがない。それだけで心がのびやかになられたようで。最近では彩才人さまも笑顔をよく見せてくださいます」

そう話すと、ほっとしたように楚峻が微笑んだ。

「ありがとう。君がいなかったら叔母は今頃、命はなかっただろう」

「いいえ、元は私が原因ですし。それにすべて主上の采配のおかげです」

彩才人が冷宮行きを周淑妃に命じられた時。皇帝が周淑妃の決定を支持しても、退けても、各方面に根強い恨みは残っただろう。支持すれば彩才人が破滅するのはもちろん、周淑妃は評判を落としたたし、皇后も自分が後宮に入れた娘を冷宮送りにされたのでは眉を顰める。

かといって、周淑妃を諫め、彩才人を救えば。周淑妃の負の感情は今以上に膨れ、彩才人に向かった。それどころか皇太后に声をかけられたうえに皇帝にまで救われたとなれば、彩才人は他の妃たちからも嫉妬をかい、後宮ではもう生きていくことはできなかっただろう。

だが皇帝は彩才人を罰すると見せかけて、他から隔離してくれた。

今の彩才人は周淑妃の機嫌を損ねて、皇帝の手で荒れ宮暮らしに落とされた哀れな妃。皆、同情こそすれ敵意を持ったりはしない。後宮の妃は皆、相手が競争相手だと思うから攻撃してくるのだ。格下と思った者にはいくらでも慈悲深くなれる。

紅玉では思いもつかなかった解決策だ。まだ少年の身で妃たちの今後の心情にまで精通した奇策を思いつき、手を伸べてくれるとは、さすがは紹国全土を統べる皇帝だと思う。

楚峻に言う。

「この数か月、後宮で過ごしてあなたさまが何故、危険を冒してまで私を侍女となさったのか、理由がわかりました。初めは彩才人さまは皇后様の声がかりでの入宮という扱いから他の妃たちの妬みをかうのかと思っていましたが、さらに深いところがあったのですね」

「ああ、そうだ」

楚峻が表情を雲らせて言う。「そもそも私の抜擢《ばってき》からして、皇后さまの差し金なのだ」、と。

知人に頼まれ、邸にあった図面を元に背景に古城を配した賢人図を描いた。それがたまたま皇帝の目に留まり抜擢を受けた。そう世間では言われているが。違う。それはあくまで聞こえのよい表向きの話。本当のところは朋皇后の根回しがあったのだ、と。

「あの楼の解体は、もともと周家が行うことになっていたのだ」

楚峻が言う。

「あの楼を百年前に設計したのは周家の者。そして皇太子宮にあった対の楼を取り壊したのも周家だ。しかも今の周家の長で周淑妃の父である周栄款《えいかん》殿は工部尚書《こうぶしようしよ》を務めておられる。栄款殿は皇太后陛下はじめとする朋家の懐刀であるし、妥当な任命だった」

だが朋皇后が皇帝に願って変更した。彩才人を推したのと同じように、周家への腹いせとして。

些細《ささい》な理由だ。私情にまみれた。本来ならこんな理由で変わるような人事ではない。それが通ったのは、ものが後宮にある楼で妃の意見を入れる必要があったのと、皇帝がまだ若くとも大局を見る眼がある少年だったかららしい。

「実は朋家は長らく宮廷の中枢を担い、娘を皇后に立てるのもこれで四人目なのだ」

「四人目⁉」

それは多い。

紅玉が生きた時代の紹国皇帝は三代目だった。その時点でまだ一人も朋家の皇后はいない。それから百年。代替わりが何度あったかは知らないが、百年の間に四人の皇后が一つの家から出ているのは奇異な気がする。

「それだけ朋家が力を持っているということだが、偏りがあるのは否めない」

皇帝は外戚とはいえ、朋家とその腹心に力が集まるのをよく思っていない。そこで、

「今回は、子もなく、寂しい想いをさせている朋氏の皇后の願いを聞き入れてやろう」

と、皇后と朋氏、双方に恩を売る形で楚峻を抜擢したらしい。

それもあって周淑妃の実家、周家からも彩才人はよく思われていない。彩家は雲上人たちの駆け引きにいいように使われている形だ。楚峻も表の世界で周栄款からちくちく嫌味を言われているそうだ。端整な顔が憂いに満ちている。

「私も叔母も野心などない。だが否応《いやおう》なく巻き込まれ、生き残るために知恵を絞らねばならない羽目に陥っている。しかも叔母と侍女たちはあの通り後宮には不慣れだ」

彩才人が己の駒として使える娘なら、皇后も取り立てたかもしれない。だが入宮してきたのはただの内気な娘と物慣れぬ侍女二人だった。

妃と侍女は一つの運命共同体、いわば戦場に派遣された軍団だ。将だけでは戦い抜けないように、妃だけでは勝ち抜けない。そして新参の才人を接見した皇后の目に、彩家の

面々は兵として取り込むほどの価値はないと判断された。

そして皇太后と周淑妃からすれば、こんな嫌がらせをされても皇后に直接、苦情を言うわけにはいかない。何しろ皇后は皇帝に次ぐ位にある。まだ周淑妃の腹に皇子はないのだ。皇后に完全にへそを曲げられるわけにはいかない。皇太后や周淑妃にできるのは、「されたことを不快に思う」との意思表示に彩才人を貶《おとし》めるくらいのこと。

すべての皺寄《しわよ》せは彩才人に行くのだ。誰にもかばわれないまま。

「……何故、最初にこのことを言ってくださらなかったのです?」

「言葉で知らせるより、自分の目で確かめてほしかった」

それに、と楚峻が言う。

「私は後宮の女の世界には疎い。実際に中を見たわけでもないし、これが深読みのしすぎで杞憂《きゆう》かもしれないという望みもあった」

「それで私に」

「ああ。確かめてほしかった」

「すまなかった」と楚峻が素直に謝る。

「それにあの時の君はまだ混乱していた。この時代に慣れてもいないところへ深い部分を話しても実感しにくいかと思った」

「それはそうでしたけど」

「だから正直、今の私は君の存在に助けられている。ありがとう」

そう言ってもらえてほっとする。なかなか彩才人たちに受け入れてもらえなかったり、余計なことをしたりと、契約通り彩才人を守れているか、不安だったところもあるから。

それにやはりこの人の声を聞くと落ち着く。

彩才人とはまだ親しく話せていないが、明蘭や玲珠、阿笙と仲間はできた。が、それでも己の素性を隠さず話せる楚峻の存在は頼もしい。この人に会うと、ああ、自分はやはり心細いのだな、と思う。

単に時を超えてきたというだけではない。何故そうなったのかわからない。

これは一時的なこと？　それともまた急に元の時間へ戻れたりするのだろうか。

鷲皇子は、蓉皇后はどうなった？　何故、あの書院に〈朋皇后〉と書かれた絵があった？

楚峻は最初の約束通り、楼の周囲や文献などで過去のことやこの事象が起こった原因について調べてくれているそうだが、今のところ進展はないらしい。強いて言うなら、

「あの楼の取り壊しに、妙に周家がこだわっているのだ。普段、周家が手がけている工事からすれば、そこまで大きな仕事でもないのだが」

と首をひねっていることくらいだとか。

「最近、周家の力も大きくなってきて、朋家に煙たがられているところもあるので、周栄

款殿も焦っているのかもな。後宮の工事をやり遂げて、朋皇太后の心証をよくしたいのかもしれない」

と、他人事のように楚峻が言った。そこで自分が周家に成り代わり、皇太后の覚えをよくしようと考えない辺りが、相変わらず浮世離れした人だ。紅玉は微笑ましげに楚峻を見る。そして考える。

(楚峻さまに、あの絵のことを言うべき?)

玄禧十三年の日付の、朋皇后の絵があったことを。

だがためらう。あの時は誰かに話したくてたまらなかった。史実を確認したかった。が、今は逆に口に出すのが怖い。「蓉皇后などいなかった」と言われてしまうのが怖い。

それにまだ書院の絵をすべて調べたわけではない。あれが誰かの間違いか、悪戯書きの可能性もある。なのであえて考えないようにしているが……、何もわからないことが落ち着かない。だから、今は、

「……するべきことを与えていただき、私のほうこそ感謝しています」

こんな言い方は失礼だが、何かに一生懸命になっている間は過去のことを考えずに済む。

頭を下げ、感謝を伝えると、彼がまた照れたように笑った。

「助かった、と先ほどから繰り返し言っているのはこちらだ。だから前にも言ったと思うが、君は遠慮せず、もっと私に頼ってくれ」

「お優しいのですね」

「いや、優しくなどない。私がそんなふうに感じるのは君にだけだ。頼ってほしいと口にするのも」

何故だろうな、と、彼が眩しげに目を細める。

紅玉は女の苑で育った。よく知る男性は皇帝と蓉宰相くらい。後宮の女たちが回し読む恋物語は知っているが、本物の恋や男性への思慕には疎い。

それでもこの時の微笑む楚峻を見て、息をのんでしまった。いかにも誠実そうな端整な顔で、そんなふうに優しく言われたら。

(危うい！)

絶対、誤解してしまう。彼から何か特別な感情を向けられたのだと。

「駄目ですよ、楚峻さま」

急いで進言する。何しろ楚峻はもうすぐ祈禱の儀のために後宮へやってくる。

「そんなお顔を他の女性に見せてはいけません。特に後宮の女には。皆、めったに殿方を目にできなくて慣れていないのですから」

彩才人がちやほやされるようになるだけでは済まないかもしれない。楚峻の表情を誤解した女たちの間で無用な争いが起こる。

「わかった。君だけにしよう。もともと他の者にこういう想いは抱いていないから」

安心してくれ、と、紅玉の訴えに楚峻はさらっと答える。本当にわかっているのだろうか。その言い回しもかなり際どい気がするが。

（科挙も突破された、詩心もある頭のいい方のはずなのに……）

いや、だからかえって専門馬鹿というか、女心がわからないのかもしれない。ならば自分は侍女として彩才人を守るべくどう動けばいいか。あれこれ考えていると、彼に質問された。

「で、どうする、衣装は」

楚峻の声に我に返る。

「君がくれた文には補修に必要な資材や帳《とばり》や敷物といったものは書かれていたが、新しい衣については記述がない。陛下のお言葉で祈禱の儀に出ることは決まったのだろう？」

新調しなくていいのか、と彼が聞いてきた。

「入用なものがあれば早めに言ってくれ。糸くらいならともかく、布や簪《かんざし》などの細工物となってくると発注してから出来上がるまでに時間がかかる」

「あ」

言われてみればその通りだ。今回の祈禱の儀は毎月の斎会《さいかい》などとは違い、外朝からも人が来る公式の儀式。今までそんな場に出たことのない彩才人は当然、ふさわしい衣を持っていない。供をする紅玉たち三人も揃《そろ》いの衣を用意する必要がある。

新生活のことばかりを考えて、うっかりしていた。侍女失格だ。まさか男性に指摘を受けるとは。女心のわからない方などと思って申し訳のないことをした。

（前にお会いした時は、女人に贈り物などしたことがないと困った顔をしていらしたのに）

よく見ると今日渡された塩の袋も、若い娘が喜びそうな可愛い花柄の巾着だ。そんなものに塩を入れるのもどうかと思うが、いつの間にやら楚峻も女人が好む品や、小間物を意識するようになったらしい。

これも皆、後宮で頑張る彩才人のことを思ってか。

そう考えるとまた微笑ましくなって、紅玉はにっこりと楚峻に笑いかけた。

「彩才人さまもこんな甥御《おいご》がおられて心強いと思います」

楚峻も普段口には出さない叔母への気遣いを褒められて嬉しかったのだろう。う、と喉を詰まらせたような声を出すと、真っ赤になって顔を伏せた。

本当に、微笑ましい。

＊＊＊＊＊

後宮の門を出て、楚峻は足を止めた。振り返り、紅玉の姿がもう見えないことを確認して、ずるずると城壁にもたれかかる。

先ほどは焦った。彼女が最後の最後にあんなことをあんな顔で言うから。

また先ほどの眩しい笑顔を思い出してしまい、ぶり返した顔のほてりを手で風を作って冷ます。門を守る兵たちが妙な顔でこちらを見ている。あわてて背を向けたが見透かされているようで恥ずかしく、衣の上から手を当て、楚峻は懐に収めた袱紗《ふくさ》の包みを隠した。

中に入っているのは簪だ。

鮮やかな紅の玉と水晶の粒で、銀の枝に咲いた梅花と露を象《かたど》った細工物。

初めて会った時に彼女が「私がこの楼に入った宵は、まだ梅花の香りがしておりました」と、流した透明な涙が妙に胸に残って、数ある細工の中から自然とこれを手に取っていた。

（渡せなかったな……。塩は渡せたのに）

紅玉に親兄弟はいない。ならば自分がこの時代での親であり、兄である。そして雇い主でもあるという立場から、彼女が後宮で恥ずかしくない装いができているか気を配るべきかと、塩を買いに行った際に市で贖《あがな》った品だが。

買う時もかなりの勇気がいったが、渡すにはそれに倍する気力が必要だと知った。世の男たちはどうやって年頃の娘にこんな恥ずかしいものを贈っているのか。後宮に住まう彼女とは頻繁に会うことはできない。渡せる機会はそうはないというのに。

ため息をついて、背後にそびえる朱塗りの門を見上げる。

朱、紅に通じる色、紅玉の色だ。自然と思考は先ほど別れたばかりの娘に向かう。

彼女はいつの間にか皇帝の面識まで得ているようだった。さすがは元皇后の侍女というべきか。もう自分の助けなどいらないかもしれない。想像以上の速さで彼女はこの時代に順応している。それは喜ばしいことだが、どこか落ち着かない。

あんな年下の少女を相手に、まるで置いていかれたかのように感じて。

空を仰いで、つぶやく。

「……どうかしているな、私は」

その夜のことだった。

我ながら不可解な想いに悩まされながら勤務を終え、帰邸した楚峻は、扱いに困った小さな包みに、〈彩紅玉殿〉と書いた小さな木札をつけた。そして自房の行李の奥深くに丁寧にしまった。

その行為に、深い意味はなかった。

渡すことのできない簪でも、捨てるに捨てられず、かといって他の誰かに贈るなど思いもよらず。もしやいつかはと、かすかな願いと共に一時、据え置いただけのつもりだった。

まさかその包みを、古くから仕えている乳母に見つけられてしまうとは。

養い子をいまだに子ども扱いしている彼女が、「まあ、坊ちゃまったらまたこんなところに間違えて入れて。いつまで経っても整理整頓ができないのだから」と、苦笑しつつ包みを行李から出し、侍女〈彩紅玉〉のもとに届くであろう、彩才人向けの荷に入れ直すとは。

そしてその包みが嘉陽宮の女たちの間に新たな問題を引き起こすことになろうとは、その時の楚峻は考えもしなかったのだ――。

3

嘉陽宮の彩才人のもとへ荷車に積んだ荷物が届いたのは、それから十日後のことだった。楚峻がよこしてくれた建材や建具だ。

さっそく阿笙が「こっちへ」と荷役の宦官たちを指図して、雨の当たらない場所に保管している。阿笙はもう薄汚れた袍を着ていない。屑《くず》入れの籠も背負っていないし、背もしゃんと伸びている。眩しい新調の袍姿で堂々と指示する彼は、嘉陽宮をしきる太監の貫禄だ。

なのに少しも驕《おご》らず、荷役の下っ端宦官たちに「ご祝儀代わりだ、少し休憩していってくれ」と、焚火の周りに休憩用の丸太を並べて、熱い白湯をふるまう辺りが優しい彼らしいと思った。紅玉も汗をかくことが多い彼らに、大事な荷を運んでくれたお礼にと、お手製の梅の実の塩漬けを差し入れる。うまい、と言ってもらえるのが嬉しい。

そして今日はそれらの建材とは別に、行李に入った小さな荷もあった。

「これがお預かりしてきた品です」

宮殿の補修も急務だが、彩才人は初めて皇帝も臨席する公式の儀式に出るのだ。衣装も凝らねばならない。これから侍女三人総出で当日の衣を仕立てることになる。

急いで眩《まばゆ》い布や糸の入った行李を開けて確認していく。

その中に、簪や腕輪など装飾品の入った小箱があった。もちろん中身は彩才人あての細工物が主だが、二つばかり、〈明蘭、玲珠へ〉と女字で書かれた布包みがある。

入っていたのは玉や飾りが控えめで、侍女がつけるのにふさわしく小ぶりにしてあるが、彩才人の歩揺とお揃いの意匠の簪だった。

「これ、細工司の桃仙堂《とうせんどう》の新作よ」

「きっと大奥さまの見立てだわ。楚峻さまだとまた橋の形とか変な簪になるもの」

「彩才人さま、さっそくつけてみましょうよ。大奥さまにもお礼の文を書かなきゃ」

きゃいきゃいと、明蘭と玲珠が騒いでいる。鏡の前に座って簪をつけてもらった彩才人も久しぶりの母からの贈り物に嬉しそうだ。

それを横目に、紅玉は行李に入った他の届け物の片づけをする。

後宮に入るに当たって、紅玉は彩家には立ち寄らなかった。

そもそも紅玉は、後宮から出ることができなかったのだ。

あの夜、初めてこの百年後の世界で目覚めた夜に、楚峻の手引きで楼を囲む塀を越え、城外に出ようとした紅玉だが、何故か旧い後宮と外との境に来ると、見えない壁のようなものがあって、通り抜けることができなかった。無理に押せば体が霧のように薄れてしまう。怖くてそれ以上、先へは進めなかった。楚峻も青くなって止めた。

仕方がないので紅玉は工事開始までは誰も来ない資材置き場に匿《かくま》われ、楚峻が手配した別の娘が〈彩紅玉〉として後宮の門をくぐり、入宮の手続きをした。そして入れ替わった。

ちなみに本物の彩紅玉は楚峻の手引きで恋人である下男と駆け落ちしている。新天地で無事、居に落ち着き、腹の子も順調。あのままでは親に恋人と引き離されていた、身代わりを務めてくれた娘に感謝している、と、文が来たと楚峻が言っていた。

なので紅玉は〈大奥さま〉とは面識がない。たぶん挨拶にも来なかった無礼な娘と思われているのだろう。本物の彩紅玉に悪いことをしたと思う。

そのせいか、今までにも何度か大奥さまから明蘭、玲珠へと、主から雇人に贈られる衣などの荷が届いたが、紅玉には何もなかった。今着ている衣は身代わりになった娘と交換したものだし、作業用の布衣や着替えは楚峻に前払いでもらった給金で、後宮の担当官を通して購入している。前の時代でも紅玉に実家からの差し入れはなかったのだし、特に不自由はない。

が、少し寂しいことは寂しい。

楽しげな三人から目をそらして作業を続けていると、行李の奥にまだ個人あての荷が入っているのに気がついた。目ざとく見つけた明蘭が、ひょいと覗《のぞ》き込んでくる。

「あら、これってあなたあてじゃない、紅玉」

言われてみると、確かに。包みには〈彩紅玉殿〉と書かれた竹片がつけられている。彩家に知り合いはいないが、本物の彩紅玉あての包みだろうか。首を傾げつつ明蘭にうながされて包みを開くと、中には簪が一本、入っていた。

繊細な紅梅の枝を模した銀の細工。

思わず息をのむ。美しい。それに華やかだ。初々しい年頃の娘がつけるにふさわしい、春を表した装身具。明らかに明蘭たちのものとは格が違う、見事な簪だ。

「わあ、素敵。私たちのと全然、違う。やったわね、紅玉」

「紅玉のおかげで宮殿を移れたから、大奥さまがご褒美にくださったのかしら。よかったわね」

見せて見せてと明蘭たちが騒ぐ中、彩才人の顔からすっと表情が消えた。

「……その字、お兄さまのものだわ」

鏡の前に座ったまま、小さく言う。

紅玉に今まで一度も直接声をかけたことのない彩才人が放った第一声は、まさに玉のごとく冷たく、澄んでいた。

「あなた、楚峻お兄さまとどういう関係なの」

「え」

「前からおかしいと思っていたの。差し入れの品の受け渡しの時、お兄さまはどうしてあなたばかりを指名するの？　ここには明蘭も玲珠もいるのに」

椅子から立ち上がった彩才人が、紅玉の前までやってくる。

「何これ。この簪！　お兄さまはね、学問一筋のお方なの。浮ついた他の殿方みたいに女人への品などお買いにならない立派な方なの。買ってきてとねだればろくに見ないで買うから、いつも誰にも似合いそうにない、変なものばかり買ってこられるの。なのにこれ！」

彩才人が、いつもの内気な様からは想像もできない荒々しい仕草で簪を奪い取り、紅玉に突きつける。紅に染められた桜貝めいた爪先が、泣き出しそうに震えているのが目についた。

「これについてる紅玉、あなたの名前からよね？　それにこの花の形、……あなたに似合うものばかり。それだけお兄さまはあなたを見てたってこと？　どうして？」

紅玉は戸惑った。返事ができない。

楚峻に他意はない。雇い主として、明蘭や翠玉とは違いこの時代に身寄りのない娘を心配して、差し入れてくれただけだろう。そのことをどう説明すればいい。紅玉が時を超えたことは秘密だ。そして本物の彩紅玉には親も兄弟もいる。

親がいるのに何故、楚峻が紅玉だけを特別扱いをした、と言われれば答えられない。紅玉の親が贖い、都にある彩家へと届けた品を楚峻が荷に入れてくれたのではと言い訳しようにも、この簪の細工は精巧すぎてとてもではないが田舎で手に入れられる品ではない。

黙って目を泳がせる紅玉をどう思ったのだろう。彩才人が、顔を真っ赤にしてにらみつけてくる。その瞳から大粒の涙が転がり落ちて。

「お嬢さまっ」

「紅玉、ここはもういいわ。先に下がって」

我に返った明蘭と玲珠が二人がかりで彩才人を抱き締め、なだめはじめる。仲のよい主従の姿。そこに紅玉の割って入る隙はなかった。

疎外感と共に自室に下がり謹慎する。どれくらいそうしていただろう。玲珠が「やっと落ち着かれたわ」と、房まで来てくれた。「今回のこと、あなたに非はないかもしれないけど」、と言いにくそうに目をそらせつつ、彼女が言う。

「面会の指名は確かにうかつだったわ。お嬢さまの傍を離れたくなくて、楚峻さまとの面会はすべてあなたに任せていた私たちも悪いのだけど。あなただってご一族の一員なら、お嬢さまのご事情は知っているでしょう?」

確か楚峻の祖父が若い後妻に産ませたとか。

「大奥さまは後妻といってももともと妾《めかけ》としてお邸におられた方で。前の大奥さまがお亡くなりになったから繰り上がられた方なの。だから生前の大奥さまとも、ご長男の嫁である楚峻さまの母君とも折り合いが悪くて」

妻と妾が同じ邸に住むのは紹国では普通のことだ。息子夫婦が同居するのも普通。

そして女が複数いれば後宮でなくとも角突き合わせるのもよくあることで。当然、その子や雇人たちも諍いに巻き込まれる。

「そんな中、楚峻さまだけはお嬢さまに分け隔てなく接してくださった。だからお嬢さまも楚峻さまを兄と呼んで懐かれていたわ。お嬢さまが今回の入宮を最終的に受けいれることになさったのも、楚峻さまの将来を思ってのことだと思うもの」

（そんなご事情が……）

紅玉は息をのんだ。そして自分を責めた。馬鹿だ、自分は。主を守ると言いながら、今まで彩才人のことを知ろうともしていなかった。

周淑妃はじめ〈敵〉ばかりを気にして、外だけを見ていた。一番、侍女として気をつけないといけないのは新しい主のことなのに。いきなり後宮へ入れられ、戸惑う彩才人の心に寄り添うことこそが必要なことだったのに。

「その楚峻さまともお会いできなくなって、彩才人さまはずっと寂しさを我慢なさっていたの。なのに幼なじみの私たちまで差し置いて、あなただけが名指しで楚峻さまとお会いしているのだもの。それはご機嫌も損ねるわ」

とりあえず、少し反省してなさい。そう言って玲珠は去っていった。

残された紅玉は両手を顔に当てた。うずくまる。蓉皇后に仕えていた頃は侍女たちの中では紅玉が一番年下だった。侍女の経験も浅くて、先輩侍女たちは幼い紅玉を妹のように可愛がってくれた。知るべきことは紅玉が訊ねるまでもなく教えてくれたし、間違える前に道を示してくれた。こんなふうに自分で人間関係の機微を探る必要はなかった。

（六年も後宮にいて、気づいてもいなかった）

未熟だ。今になって自分がいかに周りに甘えていたのかを、思い知らされる。


彩才人が落ち着くまでは御前には出ないで、と言われたので紅玉は外仕事に専念する。中断していた殿舎の外壁補修をしていると、阿笙が「大変です、小姐」と駆けてきた。

「耀庭宮がやっかいなことになってるんっすよ」

聞くと、周淑妃に、〈皇帝が彩才人に下した罰〉の偽装がばれたかもしれないという。

「なんかこっちのこと疑ってるみたいで」

彩才人は宮殿を移ったとはいえ、それは罰のための一時的なもの。反省すれば戻るとの条件つきだ。

なので尚宮局は嘉陽宮への新たな予算配分はせず、今まで通り必要なものは耀庭宮にて受け取るようにと言ってきたので、阿笙が何かと耀庭宮に出入りしているのだが。

上役だった宦官が阿笙を呼び止めて、嘉陽宮がどんな具合か聞いてきたそうだ。

「それがまたいかにも命を受けて探ってるって口調で。たぶんっすけど、彩才人さまがすぐ音をあげるって思ったのに、平気な顔してるでしょ？　だから不審に思ったんっすよ」

気になって様子を見に行こうにも、門には娘子兵がいる。入れない。

「そのうえ最近は荷車が出入りしてて。これはもしや罰とは名ばかり、大家がこっそり嘉陽宮を改修して、彩才人さまと密会してるんじゃって勘繰ってるらしいんっす」

あの断罪の場に、皇帝が都合よく現れたのもおかしいとまで言い出しているのだとか。

「……いつかはこうなるとは思ってたけど」

紅玉は頭を押さえた。早すぎる。

「か弱いお嬢さま育ちの彩才人さまが音をあげないのは、確かに不自然だったけど」

「またぞろ何か仕掛けてくるかもしれませんよ。仲良くなった荷役の下っ端連中に聞いたら、周淑妃さまも最近は実家と頻繁にやりとりしてるみたいで。今度の祈禱の儀には皇后さまだけじゃなく、皇太后さまも来られるでしょう？　彩才人さまの評判を落とすいい機会とか、あっちは思ってるのかも。気をつけないと」

「そうね、明蘭たちにも相談して、対策を立てることにするわ」

ありがとう、と阿笙をねぎらって、また何かわかったら教えてと頼む。工具を置き、殿舎の中へと向かいながら紅玉は心を引き締める。もう失敗したりしない。彩才人の心をこれ以上、乱したりしない。周淑妃に付け入る隙を与えないようにしなくては。

明蘭はまだ心が不安定な彩才人のもとを離れられないので、玲珠を呼び出して相談する。

彼女は、もしかして、と眉を顰めた。

「もう嫌がらせは始まっているのかもしれないわ。実は祈禱の儀での手順とか、開始時刻も含めてまったくわからないの。主上や皇太后さまの前で恥をかかせるつもりかも」

当日の詳細は集合時刻も含めて儀典を司る後宮の衙門《がもん》、尚儀《しょうぎ》の宮官たちから連絡が来るはずだが、音沙汰がないらしい。祈禱の儀はもう十日後だ。

「そこはもうこの際です。主上が立ち寄られた時に、直接お聞きしていいかと」

最終手段だ。〈雉奴〉を使おう。当日参列するだろう高位宦官付き見習い宦官の雉奴に、顔なじみの侍女が、「当日の手順とか知ってる？」と訊ねるのなら、立派に相手を宦官扱いしている内に入る。こじつけだが皇帝も文句はないだろう。問題は。

「衣装ね」

玲珠が言った。当日の衣装については皇后付き宮官に、尚儀を通して訊ねてある。が、それだけでは甘かったかもしれない。

今回の祈禱の儀の主催者は皇帝、なので儀式手順なども皇帝配下の儀典官が執り仕切る。この部分に変更を加え、嫌がらせをするのは難しい。斎会での失敗を挽回《ばんかい》するつもりなら、同じ服飾のことで仕掛けてくる可能性が高い。

「彩才人さまの衣装はとにかく見劣りのしないものをと、今、仕上げてるけど。他のお妃さまのご様子を確認する必要があるわね」

周淑妃が自分と交流のある妃たちと色目を合わせて、彩才人をのけ者にしたり。訊ねた尚儀の宮官が周淑妃に通じていたら、聞いた情報は役に立たないどころか罠でしかない。

「……阿笙に任せましょう」

玲珠が決意するように言う。

「彼なら耀庭宮にも他の宮殿にも紛れ込める。実際に皆さまの衣装を見ることはできないでしょうけど、宦官仲間や宮官たちの無駄口から何か拾えるかもしれない」

今まで明蘭の陰に隠れていた玲珠の思わぬ腹の座り具合に驚く。

「阿笙には他にも周淑妃さまが何を企んでいるか聞き出すように頼むことにして、紅玉、あなたにも頼み事をしていいかしら。前に絵図を借り出してきてくれたわよね」

玲珠が言う。

「後宮の建物が取り壊されるのはこれが初めてじゃないもの。もしかしたら花紋の時みたいにどなたかが祈禱の儀のことを絵に残しておられるかもしれない」

膨大な数の絵、そのどこに描かれているか。皇后や四妃ならともかく一才人の衣装が残されているとは思えない。そもそも周淑妃が新たに妃たちの足並みを揃えれば先例を掘り起こしても意味はない。

だが少なくとも「調べてこの衣装にしました」と言える絵があれば、咎《とが》められても弁明できる。祈禱には皇帝も臨席する。周淑妃もそこまで理不尽な言いがかりはつけられない。

それにあの書院であれば紅玉も個人的にまた行きたい。蓉皇后のこと、玄禧十三年の記載があった朋皇后の絵、気になることはたくさんある。まだ途中までしか調べていない。

でも、

「……彩才人さまのお許しは」

「私があなたの名は出さず、さりげなく許可を申請してもらえるようにお願いします」

ほっとした。事態がまたこんな不安定になった今、彩才人に自分の名を聞かせて心を乱させたくない。

腹の座った玲珠の仕事は早かった。あっという間に彩才人の許可を得て、紅玉を書院へと送り出す。問題は二度目に行った時に周淑妃の妨害に遭い入れてもらえなかったことだが。

心配は杞憂だった。無事、中に招き入れられた。それどころか、

「彩小姐、どうぞこちらへ」

「今すぐ厨から菓子をお持ちします。何かお好みはありますか」

番人たちがもみ手をしながら椅子や茶を出してくれる。丁重なもてなしだ。しかも棚に並んだ絵の数々も前と違ってきちんと整理されている。

（もしかして、主上が……？）

前にここで会った時、整理のなされていない棚に彼は眉を顰めていた。後宮内の書庫などを管轄する掖庭局《えきていきょく》に何か一言、言ったのかもしれない。

（〈雉奴〉のお忍びって暇つぶしのお遊びじゃなかったのかも）

阿笙が前に宮殿外で雉奴と偶然、会った時も急いでいたようだと言っていたし、何か皇帝姿ではできない視察でもしているのだろうか。

神出鬼没の皇帝について考えながら、紅玉は棚を探す。先《ま》ずは祈禱の儀に関する絵があるかどうかだ。前回、途中で蓉皇后に関する絵を探すことに夢中になってしまった反省を踏まえて、先にここへ来た目的を片づけることにする。

幸い、番人たちが手伝ってくれた。整理する時に一枚一枚広げて見たとかで、覚えている番人がいた。すぐ何枚か抜き出して持ってきてくれる。貸出も可能だそうだ。

「ありがとうございます！」

後は自分の調べ事だ。今後のために、他にどんなものがあるかいろいろ目を通しておきたいから、と言って一人にしてもらう。番人たちが入り口脇の待機場所に戻ったのを見届けて、目当ての棚に取りつく。玄禧十年、玄禧十年、と呪文のようにつぶやきながら、該当の時代の絵が納められた棚を順に調べていく。

「そんな……」

きちんと年代ごとに並んでいるからこそ、存在しない絵が明らかになる。

蓉皇后と、幼い皇子たちを描いたものが一枚もない。

(何故? そんなことがあり得るの?)

もちろん、これらは公式の記録ではない。妃たちが手すさびに描かせたものや描いたものだから、別にすべての年代が揃っているわけではなく、後宮に生きたすべての人々が描かれているわけではない。だけど、

「あの前年、永楽《えいらく》公主さまが蓉皇后さまの絵姿を描かせてほしいと願い出られたことがあったもの。あれもない」

百年前、後宮で暮らしていらした先帝の御息女である公主さま。絵画好きの彼女が描いた絵なら、この書院にもたくさんある。だがあの時の絵がない。あの時、紅玉は傍らに控えて、皇子がたが退屈しないように懸命に気を引いていた。公主はそれをくすくすと笑いながら見ておられて、後で皆でお茶とお菓子をいただいて……。

あれはすべて夢だったのか? 完成した絵なら見せていただいたのに。何故、存在しない? 蓉皇后と馬の合った公主は他にも何枚も皇后の図を描いていた。そのすべてが処分されたというのは不自然すぎる。だって公主が描いた他の絵ならここに残っているのだ。

紅玉は茫然と立ち尽くした。震える手で、蓉皇后の図の代わりに見つけてしまった絵を見る。それこそ何枚も、何枚も。公主や他の者の手で描かれた、一人の婦人の像。

隅に書かれているのは、〈朋皇后〉という字。

紅玉は叫び、絵を床にばらまきたくなった。

（どうして？　どうして……⁉）

何度確認しても、蓉皇后がおられるべき場所、玄禧帝の隣。玄禧十一年以後にそこにいるのは、〈朋皇后〉という知らない女。さらには年代順に絵を並べて見ると、次の皇帝に立ったのも、この朋皇后という女性が産んだ皇子だ。

（嘘、鷲皇子さまは？　どこへ行かれたというの、立太子が決まっていたはずよ……！）

年代が誤記というわけではない。玄禧十四年と書かれた、女たちの集合図もあった。百年前、紅玉の侍女仲間だった娘が一人、朋皇后の後方で微笑んでいる。他にも見知った公主たちが、妃たちが周りにいる。……いないのは蓉皇后と皇子たち、それに他の朋輩たちだけだ。

おかしいのはこれらの絵か、それとも自分の記憶か。

絵に描かれた百年前の紹国後宮。それが紅玉が生きた世界とは違うものかもとも考えた。時を超えるなどお伽話《とぎばなし》の仙人のような体験をしたのだ。もしや蓉皇后や自分が生きたのとは違う百年前があったのかもしれない。それがこれらの絵かもしれないと思った。

だが、そんな期待もすぐに破られる。

「この絵……」

絵が達者で蓉皇后を母か姉のように慕っていた、先帝の公主、永楽公主の画帳。幾枚もの習作らしき描きかけの絵に混じって、一人の婦人の像があった。まるで処分の手を逃れ、一枚だけ習作の中に紛れ込ませた、とでもいうような簡素な絵。

白い、単衣の袿《けい》を着ただけの、髪も結わずに背に流した、四人のような女の後ろ姿だった。隅にただ一言、「今は亡き夫人の像」と書かれている。

(これは、蓉皇后さまだ……)

十一で後宮に上がって以来、ずっと見続けてきた人なのだ。後ろ姿であっても紅玉が見間違えるわけがない。

それだけではない。描き手の深い心が伝わってくる。

永楽公主は本当に蓉皇后を慕ってくださっていた。それがわかる。ひしひしと伝わってくる哀惜の念。そしてその込められた想いの深さが、紅玉に一つの真実を知らせてくる。

あの後、何が起こったのかわからない。蓉皇后の絵が何故これしか残されていないのかもわからない。だが一つだけ確かなことがある。

(蓉皇后さまは、亡くなられたのだ……)

この絵が描かれた、年代に。おそらく玄禧十年と十一年の間のどこかで。

誰よりも大切な、母とも慕う御方。何かがあれば身を挺してもお守りしようと誓った。なのに自分は肝心な時に傍にいられなかった。もう手が届かない。あの御声を聞くことはもうない。

紅玉は両手で頭を抱えた。声にならない叫びをあげる。

元から百年後に飛ばされ、もう会えないと思っていた人だった。だが元の時代で元気でいてくれている、それが希望だった。だが絵を見た。よく知る人が描いた絵と字を。

これは現実だ。今、この世に自分が愛する人たちは一人としていない。いや、もともと誰もいなかったのだ。ここはあの時代ではないのだから。もう会えない。この時代を頑張って生き抜いて、もし元の時代に戻れたとしてもあの笑顔に会うことはない。

(ああ、私は一人なんだ)

その実感が湧いてきて、紅玉はその場に崩れ落ちた――。


外に出ると、暗い夜空にぞっとするほど美しい星が瞬いていた。

とっくに閉門の時間だ。紅玉は書院を出ると、丁寧に門に鍵をかけた。門限を過ぎてしまった前とは違い、親切な番人たちが泣いている紅玉を気遣って、鍵を預けて帰ってくれたので、殿舎は無事に出ることができた。が、点呼の時刻は終わっている。

今の時代は門限破りにはどんな罰則が待っているのだろう。ぼんやり考えながら、紅玉はひと気のない後宮の通路を行く。

どの宮殿の門も閉まっている時刻だ。嘉陽宮の門は壊れて閂《かんぬき》はかけられない。が、娘子兵たちが護《まも》っている。通してくれないかもしれないので、外の通路の灯籠を足がかりにして塀を乗り越え、中に入る。

殿舎の寝房に戻ると、部屋の真ん中に仁王立ちになった明蘭が待っていた。

紅玉の顔を見るなり、ふん、と鼻を鳴らす。

「ごまかしておいたから」

「え」

「点呼。私たちは処罰中だから。門には娘子兵たちもいるし、ここに来てからはわざわざ確認に来る宮官もいなくて免除扱いだったけど。あなた、宮から出る許可証を発行してもらったでしょ。だから今日は確認の宮官が門のところまで来たの」

怖がって中までは入ってこなかったから、彩紅玉はもう戻ってるって言っておいたわ、と明蘭が言った。

「言っとくけどあなたのためじゃないから。一人でも欠けてたら周淑妃さまにつけこまれるから。だから彩才人さまのためにしただけだから。いくら絵を調べるのに夢中だったからって、閉門時間を忘れるなんて何を考えてるのよ。足を引っ張らないで」

ただ、と、明蘭がつんと顔を横に向ける。

「……あなたの一生懸命なとこ、そこだけは認めてあげてもいいわ」

怒ったように見せても、心配してくれていたのが丸わかりで。紅玉は思わず微笑んでしまった。それを見て明蘭がますます怒る。

「な、何よ、そんな辛気臭い笑みなんか見せないでさっさと寝なさい。罰よ、明日は一番に起きて皆の洗顔の水を用意するのよ、わかったわね！」

今はもう補修も終わったので、皆、天幕ではなく殿舎で寝ている。といっても最低限を整えただけだから使えるのは二房しかないし、物騒なので二人ずつ固まって寝ている。

普段は彩才人の寝房には明蘭が、そして紅玉は玲珠と眠る。

だが今日は明蘭がこちらで寝てくれるらしい。彼女がさっさと牀に潜り込む。彩才人を泣かせたばかりなのに、一緒に寝てくれるのだ。

この時代に、私は一人ではない。

蓉皇后を失って、何を心のよりどころにすればいいのか。その答えが見えた気がして、紅玉は泣けてきた。

（蓉皇后さま、林杏はここでもお教えを守り、真っすぐに生きていきますから）

胸の中で恋しい主に祈りを捧《ささ》げると、紅玉は自分の牀に潜り込んだ。

静かに目を閉じると目蓋の裏に、外で見た星の瞬く夜空が広がっているように思えた。

4

星が沈み、陽《ひ》が昇り、また沈む。大勢の女が生き、死んだ、閉ざされた後宮の苑でも、外の世界と同じく公平に時は経つ。燕《つばめ》が風に身を翻し、園林では木々が瑞々《みずみず》しい緑に包まれる。池には水遊びを楽しむ妃たちの舟が浮かぶようになり、芙蓉《ふよう》の花も咲きほころぶ。

季節はすっかり夏だ。

見事に晴れた空の下、祈禱の儀を行う日がやってくる。

厄払いの斎醮《さいしょう》は、斎の儀から始まる。祈禱の儀に同席する妃嬪は数日前から身を慎み、心を浄《きよ》める。祈禱の当日は昼は天帝に祈りと香、舞を捧げ、夜は星空の下に対価となる酒や乾肉《ほしにく》など供物を並べ、祈願文を記した青詞《せいし》を上奏するのが一連の流れだ。

後宮の女たちだけではここまで大規模な斎醮は行えない。外朝から来た専門の官が祭壇を築き、儀式を執り仕切る。なのでその日は朝から男たちが大挙して後宮に押し寄せた。

組まれた祭壇には香炉や供物が並べられ、礼部《れいぶ》の官吏だろうか、官服を着た外朝の男が補助を行う宦官や宮官たちに立ち位置の確認をしている。他にも祈禱を行う道士や工部の官吏が動き回っているし、儀式に同席して共に祈る必要がある工人たちもそれぞれの長のもとに集まっている。

普段、男を見ることのない後宮の女たちは大騒ぎだ。同輩たちとひそひそ小声で品定めをしたり、逆に女ばかりの世界に慣れて厳《いか》つい男たちに怯えた娘が同輩の背に隠れたり。もちろん、喧騒《けんそう》に満ちているのは楼の周辺と、外朝からそこへ至るまでの兵に囲まれた通路のみだ。それでも普段、女しかいない後宮の苑に男たちが立ち入るのだ。緊張と恐れ、それに興奮の混じり合った、一種異様な空気が辺りに満ちている。

紅玉は指定された時刻に、彩才人の供をして楼を取り巻く院子へとやってきた。

久しぶりだ。ここへ来るのは。

前に見た時は一面に草が生え、曲がりくねった古木が視界を埋めていたが、綺麗に片づけられている。木を抜き、均《なら》した土の上には沓《くつ》が汚れないよう粒の細かな砂利が敷かれ、皇帝が歩む通路には毛氈《もうせん》まで敷いてある。幽鬼が出るといわれてもおかしくなかった楼の土台周りも整えられ、祭壇が組まれていた。だが、

（え？　また扉が封じられてる……）

楚峻が中を確かめる際に開けた楼の扉が、漆喰《しっくい》で塗り固められ、封印符らしき紙札がべたべたと張られている。楚峻が紅玉の存在を隠すために塗り直してくれたのか。

（……そういえば。私がいた臥榻《しんだい》はどうなったの？）

あれを見られては誰かが内にいたと疑念を持たれるかもしれない。祈禱が終わるまで誰も楼に立ち入らなければ、楚峻が工事の際に証拠隠滅をしてくれるだろうが。

紅玉がはらはらしながら扉を気にする傍らで、明蘭は彩才人と共に周囲に目を凝らしていた。

「あれじゃないですか、彩才人さま。ほら、門の横におられる方。きっとそうですよ！」

「いいえ、違うわ。お兄さまはもっと背がお高いもの」

二人の目当ては楚峻だ。祈禱の儀が始まれば、所定の位置についた彼を見ることができる。が、それまでに見つけて、可能であれば声が届くところまで近づきたいらしい。

逆に紅玉は彩才人の手前、探すそぶりを見せるわけにはいかない。それに他妃の動向も気になる。なので彩才人の供は明蘭に任せて、彩才人の衣装が浮いていないか、周淑妃が何か仕掛けてこないか、辺りをさりげなく観察する。玲珠が付き合ってくれた。

そんな中、周淑妃がもう到着しているのに気がついた。

相変わらず袁昭儀を従えているが、いつものように隣り合ってはいない。袁昭儀は少し離れて、付き従っている。

怪訝《けげん》に思ってよく見ると、周淑妃は顔立ちのよく似た年配の男と話していた。

周淑妃は拗ねたようにつんと顎を上げていて、それを男がなだめている。一方的に周淑妃がへそを曲げているようだが、主従といった雰囲気ではない。二人の間には気安い、親密な空気があった。そう、まるで親が手のかかる子を諭しているような。

（もしかして、あの方が周栄款さま？）

大仰な冠の形からしてそうだろう。彼は工部の長だ。

よく見ると周囲には工部の官吏も多い。もともとこの楼の工事は周家が行う予定だったからか、楚峻たち以外にも、周栄款配下の官吏が大勢出席しているらしい。

なんとなく、また周家か、と思ってしまった。

今では周栄昇の一族かもという以上に、彩家に嫌がらせをする家との認識のほうが強い。だからだろうか、親子の会話をしているだけであろう周淑妃と周栄款の様子も、二人して何かを企んでいるように見えて仕方がない。何よりはた目で見ても工部の中で派閥ができてぴりぴりしているのがわかる。こんな中で工事責任者として祈禱に出る楚峻も大変だ。

(せめて後宮内で起こることは、私がなんとかできるようにしておこう……)

よい機会だ。周淑妃の侍女の顔を覚えておこうと、紅玉が目を凝らした時だった。

中に小柄な、風体の変わった娘がいるのに気がついた。

公の場だというのに、何故か薄い紗《しゃ》を頭からかぶっている。

おかげで顔の判別ができない。背丈からするとまだ十二、三歳の女童のようだが。

それに服装が他の侍女たちとは明らかに違う。皆、揃いの衣ながら簪や帯に凝ったりと思い思いに着飾っているのに、彼女だけがなんの飾りもない、宮官服のような襦裙だ。

「あの子は?」

「周淑妃さまのお傍付き。周家代々のお抱え女道士だそうよ」

刺繍仕事のお届けなどで何度も周淑妃のもとへ出向いたことのある玲珠が答えてくれる。

「符劾《ふがい》や禁架療病に長《た》けているそうなの。周家はもともと大規模な治水や建築工事で名を成したお家だから。そういったことに呪はつきものでしょう？　彩家もいくつか付き合いのある一族がいるけど、周家の場合は昔から子飼いとして抱え込んでるらしいわ」

あの少女は天文や星占などを行うために召し抱えているのではなく、周淑妃に向けられた呪詛《じゅそ》を祓《はら》う人型も兼ねているらしい。高位に昇った者はとかく人の妬《ねた》み嫉《そね》みをかいがちだ。自衛のためだと言う。皇后や皇太后にも、同じ一族の女道士がついているそうだ。

（そういえば蓉皇后さまも、薦められて道士をお傍に置かれていたわ……）

百年前、紅玉の同僚侍女だった淵秀麗《えんしゅうれい》は呪術をよくする一族の出だった。同輩たちが彼女に恋呪《こいまじな》いを頼んでいたのを思い出す。

だが人気者だった秀麗とは違い、周淑妃から少し離れて立つ少女の周りに人はいない。

今回の祈禱の儀は礼部が執り行う。彼女の出番はない。それもあるのだろうが、彼女は所在なげに一人でぽつんと立っている。まるで仲間外れだ。玲珠が言った。

「禁呪といわれる呪いは、髪や爪、肌着といった身近なものを形代《かたしろ》に使うでしょう？　彼女はそういうものが宮殿から持ち出されないようにするのも仕事だから。周淑妃さまの周りに目を光らせていて、他の者から疑われてるみたいで嫌な感じと遠巻きにされているの」

「ああ、だから」

周淑妃付きの侍女や宮官といった同僚たちの、少女を見る眼は冷たい。

(無理もないけど。誰だって疑われて見張られるのは嫌だもの)

しかも禁呪という得体の知れないものに関わる少女だ。恐ろしいのだろう。

だがあの子は仕事でやっている。それで嫌われて一人にされるのは気の毒な気もする。

紅玉もここへ来てから話す相手のいない暮らしをしばらく味わった。好んでしたいものではない。

そんなふうに周囲にいる妃たちの様子をまんべんなく見ていたからか。紅玉は明蘭よりも先に楚峻を見つけてしまった。

(あ。ばれたら明蘭に、私が見つけたかったのに、って絶対に怒られる……)

間が悪い。だがこれは紅玉が悪いのではない。

皇帝が、楚峻の前にいたからだ。

ただでさえ皇帝の龍袍は目立つ。そのうえ皇帝の周囲には当然、その眼に留まろうとする煌《きら》びやかな装いの妃たちがいて。だから目立って、周淑妃たち他妃の様子を見ていた紅玉の視界に入ってしまっただけで。だから悪いのは自分ではなく、雉奴だ。

(……先ぶれの宦官も来ていないのに、どうして主上がここにおられるの)

聞いた今日の手順では、彼の入場は祈禱が始まる直前、まだ先のはずだ。が、若い皇帝は先帝の喪中で大がかりな催事が行えず、久しぶりの公の祈禱に好奇心が抑えられなかったようだ。そうそうに後宮入りして楚峻や道士の話を聞いていたらしい。少し離れた場所では手順が狂ったからか、式を司る礼部の官吏が複雑な顔で太陽の位置を見上げている。

そんな中、楚峻は楼解体の責任者として、皇帝の案内役を務めているらしかった。

遠目にも彼の瞳が生き生きと輝いているのが見える。身ぶり手ぶりもだんだん大きくなっていて、皇帝の前だというのに、好きな建築物について語るうちに夢中になったようだ。建築馬鹿なのだと自分で言って恥ずかしがっていた彼らしい。

「あ、あそこです、彩才人さま！　楚峻さまですよ！」

目立つ仕草に、明蘭も楚峻を見つけたようだ。彩才人に示している。皇帝と話す〈兄〉の姿が誇らしいのだろう。彩才人も食い入るように楚峻を見つめている。

一緒に見ていると、また彩才人の心を乱してしまうかもしれない。紅玉は玲珠に目配せをすると、楚峻たちのいる楼には背を向けた。その場を離れる。

周淑妃父娘が気になるが、彼らの近くには皇帝がいる。妙な真似はできないだろう。それにもう祈禱が始まる。そろそろ隠れ場所を探さないと。

紅玉は何か得体のしれない力で過去からこの時代へと飛ばされた。

しかも後宮から出ようとすると見えない壁に阻まれ、体が薄れてしまうというおまけまでついている。

作用している力が何かわからない以上、楼で祈禱という名の呪を行った場合、体に変化が現れるかもしれない。なので念のため、祈禱を行う間は皆から離れていることにしたのだ。

前もって楚峻に「ここなら祈禱の儀の間、死角になる」と聞いていた楼の裏手に行くと、文にあった通りの、幕で隠した資材置き場があった。そこまで行くとまだ伐採していない木も残っていて、工人たちが休憩できそうな木陰になっている。

確かに。ここなら隠れていられる。そう、紅玉が足を速めた時だった。先客がいるのを見つけた。小さな背が、大きな木の前で、懸命につま先立ちになっている。

あの周淑妃の女道士だ。

どうやら彼女も居心地が悪くて、一人になれる場所を探しに来たらしい。そして木の上で薄墨色の布が揺れているのは、顔を隠していた紗が風にでも飛ばされたのか。

彼女は懸命に手を伸ばしている。が、紗がある枝はかなり上だ。届くわけがない。

それでも背伸びをしているのは、自分では無理とわかっていても同僚に助けを呼べないからだろう。寂しげな小さな背に、紅玉の胸がきゅっと痛んだ。

敵対している周淑妃の道士だ。近づけば危険だとわかっている。が、

（ああ、もう。見ちゃったら放っておけないでしょ！）

男の子だけでなく、幼い女の子にも弱かったなんて。紅玉は自分の性格に舌打ちをしな

がら彼女に歩み寄った。

「私が行くわ。下がってて」

木登りなら得意だ。紅玉は少女を制してするすると木に登ると、かかっていた紗を外す。

地上に降りて渡すと、少女は内気そうな顔にほっとした表情を浮かべた。

「ありがとうございます。私、周淑妃さまにお仕えしております淵鳴果《えんめいか》と申します。このご親切へのお礼は、後ほど必ず」

「淵……?」

少女の歳に似合わない丁寧な礼よりもその名が気になって、思わず復唱してしまう。

淵、淵氏。百年前、同僚だった娘、秀麗の家も淵家だった。昔を懐かしむあまりのこじつけかもしれないが、秀麗も呪の知識がある一族の出だった。目の前にいる少女の秀でた額や賢そうな目元に、秀麗の面影がある気がする。

「あの、あなたの一族に、昔、淵秀麗という人がいなかった?」

もしや同族では。勢い込んで訊ねる。が、いきなり先祖のことを訊ねられて困惑しない者はいない。鳴果が戸惑った顔をして、それでも口を開きかけた時だった。

ざわざわと人の話す声が聞こえてきた。振り返ると、楼の角を曲がって、大勢の人がこちらへとやってくる。

その真ん中に、皇帝がいた。周淑妃や、楚峻までもが。

どうやら祭壇と解体手順の説明は終わり、まだ時間があるので楼をぐるりと一周してみようということになったらしい。まさかこんなことになるとは思わなかったのか、皇帝に付き従った楚峻が引きつった顔をしている。

紅玉は鳴果と共に急いで膝をつく。

こちらに気づいた皇帝が、闊達《かったつ》に笑いながら近づいてきた。

「なんだ、こんなところにいたのか、鍋娘」

とは、さすがに声に出して言わなかったが、紅玉があわてているのが面白いのだろう。皇帝が近くで足を止め、わざとらしく道士に方位の説明をさせ始めた。けっこう虐めっ子かもしれない。皇帝にさっさと行ってくれと目配せしたいが、勝手に顔を上げていい身分ではない。夏の日差しの下、深く頭を下げ、じりじりしながら皆が立ち去るのを待つ。

その時だ。

誰もが皇帝を見ている中、一人、地面を見ていたのが幸いしたのか。

紅玉は脇の資材置き場から細い影が出てくるのを見つけた。するすると地面を這《は》う赤に黒のまだらの細長い姿。

蛇だ。

(嘘っ、どうしてこんなところに⁉)

しかもまずい。南方産の毒蛇だ。蓉皇后のもとで見たことがある。危険ですが毒は薬にもなりますので、と、異国の大使が籠に入った蛇を献上した。紅玉にはつい半年前の出来事だ。

「駄目、動かないで、毒蛇ですっ」

紅玉はとっさに叫んでいた。

蛇が向かった先には楚峻や皇帝たちがいる。彼らの周囲には護衛がいる。皇帝が毒牙にかかることはないだろう。が、今日は他にも大勢人がいる。彩才人や明蘭、玲珠も。彼女たちの周りに兵はいない。それに、

(人に驚いて蛇が姿を隠してしまったら、また見つけるのが難しくなる)

ここは野外、しかも隠れ場所には困らない広い後宮内で、季節もこれから盛夏へと向かう、蛇が動きやすい季節だ。逃せばそのうち誰かが嚙《か》まれる。それはこういった捜索に駆り出されやすい、誰にも守ってもらえない下っ端宦官になる可能性が高くて。

阿笙や彼を通じて親しくなった、荷役の宦官たちの顔が脳裏に浮かぶ。

紅玉は立ち上がった。裙をからげ、蛇に向かって走る。

紅玉が育った地方は蛇が多かった。皆、普通に捕らえて、食べたり酒に漬けたりしていた。なので蛇の扱いには慣れている。対峙して注意を他に引きつけ、頭の付け根さえ押さえれば、体の構造上、蛇はもう誰かを嚙むことはできない。そしてこの大きさの蛇なら、腕に巻きついてもこちらを絞め上げるだけの力はない。取り押さえられる。

紅玉は羽織っていた領巾《れいきん》を外した。風に舞わせる。ひらひらとなびく細長い領巾に、蛇の注意がそれる。その隙を狙って、紅玉は手を伸ばした。素早く蛇の首の根をつかむ。蛇は驚いて跳ねたが、間一髪、間に合った。うまく頭の付け根を捕らえられた。

幼い頃の山歩きでの体験を、体が覚えてくれていた。そのことに安堵する。

「もう、大丈夫です」

と、紅玉が掲げた蛇に、女たちの悲鳴があがる。奥向き育ちのお嬢さまがたに、野性味にあふれた蛇の姿は衝撃が強すぎたらしい。

(……しまった。また悪目立ちしてしまった)

紅玉の背をだらだらと冷たい汗が流れる。玲珠の顔を見ることができない。

今さらしおらしいふりをしても遅いが、せめてこれ以上は目立たないようにと、駆けつけた護衛の兵に蛇を預け、紅玉が下がろうとした時だった。

「待ちなさい」と制止が入った。

皇帝の傍らに立つ周淑妃が、直接、紅玉に声をかけていた。

美しいまなじりを吊り上げ、こちらをにらみつけている。

「何故、毒蛇だとわかったの」

さすがに蛇が怖かったのか、蒼白な顔で周淑妃が問いかけてくる。

「とっさに取り押さえられるのもおかしいわ。そんなこと、ただの侍女にできると思って？」

その声に周囲のお付きたちも我に返る。

「そういえば」

「普通は怯えて動けなくなるものではなくて？　どうしてあの子だけ」

皆が不審の目で紅玉を見始める。周淑妃が畳みかけた。

「もしかして、あなたが仕組んだの？」

「え」

「自分で持ち込んで、自分で捕えてみせたのではないのと聞いているのよ！　恐れ多くも大家に自分を売り込むために！」

周淑妃が言う。あ、と紅玉は思った。そうか、そういう見方もできるのか。

「ち、違いますっ」

あわてて否定する。だが周淑妃も周囲の護衛たちも紅玉の言葉を信じていない。さりげなくこちらを囲むように兵が動き出す。まずい。このままでは毒蛇を持ち込んだ犯人にされてしまう。

どう弁明すればいい。この蛇は南方産だ。故郷で見たから知っている、という言い訳は通用しない。蓉皇后の名はもちろん出せない。紅玉は苦し紛れに言った。

「……勘です。毒蛇だと思ったのは」

「勘？」

「よくない気を感じました。それに派手な色の蛇は危ない毒持ちが多いと、昔、故郷で聞いたことがありましたから」

紅玉は慎重に言葉を選びつつ言う。

「私は田舎育ちで。子どもの頃、山歩きをした際に、毒蛇に足を嚙まれたことがあります。その時は通りかかった猟師が処置してくれ、九死に一生を得ましたが。以来、蛇に対する感覚が鋭敏になっているのです。ですから先ほども蛇の気配に気づけたのだと」

蛇の捕らえ方も、そんなことがあったので親が心配して教えてくれました、と釈明する。

「荊州は蛇の多い地方で、名物は蛇酒というくらいでしたから」

と、地方の情報を付け加えると、ちらほらと、

「そういえば。山地へ行けば蛇酒や蛇皮細工が名産のところもあると聞いたことが」

「紹国は広いのですもの、田舎育ちではあり得るかも」

納得する声があがり出した。が、周淑妃は納得しない。さらに柳眉を吊り上げる。

「皆、何を納得しているの。どう見ても怪しいでしょう。蛇に嚙まれたなど適当をっ」

なおも紅玉を責め立てる周淑妃に、皇帝がため息をついた。

「淑妃よ。ではこの娘に蛇に嚙まれた痕があれば、黙るのだな」

言うなり皇帝が紅玉の前までやってくる。驚く周囲の制止を振りきり、皇帝が身をかが

め、紅玉の前に片膝をついた。

「足を見せよ」

「え」

「嚙まれた、と言った。その場所を朕に見せよ」

言われたことを理解して、紅玉はさらに顔を青くした。足など男親でも見せない、恥ずかしい場所だ。しかも皆の前で。拒否したい。が、皇帝が居並ぶ者たちの面前で、侍女を相手に膝をつくという異例の事態に、さすがの紅玉も驚き、声が出ない。

その隙に、皇帝が手を伸ばした。

華奢《きゃしゃ》な外見からは窺えない男らしい力で、紅玉の足首を取る。

「あっ」

あわてて裙を引き隠そうとしたがもう遅い。皇帝の手で引かれ、さらけだされた足には。

古い嚙み痕があった。

侍女として日焼けをしないように気をつけている、白い肌。そこにぽつんと二つ淡い桃色の引きつれた疵《きず》が残っている。

継母に言われて山に薪を拾いに行った時、初めてで危険な場所がわからず、蛇に襲われ嚙まれた痕だ。後で「死んでもいい」とわざと蛇の多い山へ行かされたと知った。偶然、酒に漬ける蛇を捕りに来た猟師が通りかかり助けてくれた。おかげでこうして生きている。

若い未婚の娘に傷跡があっては、婚姻に差し支えがあるのが紹国の常識だ。居並ぶ女たちの眼が一斉に、紅玉に同情的なものになる。

「……とっさの言い逃れではないようだな」

すまぬ。と皇帝が自ら足を隠してくれる。思わず出た、といった労り深い仕草に、近くにいる周淑妃の顔色が変わったのがわかった。こちらへの敵意が増したのが。

周淑妃は紅玉が彩才人の侍女であることを知っている。紅玉がかった怒りはすべて主である彩才人へと向かう。

自分のしでかしたことの重大さに今さらながらに気づき、震え出した紅玉を見て、皇帝が笑った。

「なんだ、今頃、恐ろしくなったか。勇ましいのか弱いのかよくわからん娘だな」

ま、そこが面白く、興味深いわけだが、と紅玉にだけ聞こえるように囁くと。皇帝が身をかがめた。腕を伸ばし紅玉の背と膝裏を支えると、いきなりその胸に抱き上げる。周淑妃が悲鳴のような声をあげた。

「た、大家⁉」

「こんなところでうずくまっておられては祈禱の儀も行えん。邪魔だ」

口では素っ気なく言いながらも、腕の中にいる紅玉を見下ろす皇帝の表情は優しい。

周淑妃や他の者たちが驚く中、軽々と紅玉を抱き、歩み出した皇帝に、紅玉は息をのんだ。抵抗しようにも体が動かない。ふわりと宙に浮き上がった自分に驚き、あわてて彼にしがみつくので精いっぱいだ。

衣の上からもはっきりとわかる硬い男の体。しなやかな異性の感触。周囲から「陛下っ」と次々と声があがる。それを無視して、皇帝が聞く。

「そなたの部屋はどこだ」

まさか部屋まで運ぶ気か。紅玉の顔からさらに血の気が引いた。楚峻があわてて前へ出る。皇帝の前に膝をつくのもそこそこに、必死に言う。

「そ、その者は我が一族の娘にて陛下の御手を煩《わずら》わせるなど恐れ多く、私めが……」

「直答を許すとは言っておらぬぞ」

素っ気なく言って皇帝が楚峻の前を通り過ぎる。

だが嘉陽宮は遠い。それにもう祈禱の始まる時間だ。さすがに公務を放って侍女一人に関わっているわけにはいかない。

礼部の官吏に呼ばれたのだろう、皇太后までもがやってきて、皇帝はしぶしぶといった顔で力自慢の娘子兵に紅玉を預けた。嘉陽宮まで連れ帰るよう命じた後で、「あのな」、と、皇帝が皆には聞こえないよう、小さく言う。

「最初の出会いと朕の命もあって、お前の中では朕はかばうべき少年宦官の雑奴で、こうして皇帝として会えば戸惑うのかもしれんが」

言葉を切り、こちらの目を覗き込む。

「朕の本当の姿はこちらで、後宮に住まう女人はすべて朕の妻だ。夫が妻をかばわずにいてどうする」

そこを覚えておくように、と。

紅玉の頭に、ぽん、と手を置く。それは慈愛にあふれた夫が相愛の妻に向ける仕草そのもので。その様子は後宮の他の女たちもはっきりと見ていた。

紅玉は、確実に周囲を取り巻く空気が変わったのを感じた。


どうしよう。

娘子兵の手で嘉陽宮まで連れ帰られた紅玉の脳裏をしめたのは、その一言だった。

玲珠に注意され、この眼で彩才人の置かれた立場も見てきた。だからこそ、紅玉は〈雅奴〉は好きであっても、〈皇帝〉の特別な配慮を望んでいたわけではない。

だが、こうなってしまった。皇帝の気まぐれは時ならぬ嵐のように後宮全体を震わせ、耐える術《すべ》のない嘉陽宮に襲いかかる。

「大変です、小姐、宮正《きゅうせい》と、それに刑部《けいぶ》が動き出したみたいでっ」

阿笙が楚峻を連れて嘉陽宮の紅玉のもとへ駆け込んできたのは、その夜のことだった。

自房に籠もって謹慎していた紅玉は、窓を叩かれて外へ出た。阿笙が無言で荒れた苑の奥へと紅玉を導いて。

そこに、楚峻が立っていたのだ。

案内役の宦官なども連れず、単身、阿笙だけを供にして。

無断で後宮に男が出入りする。許されることではない。宮正、刑部という言葉にも驚いたが、紅玉はそれ以上に、ここにいるべきではない楚峻の姿に驚愕した。

あわてて駆け寄り、訊ねる。

「どうして、楚峻さまがここに」

「大家が門も通らず、よくここに現れるでしょ？」

隣に控えた阿笙が、楚峻に代わって答える。

「どこから来てるのか気になって、俺、後をつけたんすよ。で、抜け道見つけて」

「私が彼に無理を言ってここへ連れてきてもらった」

阿笙、楚峻さま、なんと危険なことを！

もっとご自分の身を案じてくださいと叱《しか》りたい。だが正直、その無茶が今夜ばかりはありがたい。紅玉は楚峻に詰め寄った。

「お願いです、外はどうなっているのですか、教えてください」

彩才人や明蘭たちともども、あれから嘉陽宮に軟禁状態だ。外の動きがまったくわからない。頼りになる阿笙もさすがに情報を集められるのは後宮内だけだ。

あの後、結局、祈禱の儀は延期となり、皇帝はすぐに百官に囲まれて太極殿へ戻ったと聞いた。皇太后と皇后が真っ青な顔で皇帝に付き従ったとも。

それはつまり、あの蛇が皇帝暗殺を企んだものと考えられているということで。

皇帝が紅玉が蛇を持ち込んだという周淑妃の主張を否定してくれたとはいえ、それは一時的なもの。紅玉が怪しく思われていることは変わらない。そのうえあの皇帝の行動で紅玉は後宮中の女たちを敵に回した。今頃、どんな不利な証言が飛び出しているか。

自分のしでかしたことがいったいどれだけ彩才人の立場をまずいものにしたか。不安で不安でたまらない。

楚峻曰く、今、楼の周囲は他に危険はないか、近衛兵まで動員して調べているそうだ。

「同時に、あの蛇があそこに至った経緯も調べられている」

紅玉はごくりと息をのむ。

南方産の毒蛇だ。さすがに後宮内で自然繁殖しているとは思えない。誰かが外から持ち込んだとしか考えられない。そして宮正どころか刑部まで動いているということは。

「……やはり、主上を狙い持ち込んだと、表では判断されたのですか」

「ああ。それだけなら私もさすがにここまで来る危険は冒さなかったが。実は大変まずいことになっている」

楚峻が渋い顔で、最近この宮には荷が多く運び込まれているだろう？　と言った。

「何より私が監督する資材置き場から蛇は這い出た。蛇を運び込んだ黒幕は彩才人ではないかと噂が広がっているのだ。……その、あの場には侍女の君もいたこともあって。蛇を捕らえてみせたのも、他の者に持ち込んだところを見咎められ、それをごまかすためではと言われている。自分が持ち込んだのだから、扱いにも長けていたのだと」

そんな、と紅玉は真っ青になった。他の者、という言葉に一瞬、あの時の幼い女道士の顔が浮かんだ。いや、まさか、あの子がそんな嘘を言うわけが。でも、

「毒蛇を持ち込むなんて、私、そんなことしません。する理由がありません」

「それが。皇帝に荒れ宮送りにされた恨みからではないか、と言う者がいるらしい」

誰がそんなことをと問うと、「噂の元は、周淑妃さまの侍女たちらしい」と楚峻が答えた。

周淑妃！　やはりそこか。

なら、やはりあの女道士の少女が証言したのか。そんな子には見えなかったのに。

だがどちらにしろ付け入られる隙を作ったのは自分だ。皇帝から親しく声を賜った自分を見ていた後宮妃たちの眼を思い出す。皆、悪い噂のほうを信じるだろう。とっさのこととはいえ、皆の前で蛇を捕らえた自分のうかつさを紅玉は責める。いや、それを言うなら嘉陽宮に移ることになったのも、ここへ荷車を運び入れることになったのも、原因は自分

だ。

(どうしよう、また調子に乗って、とんでもないことをしてしまった……)

体が勝手に震え出す。そんな紅玉をなぐさめるように楚峻が言った。

「いや、蛇の件では助かった。あのまま人込みに紛れ、誰かを噛んでいたらと思うとぞっとする。詳しい人間が調べたが、やはりあの蛇は毒を持っていたそうだ」

「彩小姐は悪くないっすよ、俺も見たって言うか。怪しいのはやっぱ周淑妃さまで」

阿笙も彼が数日前に見たという怪しい少女のことを語ってくれる。彩才人の専属宦官になった彼は、もう塵捨て仕事はしていない。が、いつもの癖で毎朝、まだ皆が起き出していない時刻に散歩も兼ねて、塵を燃やす焼却場の辺りをぶらぶら歩いているそうだ。

「その、まだこの宮はいろいろ入用なものがあるでしょ? それに誰か朋輩に会ったら何か有用な話が聞けるかもって思ったもんで」

「皆が起きてない時刻って、それって開門前でしょう?」

巡回の兵もいるのにそんなことができるのか。

「そりゃ、見つかりますよ。けど俺らみたいな下っ端はお妃さまたちの目に触れない時刻に動かなきゃいけないのはいつものことで。急なご用を言いつけられたり、罰を受けたりで閉門後もうろうろしてるから、見回りの兵も見つけてもいちいち呼び止めないんっすよ」

彼らが警戒しているのは不審な侵入者や、こそこそ外へ忍び出ようとする女たち。定数もない内給使は枠外扱いなんで、と阿笙が言う。

「逆に言うと、そんな下っ端宦官が何百人といるのが後宮なんっす」

塀で囲まれたここにはいくつもの宮殿や苑があるとはいえ、宦官たちはいつもどこかしらにいる。その姿は日常に溶け込み、後宮で暮らす者にはかえって死角になっている。

「俺らの目に触れずに動くなんて、ここじゃ不可能なんすよ。で、焼却場でのことなんすけど。まだ薄暗いってのに地面にしゃがみ込んで籠を燃やしてる女童がいたんすよ」

変だな、と思って阿笙は彼女が立ち去るのを見届けてから、そこへ行ったそうだ。

「俺って雑用係だったから。上役に言われて殿舎に入り込んだ蛇を捕まえたりってよくあったんで。蛇のこともまあ知ってるんすけど」

獣の類と違い、蛇自体に体臭はない。が、肉食だけあって、糞は独特な臭気を発する。

その臭いが灰に残っていたという。

「で、今回の事件でしょ。俺、ぴんと来て。急いで楚峻さまを探して言ったんすよ。俺は嘉陽宮の彩才人さまに仕えてる宦官だ、話を聞いてくれって」

玲珠たちからの文で阿笙の存在を知っていた楚峻は、すぐ阿笙を連れて後宮と外朝を隔てる西蛾門まで戻り、担当の官に袖の下を渡して、ここ最近の差し入れ品の持ち込みについて記した名簿を調べさせてもらったそうだ。

「籠に入れられた蛇が持ち込まれたのはいつかって調べたんっすけど。ちょうど五日前に周家から荷物が届いてるんすよね。運んだ荷役の宦官が知り合いで、聞いたら覚えてました。櫃《ひつ》を担いだ時、絹が入ってるから丁重に扱えって言われたのに、ちょっと臭ったから変だと思ったたって」

たぶん、多めに袖の下を渡すなどして、持ち込み品の調べに手心を加えてもらったのだろう。高位の妃には下位の宦官や宮官に私物を見られることに眉を顰める者も多い。ことさら奇妙なことではない。

だが変だ。周淑妃が今回の事件の犯人なら、何故そんなことをする？　彼女が皇帝を害する動機がない。皇帝の身に何かあれば周淑妃は髪を落とし、道院へ隠居せねばならない。せっかく淑妃の位を賜り、これからだという時にそんなことをするわけがない。

（あ、もしかして……）

紅玉は思った。昔、これと似たことをした人がいた。蓉皇后に仕えていた時代に知った、相手を陥れる手口。

「……あの蛇を持ち込んだ目的は、主上の暗殺ではないと思います」

何も特別なことではない。規模が違うが市井でも行われることだ。

「あの蛇の狙いは、あの場に、『皇帝の命を狙う輩《やから》がいた』と、皆に知らしめることだったのです。誰を狙ったものでもない」

あの時、皇帝は予定より早くあの場に来ていた。官吏の渋い顔をしり目に歩き回っていた。

「そんな主上の行動は、蛇を仕掛けた犯人にも予測できなかったはずです。そんな突発事に合わせて蛇をうまく主上めがけて放つことなどできるわけがない」

そもそも蛇が誰を襲うかは予測がつかない。毒について教えてくれた蓉宰相子飼いの蛇使いも無理だと言っていた。南方には壺《つぼ》に入れた蛇を笛で操ってみせる芸があるが、あれは蛇の動きに合わせて笛を吹いているだけ。蛇を誘導する匂いや物などはないと。

だが普通の人間はそんなことは知らない。蛇が出れば誰かを襲わせるために用意したと考える。

「皇帝が来訪する場に蛇が持ち込まれた、その事実が重要だったのです。真実、恐ろしいのは蛇ではありません。その後の人の動きです」

前もって罪に落としたい誰かが蛇を持ち込んだように見える証拠を捏造《ねつぞう》しておく。今回の場合は嘉陽宮に出入りする建築資材だ。すでに周淑妃が噂を流している。もしかしたら面会所の門番たちにも偽の証言をするよう手配しているかもしれない。動機もある。

そして、あの場所の責任者は。

紅玉は言った。その言葉に楚峻も思い当たったのだろう。はっ、と顔色を変える。

「狙いは、私、か……」

紅玉はうなずく。

例えば、陥れたい者が、失敗できない祭を主催することになったとする。こっそり裏で妨害するのだ。祭を失敗させ、それはその者の失態だと言い立てるために。

あの場の責任者は楚峻。たとえ今が工事の始まる前で、祈禱の儀を取り仕切っていたのが礼部であっても。話の持っていき方次第では罪を一身に背負うことになる。そうなれば皇帝が関わる場での失態なのだ。楚峻だけでは済まない。一族すべてが罪に問われる。

（当然、彩才人さまも）

周淑妃は目障りな彩家のすべてを一気に葬ることができるのだ。

だからこそ、あの派手な色合いの蛇だったのではないか。すぐに誰かに見つけられるのを前提として、放たれた。

（どうしよう。このままではここに捜査の手が入るのも時間の問題……）

皇帝が狙われたという〈事実〉があれば。

関係部署はやっきになって犯人を捜す。誰かを処罰するまでは止まらない。だからこそ周家の者たちはあの場を罪の捏造に使ったのだろう。大勢の前で消えない罪を作るために。

あの時の周淑妃の主張で、すでに皆の頭には、実行犯は紅玉と刷り込まれている。

最悪だ。これが百年前なら蓉皇后が後宮の主だった。蓉皇后の名のもと、証拠を探し、真実を明らかにするだけでよかった。だが今は。

（阿笙の見たことすら、証明できない……）

下っ端宦官の証言にどれだけの重さがある？そもそも見たのは阿笙だけ。下っ端宦官の証言にどれだけの重さがある？　阿笙は彩才人の家中だ。罪を犯した主をかばっているとみなされるだけだ。

周淑妃の主張を裏づける証拠など、下級宦官や宮官の自白はいくらでも手に入る。ここは後宮なのだ。妃の証言と、一宦官の証言と。どちらを刑部は信じる？　そもそも取り調べの場に周淑妃の息のかかった者がいれば、証言も証拠もいいように操作されてしまう。

（でも何故？　何故、ここまでして周淑妃さまは彩才人さまを陥れるの）

あの場には周淑妃よりも力を持つ皇帝がいた。皇后も皇太后も。万が一、どこかで手順の一つでも狂えば、周淑妃にすべて跳ね返ってくるのに。

ふと、あの時、周栄款に諭されているようだった周淑妃のことを思い出した。

もしかして周栄款も関わっているのだろうか。そういえば彼も楚峻を煙たがっていた。あの楼の工事責任者の座を奪われたからと。

そこまで考えて、違う、と紅玉は顔を横にふる。あの周淑妃が父の言いなりに動くとは思えない。先ほど父と会っている時もつんと顎をそびやかしていた。それにあの時、紅玉の罪を言い立てる周淑妃の眼には嫉妬の炎が燃えていた。周家のために邪魔者を排除しようとしている、そんな雰囲気はなかった。嫉妬のみで……。あ、と思った。

「……そ、うか、彩才人さまが、宮殿を賜ったから」

あの時は罰だとせせら笑っていたのに、予測と違い、彩才人は泣きつかなかった。そこで周淑妃は彩才人が己の裁量でどうとでもできる耀庭宮から、手の届かないところへ逃げたのだと気づいたのだろう。だから今度こそ確実に彩才人を葬ろうとした。危険を冒して。

楚峻が険しい顔で言う。

「とにかく私も疑いを晴らすべく、周尚書とは距離を置く上役に事情を説明し、裁きの場に召集された場合は弁護してもらえるよう頼む。ただ」

あの場の責任者だった以上、この後、楚峻が拘束されるのは避けられない。

「大丈夫です。彩才人さまのもとには、私がいます。私がお守りします」

紅玉はきっぱりと言う。こんな自分に何ができるかと思う。だがこの事態を招いたのは自分だ。責任を取らなくては。動けない彼に代わって自分が動く。

だから楚峻に、行ってください、と言う。自分の身を守ることに集中してくださいと。

こんなところを見つかったら、蛇のことがなくとも身の破滅だ。

楚峻が無事、阿笙に案内されて去っていくのを確認して、紅玉は殿舎へ戻ろうとした。

その足が止まる。

そこに、彩才人がいた。

蒼白な顔でこちらを見ている。紅玉は思わず後ずさった。間が悪い。

ただでさえ昼に彩才人の眼の前で皇帝に抱き上げられた。寵を得ることに熱心でない彩才人でもいい気はしない。彩才人は雉奴の扮装《ふんそう》をした皇帝が紅玉に親しく声をかけていることを知っているのだ。

だから嘉陽宮に戻ってからは彩才人からの呼び出しがないのをいいことに、自室に籠もっていた。なのにそこを抜け出し、大事なお兄さまにまで会っていたと知られれば。

「あの、彩才人さま……」

紅玉は雉奴とのことを弁明しようとした。

だが、彼女が聞いたの皇帝の件とは違うことだった。

「楚峻お兄さまと、何を話していたの」

え？

「どうしてこんな危険を冒してまで、お兄さまはあなたに会いに来るの？　ねえ、どうして⁉」

顔を歪《ゆが》め、叫ぶ彩才人は必死だった。思わず彼女の顔を見る。月明かりに照らされた、どこまでも透明な少女の顔。楚峻の名を出した時の彩才人の、泣き出しそうな表情。

「あ……」

紅玉はわかった。わかってしまった。

前に声を聞かされた時は、すぐに玲珠が下がってと言った。だから気づかなかった。だが、今のその表情。彩才人が耀庭宮の北棟で外ばかり見ていた理由。

あの西の窓からは、楼が見える。楚峻が工事の責任者とされている楼が。

あの楼を作った時の蓉宰相と同じだ。高い塀に隔てられても、母と子が姿を見せ合えるように。彩才人は楼の窓に楚峻が姿を現すのを待っていたのではないか。今までの言動、紅玉に対する感情の高ぶり。すべての説明がつく。


彩才人は、楚峻が好きなのだ。


家族ではなく、異性として。それは、後宮妃であれば許されない罪。それだけではない。紹国では同姓同士の婚姻は禁忌だ。従兄妹《いとこ》や遠縁同士であっても蔑視される。今の皇室では朋氏を母に持つ皇帝のもとへ朋氏の妃が嫁いでいるが、これは皇帝の姓が黄《こう》であるから可能なのだ。父系でつながった同姓の叔母と甥では想うことすら許されない。

（だからあの時、玲珠は、下がって、と言ったの）

まだ彩才人の想いに気づいていないであろう紅玉に気づかせないために。秘密を知る者は少ないほうがいいから。

彩才人も気づかれた、と悟ったのだろう。蒼白な顔をして口を押さえている。

（ああ、この方はこういうところも蓉皇后さまとは違う）

る人だった。

蓉皇后はもっと強かった。堂々と妻として夫を愛しながら、朋家の娘としてもふるまえ

だが今はそんなことを考えている時ではない。命の危険が迫っている。

この状況で自分はこの人の侍女として何をすべきか。

「……明け方、明蘭たちには内緒で私とここを抜け出すことはできますか」

紅玉は言った。彩才人に。ことは楚峻の進退にも関わる。だからこそ彩才人なら知っても決して口外したりしない。そう確信して。

「すべてを、お話しします」

翌朝、まだ夜も明けきらぬ時刻に、紅玉は彩才人と共に嘉陽宮を抜け出した。この時刻ならもう働き出している者もいる。夜の外出よりは不審がられない。

門前には娘子兵がいるので、こっそり殿舎補修用の脚立を使って塀を乗り越える。彩才人にとっては初めて行う大冒険だ。目立たないよう、阿笙に古い外套《がいとう》を用立ててもらい、それをかぶって二人で早朝の後宮を行く。そして旧い後宮の境で紅玉は立ち止まる。

昔はここに高い、外朝と後宮を区切る塀があった。

だが今は後宮が拡張されて、真っすぐな通路が伸びているだけだ。その何もない通路の

真ん中に立ち止まり、彩才人に言う。

「見ていてください」

腕を伸ばす。途中から、見えない壁に阻まれるかのように指先に負荷がかかる。だが強引に手を伸ばす。すると、

「あっ」

小さく彩才人が叫んだ。

ちり、と火花が飛び、境を越えた紅玉の腕が、燐光《りんこう》を放ちながら透けていくのが見えた。

「……これで信じていただけましたか？　私がこの時代の人間ではないと」

「信じられない……」

だが目の前で体が透けているのだ。認めるしかない。彩才人がごくりと息をのんだ。

そんな彼女に、申し訳ありません、と紅玉は謝る。名を偽ってきました、と。

「私は彩家の娘、紅玉ではありません。先ほど嘉陽宮を出る前にもお話ししましたが、〈彩紅玉〉というのは私を最初に見つけ、同情してくださった楚峻さまがご用意くださった名です。私の本当の名は、紅林杏といいます」

ですが私に二心はありません。彩才人さまをお守りしたい心に偽りはないし、疑われるような邪心を楚峻さまには抱いておりません、どうか私を信じてくださいと彩才人に訴える。そして告白する。「百年前の時代、私には許婚がおりました」、と。

楚峻には恩を感じている。誰一人知る者のない世界で唯一、自分の秘密を話せる人でもある。そういう意味では心を預けているし、一緒にいるとほっとする。だがこれが彩才人の思うような男女の情かと言われるとわからない。

「私は、まだ心が過去にとどまったままなのだと思います」

許婚のことを愛していたかと言われるとそれも困る。瓜二つの楚峻を見た時、つい頼ってしまったほどには、栄昇を好ましく思っている。が、蓉皇后への恩のほうが胸を占める割合が多いし、好ましい相手というのであれば、先ず、愛らしい鷲皇子や、侍女としての教養を授けてくれた蓉宰相を思い出す。

だから、そういうものではないのだ。

自分が生きた時代、その空気も含めて、自分はまだ過去を愛している。

今の時代で、恋といわれても心に響かない。

「私は、今も、昔も、生きるのに夢中で。それ以外を考えられないのだと思います」

だからこそ、〈今〉が危ないことを知っている。彩才人に疑われたままでは身動きが取れないということも。

紅玉の語る言葉に嘘はないと察したのだろう。彩才人が言う。

「……あなた、まだ恋をしたことがないのね。誰にも。だからそんなふうに自分で自分の心を思うように動かせると思ってる」

「恋について初心者なのは確かです。ですがだからこそ見えることもあります。気を落ち着けて聞いていただけますか、彩才人さま。私は楚峻さまにあなたさまを守るようにと命じられてここへ来ました」

彩才人に今、置かれている状況を説明する。

「今回の犯人の狙いは、楚峻さまなのです」

彩才人が息をのむのが聞こえた。嘘、とつぶやくのも。だが事実だ。

すでにすべての証拠は整えられている。周淑妃の手で。それを覆す力は彩家にはない。横領の罪を部下にかぶせて白を切る悪官吏のように、彩家も罪をかぶせられて終わりだ。

そうさせないために、一つだけ試していない方法がある。

危険だし、彩才人に無理を強いることになる。なので楚峻にも話さなかった。が、彩才人の心を知った今なら話せる。

「周淑妃さまと、取り引きをするのです」

え？　と彩才人が戸惑った顔をする。そこへ畳みかける。

「ここは後宮、なら後宮に適した戦い方があります。外の周家のことは楚峻さまにお任せして、私たちは周淑妃さまを相手にここで女の戦いをいたしましょう」

楚峻を信じる。外の世界は彼がなんとかしてくれると。

「周淑妃さまがあなたさまを敵視するのは、あなたさまが対抗馬だから。ならばあの方に彩才人は競争相手にはならない。が、生かしておいたほうが都合がいい。そう思わせることができれば生き残れます」

彼女の前に膝をついて言う。信じてと。

「……どう考えても無理よ」

彩才人は真っ青になって顔を横にふった。

「周淑妃さまにそんなふうに思われるなんて、そんなのできるわけない。だってここに来てからどれだけ経ったと思うの。その間中ずっと頑張っても駄目だった。もう無理。もう耐えられない。いいの。このまま生きていたってお兄さまには会えない。お兄さままでいなくなってしまう、そんな地獄で生き長らえるくらいなら、いっそここで儚くなったほうがましだわ」

「駄目です」

錯乱しかけた彩才人の両肩をつかんで揺する。

「生きてさえいれば、人生、どんなどんでん返しがあるかわからないですよ」

現にここに百年の時を飛ばされてきた女がいる。

「あきらめないで。それにあなたさまがここであきらめたら楚峻さまはどうなります」

「お兄さま、が……?」

「あなたさまがここで自害でもなされば。罪を認めたのだと周淑妃さまに言い広められます。そうなれば真実など永遠に闇の中、彩家は確実に連座させられます」

あなたの大切な楚峻さまも。

酷だがはっきりと言う。だが、

「一つだけ、免れる方法があります。敢《あ》えて周淑妃さまのもとに下り、腹中の虫になる、周家の内側から楚峻さまをお守りする、という道が」

きつい方法だ。誰も敢えて通りたがる道ではない。だが無力な自分たちにできるのはそれしかない。

楚峻、の名に、彩才人がかろうじて残った気力を振り絞った。蒼白な顔ながらも、「どうすればいいの」と訊ねてくる。

「彩才人さまには、まず周淑妃さまに、決して陛下の寵を受けないと誓っていただきます。誓詞を書いて」

皇帝の目に留まろうとでしゃばったりしない。閨房《けいぼう》を司る宦官にも袖の下は渡さない。万が一、皇帝の指名を受けてしまった時は、うっかり怪我をしてしまった、など、朋皇后にも不承不承ながら「次は頑張るがよい」と言わせる口実を駆使する。

彩才人が完全に役に立たない娘だとなれば朋皇后は次の娘を召し出す。それは周淑妃も避けたいはずだ。

周淑妃にとって最も望ましいのは、彩才人が競争相手にならない、かつ、密かな己の配下になること。これは楚峻を想う彩才人にとって難しいが可能なことだろう。

だがそれだけでは足りない。自分がでしゃばってそうしてしまった。だから。

「私を周淑妃さまの侍女にしていただけるよう、お願いするつもりです。彩才人さまも私を手放すと公言してくださいますか」

女官と違い、侍女は実家から連れてきた、いわば妃の私物だ。後宮の人事の範囲外で、移動は主の胸次第。当然、その扱いも主次第。そんな周淑妃にとって都合のいい存在になろうというのだ。

蛇事件の際に皇帝に気に入られたかもしれない新参者。刺繍と髪型のことで皇太后から眼を留められた侍女。周淑妃としては紅玉は目障りな存在だ。だが紅玉が周淑妃のもとに下り、命すらどうとでもできる状態になるなら。逆に使い勝手のいい駒となる。

監視の必要はあるが、紅玉を口実に皇帝を呼べるかもしれない。皇太后に取り入るのに使えそうな才覚も持っている。しかも朋皇后肝いりの彩才人に仕えていた紅玉を他の妃に先んじて鞍替《くらが》えさせ、召し抱えることで、周淑妃は己の力を他に示せる。

周淑妃がその可能性に気づかなくても、紅玉が気づかせる。そう売り込む。

「口で誓っただけでは信じてはもらえないでしょう。ですが幸いと言うべきか、周淑妃さまは女道士を身近に置いておられます」

蓉皇后は呪に傾倒したりしない方だった。

だから紅玉もそこまで熱心に呪を信じてはいなかった。だが世の中には人知を越えた力があるということを、身をもって今の紅玉は知っている。

誓詞に書いて誓わせる。そんなことを彩才人にさせるのは心苦しい。だが他に方法がない。

幸いなことに、彩才人は皇帝の寵を得たいとは思っていない。それどころか絶対に嫌だと感じている。

(まさか、彩才人さまの恋心が、彩家を守ることになるなんて……)

どちらにしろ彩才人は皇帝の妻だ。他の男を想うことなど許されない。楚峻を愛しているなら、彼を守るべく動くことしかできない。

静かに彩才人が涙を流した。

彼女が女としての自分を封印したのがわかった。

それと同時に。こんなことを強要した自分もまた、女としての幸せを求める資格を失ったことを紅玉は自覚した。


そして、それから。楚峻が助けを求めた上役と皇帝の働きかけもあったのだろう。毒蛇は偶然紛れ込んだものだと、庭の管理を行う者たちが責を負うことになった。

杖で打たれるうめき声が嘉陽宮の中にまで届くようで、その日、紅玉は落ち着かなかった。わかっている。自分が彼らを犠牲にした。自分たちが助かるために。

紅玉は自房で一人、手を握り締めた。掌《てのひら》にくっきりと、爪の形をした血が滲んだ。


そして。

すべての決着がついた、数日後のこと。皆が寝静まった夜、紅玉は嘉陽宮の苑で一人、焚火をしていた。

眠れなかったのだ。

いっそ起きていようかと茶の用意もしたが、それも淹《い》れる気にはなれず、丸太椅子に座ってぼんやりと踊る炎を見つめている。

明日には紅玉もここを出て、周淑妃のもとへ行く。和みの時間は終わり。試練の始まりだ。耀庭宮へ行けばもう鍋会などできない。この温かい焔《ほのお》ともお別れだ。

「……鍋会の続きは、阿笙にお願いしたけど」

鍋の置き場所や火のつけ方や。阿笙はもうすべてを把握している。紅玉がいなくなってもまったく困らない。伝言する必要もない。だがそれでも紅玉は阿笙にやり方を事細かく説明していた。自分のいた証をここに残したかったからかもしれない。

（もう、戻ってこられないかもしれないの、この宮殿に……？）

そう考えた途端に、ここがものすごく懐かしいものに感じた。

(馬鹿だ、私。百年前の後宮を恋しがってばかりいたのに)

出ていく今になって、この宮殿のよさを実感している。

遠い過去から今に紛れ込んだ異端者だ。またいきなりどこか別の時代に飛ばされること
だってあり得る。だから今回のことがなくとも、いつかはここを去る運命だったのに。

立てた膝に顔を埋《うず》める。

明蘭たちには周淑妃のところへ行く本当の理由を話さなかった。玲珠はともかく明蘭は
芝居のできる性格ではないから。だから「周淑妃さまに乗り換えるのね、裏切り者」とな
じられるのも覚悟していた。だが彼女たちは何も言わなかった。

察してくれたのだ。紅玉のこれからと、何故そんな真似をしたかを。

互いを気遣っているのに、言葉にできない、そんな空気をひしひしと感じて、気まずく
て。房にもいづらくて、ここで時間をつぶしている。

そこへおそるおそる彩才人がやってきた。

「……ここによくいるって聞いたから」

これ、と包みを渡される。中を開けるとあの簪だ。ただし、ばらばらになっている。

「あの時、その、床に叩きつけたから」

ごめんなさいと言われたが、叩きつけたくらいではここまでばらばらにはならない。そ

の後、踏みつけでもしたのか。だが、

「返そうと思って。その、こんなになってるけど、もしかしたら修理できるかも」

破片はごくごく小さなものまで集められていた。怒りに目がくらんでやってしまったが、後で一生懸命拾ってくれたのだろう。一途な彩才人の心が表れていると思った。

「……では、これだけいただきます」

紅玉は小さな白い石の欠片《かけら》を手に取った。

「え、それだけ？」

「明日から私が行くのは周淑妃さまのもとです。持参しても取り上げられるかもしれません」

だから彩才人さまが残りは持っていてくださいませんか、と言った。

「預かっていてください。必ず、返していただきに戻りますから」

それと、と付け加える。

「何かあった時にはこの欠片をよこしてください。割符《わりふ》代わりです。私も秘密の文や符牒《ふちょう》がいる時など、何か彩才人さまに送る時は必ずこれを同封します」

うなずいて彩才人が包みを自分の懐にしまう。きゅっと唇を引き結んでいるところを見ると、明日からのことを考えているのだろう。気持ちをほぐすために、「よく明蘭の目をごまかして出てこられましたね」と訊ねてみる。彩才人は恥ずかしそうに、窓から出たと言った。

「幼い頃、お兄さまに教わったの」

楚峻の母の目を逃れて二人で市へ行った、楽しかった、と幸せそうに笑った。黙って茶を渡すと、「温かい、美味しい」と両手で包み込む。

無言のまま、二人で焚火を挟んでお茶を飲む。しばらくそうして座って。

「……ありがとう」

それだけ言って、彩才人は帰っていった。

それはきっと明日から淑妃のもとへ行く紅玉への励ましだったのだろう。

彩才人のことを見送って、思う。誰もが寵を得るために後宮にいるのではない。大多数の妃は上位の妃ににらまれないよう、周囲を窺いながら生きているだけだ。

別に皇帝の寵を得たいわけではない。この世の栄華を極めたいわけでも。ただ、大切な人たちと共に笑い合って生きたい。それだけのことがここでは難しい。

今はもう遠い蓉皇后を想う。

「……あの方の本心はどうだったのだろう」

女として他に慕う人はいたのだろうか。改めて思い起こすと皇帝は美男ではあったが、傑物の蓉皇后からすれば年下で、物足りないところもあったように思う。

ふと思った。こんなことを考えるようになるなど、前の自分では考えられないことだと。

この時代に来てまだ半年も経っていない。なのにもっと長い時が経ったように感じる。自分がずいぶんと変わってしまったようにも。

「明るくて忠義心にあふれているけれど、子どもっぽくて猪突猛進なところが心配の林杏」

くすくす笑いながら紅玉のことをそう評してくださった蓉皇后。もし今あの時代に戻れたとして、蓉皇后は自分が〈林杏〉だとわかってくれるだろうか。

夜の空を見上げる。天文の素養のない紅玉には、百年前と同じに見える。

見ていると自分がちっぽけな寄る辺ない砂粒だと感じられるような広大な星空が、どこまでもどこまでも遠くそこには広がっていた。

この時、紅玉はこれで終わったと思っていたのだ。これで落ち着くと。

これら一連の事件は、周淑妃の競争心によるものだと思っていたから。

まさかこの一件にはさらに深いところがあるとは。己の過去までが絡んでいるとは、思いも寄らなかったから――。

三章——謀略の果て

1

真っ青な空に、白い千切れ雲が浮かぶ、珍しく風が気持ちのよい夏の盛りのことだった。

広大な領土を持つ中原《ちゅうげん》の帝国、絽《ろ》を統べる若き皇帝は、やる気と午《ひる》の一時を持て余し、榻《ながいす》にだらしなく寝転がっていた。蟬《せみ》が鳴いている。

暇だ。

先日の毒蛇事件で神経質になった母太后から外出禁止を喰《く》らったので、後宮でのお忍び遊びもできない。話し相手にと呼んだ宦官どもも媚《こ》びるばかりで面白くない。もともと喪中で狩りなど大がかりな催事も控えている。まだ若い皇帝は公務の幅も母太后や宰相たちに制限されているし、これでは気の晴らしようがない。

(ええい、暇すぎてあのゲテモノ鍋が恋しくなってきたではないか)

追従者どもを追い返し、後宮で出会った風変わりな娘のことを考える。熱い料理というものがあれほどうまいとは思わなかった。正直、山海の珍味を食べなれた身からすると粗末すぎる鍋だったが、静まり返った豪奢《ごうしゃ》な宮殿で皆に注目されながら食べるより、大勢で一つの鍋を囲むほうが断然食は進んだ。焚火《たきび》の癒し効果とやらにも刮目《かつもく》した。

鍋会を主催しているのは、彩才人《さいさいじん》の侍女だという弱冠十七歳の娘、紅玉《こうぎょく》だ。

妙に皇族の男を扱うことに慣れているというか、こちらを子ども扱いしてくる生意気な娘だが、書院に閉じ込められたり、毒蛇を捕まえたりと、おかしなことばかりしてみせる。宦官として扱えと言えば平然と皇帝に使い走りをさせることもあり、共にいると退屈しない。鋸《のこ》などあの娘に言われて初めて触れた。

そんな破天荒な娘なのに、ふと気づくと遠い目をしていたり、こちらを見て涙ぐんでいたりする。その落差が気になって、ついつい、嘉陽《かよう》宮《きゅう》通いをやめられずにいるのだが。

「……そなた、年頃の娘がこちらに目を当てながら、どこか別の場所を見ているように感じる時は、その娘はいったいどういう心持ちでいると思う？」

試しに、常に傍《そば》に控える太監《たいかん》に聞いてみる。彼は手を組み、軽く腰を落としてから答えた。

「卑賤《ひせん》の身ながらお答えします、大家《たいか》。若い娘がそのような状態になる時は、往々にして恋の病に陥っていることが多うございます」

「恋、だと？」

あの鍋娘がか？　あまりに印象とかけ離れた語句に、皇帝は思わず身を起こす。

「お気に召したのであれば内官になさいますか。大家の寵《ちょう》を賜れば、その娘の憂いも即座に晴れましょう。侍女とはいえ、彩家の縁者であれば、皇后さまも昇格を快くご承知くださることと存じます」

早く孫が見たいとせっつく母太后の意を受けているらしき太監に言われて、皇帝はあわてた。冗談ではない。妃嬪《ひひん》などにしてしまっては鍋会ができなくなるではないか。唯一の憩いの場を取り上げないでほしい。というか、何故、あの娘のことだとわかった。

「別に閨《ねや》に侍《はべ》らせたいわけではない。そもそも妃嬪の数は十分だろう」

これ以上、増やす必要はないと否定する。

「あれにかまうのはただの暇つぶしだ。少し他とは毛色が違う娘ゆえ、朕《ちん》が母上の命で後宮に閉じ込められている間、遊んでやっているだけだ」

遊んでもらっているのはどちらですかといった視線を感じたが、それは無視する。もう何年も傍にいるのだ。いい加減、こちらの性癖を理解しろと思う。

現皇帝、黄鷹啼《こうようてい》は女色への関心が薄い。夜を共にする妻よりも、共に馬を駆る相手を欲しがるところがある。能力的に無理というわけではない。皇太子時代、朋《ほう》氏を迎えた時には、夫の義務を果たすべく七日の間きちんと通った。だがそこまでだった。

母の命を受け、次々と輿入《こしい》れしてくる女たち。相手をせねばと思うが、似たような化粧をし、髪を結った女たちを見ていると、もはや誰が誰だかわからなくなり、「一人になりたい」と痛切に願うようになった。妃《きさき》の義務だから。寵を得たいから。そんな理由で媚びるのではなく、純粋に笑顔で「また来てほしい」と願う娘は皆無だった。だからだろう。いつの頃からか脂粉ただよう閨で待ち構える女たちを見ると、踵《きびす》を返したくなるようになった。

一時は自分は男色の徒ではないか、これで皇帝の務めを果たせるのかと真剣に悩んだ。が、気に入りの宦官《かんがん》や学友たちを見ても一緒に狩に行きたい、蹴鞠《しゅうきく》をしたい、とは思っても閨を共にしたいとは思わないから違うのだろう。今は父帝の喪中だからと逃げていられるが。

（……喪が明ければ、すぐに母上が予定を決められるのだろうな）

お前のためを思って言っているのだと、母の顔で迫るのだろう。

ため息が出る。

先《ま》ずは朋氏の血を引く男児、それから周《しゅう》家の娘にも子を与え、それから次は……。皇帝たる自分が与えるものはただの男女の愛ではない。〈寵〉となる。妃たちの背後にはそれぞれの家がある以上、常に彼らの政治的均衡にも気を遣い接しなくてはならない。それが若い皇帝には面倒臭い。そもそも母太后が自分に接する時も先ず朋家の娘という立場で対する。愛を乞う声があふれる宮中にいながら、自分は愛というものが何かを知らない。

皇族などに生まれるのではなかった。そう思うのはこんな時だ。

空を見る。すいっと敏捷《びんしょう》な動きで燕《つばめ》が空を舞った。その様がくるくると働く紅玉のようで。

「嘉陽宮の連中は、今頃、何をしているか……」

皇帝の身分のままでは味わうことのできない、熱い羹《あつもの》。気の置けない会話。自分は責務の荷を下ろし、友と笑い合いたいだけなのだろう。まだ少年といっていい年齢でそれを取り上げられてしまったから。

だからこそ、女の匂いを感じさせず、木に登り、宮殿の庭で焚火をする彼女とその仲間たちが心地よいのかもしれない。

紅玉もたまに自分を母のような眼《め》で見る。だがあくまで庇護《ひご》すべき対象としての無償の愛だ。皇太后のように子の責務を押しつけてはこない。

「宦官の衣装、いつでも使えるようにしておけ。明日は出る」

我慢も限界だ。太監に命じる。若い皇帝は好奇心が旺盛だ。力もあり余っている。市街へ出たいと言われるよりはましかと、母太后も太監どもを遠巻きに護衛につけ、後宮での遊びを黙認しているのだろう。ならば存分に堪能させてもらおう。

(追っている〈謎〉が面白くなってきたところだしな)

老朽化し、取り壊すことになった古い楼。その周辺事情が今の皇帝の気に入りだ。

皇帝がこの件に興味を持ったのは、周家の現在の家長、周栄款《しゅうえいかん》がことさらにあの楼を取り壊したがったからだった。父帝の喪も明けていない。大規模な土木工事は避けるべき時だというのに、「先帝に中秋までには壊すと誓約しました」と強引に話を進めてきた。

記録を見てもそのような言葉はない。不審に思い、わざと皇后の願いを聞く形で別の者に工事を任せた。するとどうだ。祈禱《きとう》の儀とは宮廷の行事。礼部が仕切るべき儀だというのに、あの時、あの場にいた道士の大半は周家が懇意にしている淵《えん》一族の者だった。そのうえ毒蛇が迷い込む不測の事態が起こり、周 淑妃《しゅうしゅくひ》が黒幕は彩才人だと騒ぎ始めた。

（どう考えても怪しい）

いや、そもそもあの楼が存在することからしておかしいのだ。百年前、皇家に仇なす陰謀劇が繰り広げられた曰《いわ》く付きの楼だ。すぐ取り壊すべきなのに、何故、西だけを残した？　そして何故、今なのか。今まで放っておいた楼を何故、今壊す？

（答えは、あの楼にある）

だが表立っては動けない。相手が周家では、下手につつけば背後に控えた朋家が出てくる。まだ若い皇帝にとって外戚は煩《わずら》わしい瘤《こぶ》であっても、己を護《まも》る最大の盾であり剣だ。

思索に沈みつつ、鍋会には何を持っていくかと卓の李《すもも》を手にした時だった。太監が言った。

「申し上げます、大家。恐れながら、その土産の品は不要になりますかと」

「何？　どういうことだ」

「以前より鍋会を主催しておりました彩紅玉ですが、半月前から耀庭宮《ようていきゅう》の周淑妃さまのもとへと配置換えになっております故、嘉陽宮の鍋会は規模を縮小、今では屋内で細々と続けられているよしにて、大家のご参加は難しいかと存じます」

「は？　なんだと？」

思わず、妙な声が出た。何故、しばらく行かない間にそんなことになっている。

（……あの鍋娘は、いったいまた何をやらかした。しかも周淑妃とは）

退屈の虫が引っ込んだ。やはり眼を離せない。

皇帝は手にした李を元に戻すと、くっくっと喉を震わせながら、すぐに宦官服を用意するようにと太監に命じた。

＊＊＊＊

その頃、紅玉は新参侍女として、周淑妃のもとで働いていた。

後宮妃の一日は忙しい。

朝、目覚めると身支度を整え、皇家の廟《びょう》へと祈りを捧げる。これは後宮妃が皇帝の妻であり、皇家の一員であるからだ。時には皇帝も交え、代々の先祖が祀《まつ》られた聖廟には皇后、皇太后が、他の妃嬪はそれぞれの宮殿に設けられた祭壇の前で膝をつく。

その後は各宮殿の主や皇后、皇太后のもとへと赴く。

市井の息子や嫁が同居している父母のもとへ挨拶に行くように、紹国婦人の鑑《かがみ》たるべき後宮の女たちも、皇后、皇太后に毎朝、拝謁する義務がある。他にも己が住む宮殿の主のもとへも行かなくてはならない。各宮殿は離れて建つので移動が大変だ。挨拶を受ける側にしても皆がやってくる時間帯は客室で威儀を正して待たねばならず、互いに同席している間は隙を見せないよう、粗相のないよう気を張り詰めている。かなり体力と気力を使う。

無私の心で皇帝に仕え、上を敬い、和を尊ぶ。それが後宮の女たちに求められるものである限り、一連の儀礼は相応の理由がないと欠席できない。

朝の時間はこれら公式訪問でほぼつぶれる。

日中は各妃への私的な御機嫌伺いや互いを招いての茶会もあり、夕刻にはもう一度、上位妃のもとへ本日の報告に行かねばならない。一日ゆっくりしていられるのは皇后、皇太后におもねる必要がないほど実家の力が強く、皇帝の寵もある妃か、もしくは生涯、飼い殺しになった、今さら人間関係を気にする必要のない冷宮《れいぐう》暮らしの妃くらいのものだ。

今上《きんじょう》帝の後宮は開かれたばかり。皇帝の寵を得ている妃はいないし、冷宮送りになった妃もいない。皇后、皇太后を上回るだけの力を持つ者もまだいない。

と、いうことで。妃たちは皆、一日の社交を乗りきる気力、体力をつけるため、朝からしっかり食事をとる。ここ、耀庭宮の豪奢な一室でもそうだった。侍女や宮官たちがずらりと壁際に控える中、列を成した宮官たちが扉の外から現れる。

周淑妃の朝餉《あさげ》が運ばれてきたのだ。

一皿ずつ両手で掲げて入ってきた宮官たちが次々と卓に料理を置いていく。あっという間に広い卓に隙間なく並べられた皿の数々。

蒸《む》し鶏《どり》と葱《ねぎ》の前菜、胡瓜《きゅうり》と茗荷《みょうが》の甘酢漬け、雉肉《きじにく》のスープ、羊肉のスープ、木耳《きくらげ》と豚肉の煮込み、鴨肉《かもにく》の細切りとナマコの煮物、ふかひれの醤油《しょうゆ》煮、漬け白菜と春雨のとろみ炒め、椎茸《しいたけ》と葛の実の炒め物、家鴨《あひる》の卵の炒め物、桂魚《けつぎょ》の蒸し煮、鯉《こい》の蒸し物、海鮮の揚げ物、海老《えび》春巻き、燻製《くんせい》料理の盛り合わせ、烙餅《らくへい》、糖蜜をかけた油条《ゆじょう》、米粥《こめがゆ》四種。小豆を添えた索餅《さくべい》に、ほろほろ口に入れると崩れる甘い緑豆糕《りょくとうこう》、季節の果実三種。

周淑妃が目で示した料理を侍女が一口分ずつ取り分けて、皿に供する。ほとんどの料理は手つかずのまま残るので、周淑妃が退席した後、傍仕えの者たちに朝餉として下賜されるのは百年前と変わらない光景だ。皆、序列順に料理を取り分け、立ったままでいただく。

蓉《よう》皇后は皆が腹をすかせないようにと、いつも多めに皿を運ばせてくれていた。が、今は蓉皇后の時代ではなく、紅玉が仕えるのも別の妃で。

「いつまでそこに立ってるの？　早く空いた皿から下げて、厨で洗ってきて」

「周淑妃さまがお使いになるお皿なんだから、他に任せずあなたが洗うのよ」

……鍋会が、恋しい。新参の下っ端である紅玉は見事に喰いっぱぐれて、満たされなかった腹に手を置く。阿笙《あしょう》のことを笑っていられない。大量の皿を厨に運んで洗っていると、

「侍女なのに人使いの荒い主だと大変ねえ」

「手伝ったら叱《しか》られるから手伝えないけど、ほら、これ食べて。頑張ってね」

厨の下っ端尚食《しょうしょく》の宮官たちが、自分たちの中食《ちゅうじき》用の甘味をひょいと口に放り込んでくれた。小麦を捏《こ》ねて油で揚げた麻花《ねじりあげ》は、さくさく揚げ立てでとても美味《おい》しい。園林の杏《あんず》を使った蜜煮も美味だ。これらの差し入れがなければ、紅玉はとっくに倒れていただろう。

「ありがとうございます、舌が蕩《とろ》けそうです！」

「いいのよ。私たちもそんなに喜んだ顔で食べてもらえたらそれだけで嬉《うれ》しいし」

「うん、最高のご褒美よ。仕事に張りが出るわあ」

尚食を監督する袁昭儀《えんしょうぎ》や上位の宮官たちはぎすぎすしていて苦手だが、直接、厨で立ち働く宮官たちは普段から美味しいものを食べて満ち足りているからか、皆、優しい。耀庭宮に戻ってあっという間に痩せて顔色も悪くなった紅玉を気遣って、

「もう、そんなに痩せられたら私たちの料理の腕が悪いみたいじゃない」

「ほら、もっといっぱい食べなさい」

と、温かい酒醸圓子《あまざけだんご》も作ってくれた。とろりとした汁に浮かぶもちもちの団子が絶品で、厨の皆さんに大感謝だ。


紅玉が周淑妃の侍女となって、半月が過ぎた。想像以上にきつい。

食事が足りないこともあるが、八つ当たりめいた人使いの荒さとなじめない周囲への気遣いで、さすがの紅玉もげっそりやつれた。蓉皇后に「林杏のいいところは前向きな性格と行動力」とも言われたが、その前向きさをもってしても心が折れそうだ。

だが見えてきたこともある。

まず周淑妃。

（侍女たちにも威張り散らしてるけど、元からの性格ってわけでもないみたいなのよね）

周淑妃はもちろん権門の生まれなので、周囲がかしずき自分のために動くのが当たり前だと思っている。そして周囲も。それが当然だと思っている。

だが周淑妃の場合、そこでは終わらない。自分のところの人手は足りているのに、わざわざ同じ宮殿に住む他妃の侍女をも呼び寄せて使うのだ。どうでもいいことで呼びつけては周淑妃直々に仕事を言いつける。自分の力を示しているつもりなのかもしれない。いや、相手が従うのを見て安心しているのだろうか。自分には宮殿を治める力があると。

（だって、命じながら少しも楽しそうな顔をしておられないし）

周淑妃は少しきつめだが美しい顔を、いつも物憂げな表情で満たしている。苛立《いらだ》たしげに眉を顰《ひそ》めていることも多い。笑ったところを見たことがない。

そして袁昭儀。

周淑妃の威光をかさにきたおべっか使い。そんなふうに聞いていたが、もっとひどかった。周淑妃より年上で世慣れているというのもあるだろうが、日がな一日、周淑妃の住居である正殿に入り浸り、周淑妃の前ではしおらしく忠臣顔をしているが、裏では周淑妃の侍女や宮官を我が物顔でこき使っている。というより周淑妃をいいようにおだてて、自分の好きなように動かしている。彩才人への虐《いじ》めもほとんど袁昭儀のしわざだったようだ。

（これじゃあ袁昭儀さまがこの宮の主みたいじゃない）

周淑妃は気づいていないのだろうか。こういうのを佞臣《ねいしん》、獅子身中《しししんちゅう》の虫というのだろう。周淑妃の侍女の中でも、心ある者たちは苦々しい目で袁昭儀を見ている。若い者ばかりと思っていた周淑妃の周りも、父の周栄款肝いりらしき年配の侍女が何人かいた。特に侍女頭を務める女性は先帝時代に宮官として勤めたこともある熟練の職業婦人らしい。が、周淑妃からするとうるさい父のお目付け役より、耳に心地よいことばかり言う袁昭儀や若い侍女たちといるほうが楽しいらしく、侍女頭たちは隅に追いやられている。

それから、皇帝も。

（聞いていた、〈皇帝陛下〉とは違うのよね……）

皇太后の求めに応じて後宮に渡っても、妃嬪に会おうともしない。と、嘆かれていたので、妃とはまったく接触がないのかと思ったら、昼限定だが、意外とまめに顔を会わせていた。彩才人が呼ばれなかっただけのようだ。

妃たちの名や前に会った時に話題にしたことも覚えていて、「あれはどうなった？」などと聞いては妃たちを喜ばせている。そういえば初めて彼の正体を知った断罪の時も、助けに来てくれた口実は「袁昭儀より聞かされていた見事な桜桃《さくらんぼ》の鉢とやらを見ようと思い立って来た」だった。世の夫が見習うべき、細やかな心遣いだ。

（でも、主上はまだ十六歳よね？　それでこれって……大人すぎない？）

雉奴《ちぬ》の時は堅苦しい言葉遣いをすると思った程度だったが。この歳《とし》でここまでできると逆に痛々しいというか違和感がある。年若い皇帝が臣下に威を示すため尊大にふるまうことがあるというが、彼の場合は大人びた行動が実に自然だ。それに妃たちを見る目。一歩引いて俯瞰図《ふかんず》を眺める将のような。思うところへ人が動いていく様を冷静に確認するような酷薄な光が浮かぶことがある。十六などという少年がする眼ではない。

そんな、周囲に気を配ることができる彼が何故、毒蛇の時は皆の前で紅玉を抱き上げたのか。あれもまた彼の目から見た〈俯瞰図〉なのか。

雉奴として、少しは自分たちのことを親しく感じてくれていると思っていた。そんな自分たちをも自然に駒と見て、動かす少年。そんな行為が自然になっている皇帝。

それがこの皇城という特殊な場所で生まれ育ったが故だとしたら。寂しいと思う。

考えながら紅玉が皿を洗った水を外に捨てていると、茂みの陰から皇帝が現れた。

「相変わらずこき使われておるな、鍋娘」

宦官姿だ。ここは嘉陽宮ではないが、この姿なのは雉奴として扱えということだろう。

「……そんなところにいると濡《ぬ》れるよ、雉奴。というかその恰好《かっこう》でここに来ちゃ駄目でしょ」

彼のことを考えていたところだ。遠慮なく言って、水のかからない茂みの奥へと引っ張っていく。人のいない嘉陽宮とは違い、ここは耀庭宮。皇帝の顔を知る妃や侍女は多い。

案の定、皇帝が満足そうに言った。

「そなたのそういう付き合いのよいところが気にいっておる」

「私もいろいろ助けていただきましたし、〈雉奴〉は可愛《かわい》くて好きですけど。皇帝姿の時は付き合いよくされると困ります。皆の前で抱き上げるなど悪ふざけがすぎます」

大仰に、蛇事件の時の苦情を言うと、ああ、あの時のことか、と皇帝がからからと笑う。

「すまぬな。ちと、確かめたいことがあって、そなたを利用させてもらった」

「はい？　利用？」

「あの場にいた周淑妃とその父親の反応をな。そなたを通して見たかった。ま、朕が女人にあそこまでするのは珍しい。なかなか面白い結果が出たぞ。面白いといえば、母上からも面白いことを言われた。太監を通してそなたを、お気に召したのであれば内官になさいますかと聞かれた。よかったな、出世だぞ」

紅玉は思わず手にしていた桶《おけ》をごんっと落としてしまった。ちょっと待て。

「ま、そなたを妃嬪などにしてしまっては鍋会ができなくなる。否定しておいたが」

助かった。ほっとしながら桶を拾う。だが、

「……暇つぶしなら、他のお妃さまがたのところでなさったらいかがです？　そのほうが皇太后さまも安心なさいますよ？」

今は紅玉も配置換えのせいで自由がない。鍋会もできないし、宦官と無駄話をしているところを見つかれば叱責される。

「正直を言いますと、遊びに付き合ってあげる余裕がないんです、今」

「失礼な娘だな。遊んでやるのはこちらだ。そのうえ何度も助けてやったのは朕だろう」

「それはそうなのですけど」

助けてもらったことはありがたいが、今、紅玉がこき使われている原因の一端は、蛇の時にあんな悪ふざけをして周淑妃を刺激した皇帝にもある。

（なのにそんな言い方、ずるい）

忙しくて気が急《せ》いているせいもあって、むすっと拗《す》ねた顔で見ると、皇帝が喜んだ。

「その素の顔、実によい。そなたは朕を弟か悪戯の共犯者のように見るな。学友どもも誰も成し遂げなかった偉業ぞ」

それから、ふと、彼が真顔になった。心底、不思議そうな顔をして紅玉に問いかけてくる。

「前から感じていたのだが。そなたは何故、そんな眼で朕を見る？」

「え？」

「いや、違うな。何故、そんな眼で朕を見ることができる。そなたは何故、他の者とは違う？」

真摯《しんし》な眼だった。心の底から、なんの裏表もなく、己の持つ違和感に疑問を持ち、答えが欲しいと願う、幼子のように真っすぐな表情だった。

「先ほど。あの時そなたを抱き上げたのは、周囲の反応を見るためだと言ったが。自然に体が動いた部分もあった。あのような傷を持つそなたを労りたいと。そなたは何故、そんなふうに朕を動かせる。何故、朕を相手にそのような真似《まね》ができる……？」

皇帝が顔を近づける。眼を覗き込まれてひるむ。

「何故、そなたは特別なのだ？　また会いたいと願ってしまう？」

答えたい。自分が正しい答えを持っていなくても、正直に話したい。こんな真っすぐな相手を適当にいなしたりしたくない。傷つけたくない。だが答えられない。素直に話せば鋭い彼は紅玉の秘密に気づいてしまうかもしれないから。

「誰か朕と似た者がいたからか？　その眼、年下の男を扱うのに慣れているのは、誰かと朕を重ねているからではないか」

紅玉は自分が冷や汗を流しているのを感じた。やはり彼は心のどこかで気づいている。紅玉が彼に誰を重ねているか。だからこんな問いを放つ。

鷲《しゅう》皇子のことはもちろん話せない。弟がいた。これも駄目だ。本物の彩紅玉は一人っ子だ。

「……気のせいでは。私は無教養で、未だ貴人に対する礼がわかっておりませんから」

動揺したことを悟られないよう、さりげなく〈嘘〉を返す。真摯な問いに。心苦しい。

「強いて言うなら。私の故郷は田舎で同じ年頃の娘が少なかったので。よく男の子たちに交じって遊んでおりました。そのせいでしょう」

「……なるほど。そういうことにしておこう」

傷ついたような声で言われて、紅玉の胸にも傷がつく。流した汗が冷えるのを感じた。

どうしよう。嘘だとばれている。何故、彼はこんなことに興味を持った？　皇帝がその気になれば紅玉を調べることなどたやすい。正体がばれれば偽りの名で接していたと、さらに〈雉奴〉を傷つける。

（だ、だいじょうぶよ。皇后さま付きとかならともかく、元才人付きの侍女なんて下っ端に時間を割くほど、主上は暇じゃないもの……）

それに本物の〈紅玉〉がお転婆で、男の子とよく遊んでいたのは事実だ。使用人の子と遊ぶうちに今の夫である下男と恋に落ちたらしい。だがこんなことを聞かれるとは。

彩才人の手前があるし、周淑妃のもとへ来て連絡が取りにくくなったが、楚峻《そしゅん》と身分詐称の細部は詰めておく必要があるかもしれない。実感する。自分が後宮で接する相手が増えれば、存在感を増せば増すほど危険も増える。逆に彩家の皆を巻き込む。

「ま、何かあれば言ってくるがよい」

皇帝が身を離した。これから何かあると確信しているかの口調に、紅玉の胸がざわめく。

「まだ終わっていない、そのことをよく覚えておくといい。彩家の者どもにこれからも関わるというのなら、必然的に周家が絡んでくる。周淑妃のもとにいるそなたは危ないぞ」

それはどういう意味？

問いかける間もなく「身の回りには気をつけるように」と言うと、皇帝は現れた時と同じに茂みに身を沈め、去っていった。緊張の解けた紅玉はへたへたとその場に頽《くずお》れる。彼の微行は皇帝業務の合間の息抜きかと思っていたが、本当のところは何をやっているのだろう。

考えていると、阿笙がやってきた。

「ああ、こんなとこにいた。探したっすよ、小姐《ねえさん》」

危急だと、顔を青ざめさせた彼は、玲珠《れいじゅ》から持たされた文を握り締めていた。中には、あの簪《かんざし》の欠片《かけら》が添えられている。

「彩才人さまが話したいことがあるって、大変で。とにかく嘉陽宮まで戻ってください」

先ほどの皇帝の言葉と何か関係があるのか。不安が胸を満たす。

紅玉は阿笙を伴い、駆け出した。

いったん厨に戻ると阿笙に水仕事の続きは任せて、急いで塀を乗り越え嘉陽宮へ向かう。たどり着いた寝房で、彩才人は真っ青な顔をして立っていた。

「どうしましょう。楚峻お兄さまが左遷されてしまわれるかもしれないの」

「左遷？　いったい何があったのか落ち着いて話してください」

がたがたと震えている彩才人をなだめて座らせ、話を聞き出す。彩才人は嘉陽宮に移動を申しつけられたとはいえ、朝夕の周淑妃への挨拶まで免除されたわけではない。娘子兵《じょうしへい》の監視という名の護衛のもと、明蘭《めいらん》を連れて耀庭宮に赴く。その時、袁昭儀に嫌味たらしく「周淑妃さまに教えていただいたのだけど」と、外朝での楚峻と周家の諍《いさか》いを教えられたそうだ。

（また、袁昭儀さま！）

周淑妃の名を出せば悪評はすべて周淑妃に行くと思っているのか。やりたい放題だ。袁昭儀からすれば周淑妃の腹心の座は心地よい。万が一、他の妃や、何より縁戚の彩才人が周淑妃と和解してしまえば、周淑妃の寵は他に移り、甘い汁を吸えなくなる。なので周淑妃を悪人に仕立てて、他妃との間に溝を作っているのだろうが質《たち》が悪い。

そんな袁昭儀が彩才人に今度は何を吹き込んだのか。

彩才人が言うには、毒蛇が出たせいで祈禱の儀も延期され、楼の工事にかかれずにいるが、そのことで楚峻の管理能力が問われているそうだ。予定の工程をこなすのも責務の内だと。

「ですがそれは仕方がないというか、工事を止めているのは主上の指示では」

「それが皇太后さまがあの日からお加減がよろしくないらしくて。それで責められているらしいの。不調は楼の祟《たた》りで、祈禱の儀を予定通り行えなかったお兄さまのせいだと」

皇太后の不調は、皇帝が毒蛇に襲われた衝撃に気が乱れているせいではと、最初は皆思っていたそうだ。だが皇太后が、あれから毎夜、夢を見るのだと訴えたという。

「暗く狭い場所でざわざわ蠢《うごめ》く無数の影と閉じ込められている気味の悪い夢らしいの。皇太后さまはそれがあの祈禱の儀で昇華されるはずだった楼に閉じ込められた悪しきもので、ご自分に憑《と》りついたのではと大層お悩みだそうなの」

彩才人が顔を曇らせて言う。

「あの楼には曰《いわ》くがあるから。皇太后さまも過敏になってらっしゃるのだと思うけど」

「曰く?」

「私も詳しいことは知らないけど、入宮前にお兄さまからお聞きしたわ。あの楼は、昔、皇家に仇《あだ》なす大がかりな呪に用いられた呪具で、壊したくても障りがあって手を出せなかったのですって。今年になってやっと呪の効果が消えて壊せるようになったとかで」

皇家に仇なす呪具？　あの楼が？　紅玉は眉を顰める。

あれは風水をよくする道士たちが地中の気脈を探り、皇家に今後百年の繁栄をもたらすために建てた楼だったはずだ。竣工式が終われば祈願式が行われ、あの楼を使って龍脈《りゅうみゃく》を皇城の下に固定すると聞いた。何故そんなねじれた言い伝えになっているのか。

「とにかく今、お兄さまの非を言い立てているのは工部尚書さまなの。周淑妃さまのお父さまの。だから私、心配で心配で……」

もしかして皇帝が言っていたのはこのことか。

（娘の次は父親？　もういい加減にしてほしい！）

とにかく今は彩才人を落ち着かせるのが先決だ。紅玉は震えている彩才人を励ました。

「大丈夫です。工事の進行のことで責められているのなら、あの蛇の時とは違い、命に関わる罰を受けることはないでしょう。命さえあればなんとかなります」

すでにそんなふうに考えるようになっている。それほどここ数か月、次々襲いかかる困難がきつかった。それに、

「幸いというべきか、今は私が周淑妃さまのもとにいます。実家である周家に何か動きがあればすぐにわかります。こちらにもお知らせしますから」

逆に言うとそれくらいのことしかできない。後宮から出られない身では、外朝の出来事には関われない。だが、そう言って彩才人をなぐさめつつも紅玉は迷う。

自分が虐めにも耐え、周淑妃のもとにいるのは、嫌がらせの矛先が彩才人へ向かわないようにするためだ。適度に紅玉の存在を示し、淑妃の八つ当たりを一手に引き受ける。その陰で徐々に存在を薄くして、最終的には彩才人ともども周淑妃にこちらの存在を忘れてもらうという、気の遠くなるような策だ。それが無力な自分にできる精いっぱいだった。

(そんな中、周家の様子を探るなんて)

できるだろうか。へたに動いて目をつけられたら、今までの頑張りが水の泡だ。せっかく最近は呼びつけられる回数が減ってきているのに。

悩みは尽きない。が、いつまでも嘉陽宮にはいられない。

今後のことをあれこれ考えながら塀を乗り越え、耀庭宮に戻ると、阿笙が紅玉の水仕事だけでなく、厨の手伝いに駆り出されて粉だらけになっていた。

「あ、小姐おかえりなさい。今、厨の姐《ねえ》さんがたにうまい麵《めん》の捏ね方を教わってたとこっす。今度、嘉陽宮に来られた時は出来立てをご馳走《ちそう》しますね。鶏がらの鍋で！」

にこにこ顔で邪気なく言われると、紅玉の淀《よど》んでいた心が一気に澄んで和んでいく。涙が出そうだ。本当に阿笙はすごい。きつい後宮生活の癒しだと思う。

「ありがとう、期待してるから」

心から言う。楽しみだ。後は周淑妃のもとへ戻るだけ。阿笙の麵を心の糧に頑張ろう。

遅くなったので他の侍女たちに見つからないようにそっと殿舎に入る。足音を忍ばせ歩んでいると、茶のよい香りと、不快そうな細い声が聞こえてきた。周淑妃だ。

彼女は傍らに袁昭儀を侍らせて、珍しく自分で文を読んでいた。淑妃ほどの貴人になると毎日が忙しい。自分で文を読み書きする暇がない。なので侍女に髪や爪の手入れをさせて身動きがとれない間に音読をさせ、口述筆記をする。なのに今日は人払いでもしたのか、周囲に誰もいない。そして周淑妃は文を手に、茶菓を食べながら袁昭儀と共にあの道士の少女、鳴果《めいか》を叱責していた。

「お前、馬鹿なの？　どうしてあれの用意をするのに、蛇と同じ商人を使ったの。お父さまから何をやったと、問い合わせが来たわよ」

蛇、という語が聞こえて、紅玉の足が止まる。とっさに柱の陰に隠れてしまう。

「いいこと？　前はせっかく袁昭儀がよい案を思いついてくれたのに、お父さまに横槍《よこやり》を入れられて、あの程度で我慢するしかなかったの」

紅玉の存在には気づかないまま、周淑妃がなおも言う。

「おかげで彩才人はのうのうと暮らしてるわ。だから今度は内緒と言ったはずよね？　なのに同じ伝手《つて》を使ったらお父さまの耳に入るに決まってるじゃない、本当に馬鹿」

「まあまあ周淑妃さま、下々の者に気のきいた働きを期待するほうが無理なのですわ」

袁昭儀が茶椀を置き、ゆったりとした動作で立ち上がった。縮こまっていた鳴果の顎を長いつけ爪をつけた指でつかみ上げる。ひゅっという悲鳴が鳴果の唇から転がり出た。

「遠い姻戚だからとお前たち淵氏を使ってくださっているのはどなた？　少しは頭を働かせなさいっ」

どんっと袁昭儀が鳴果を突き飛ばす。周淑妃は無様ねと笑っているが、突き飛ばされた鳴果はどこかをぶつけたのか痛そうに身を震わせ、立ち上がれずにいる。

「いつまでそこにいるの。さっさとお下がり！」

袁昭儀がぴしりと言って、鳴果がよろめきつつ退室してきた。

すれ違う瞬間、目が合った。かぶった紗《しゃ》の下から、鳴果が驚いたようにこちらを見ている。

が、彼女はすぐに顔をうつむけて去っていった。その眼には確かに涙が滲《にじ》んでいて。

周淑妃と袁昭儀の会話が気になる。彩才人のことを考えるとこのまま聞き耳を立てるべきだと思う。だが。

（放っておけない）

紅玉はぎゅっと唇を噛《か》み締めると、その場を離れ、鳴果の後を追った。

鳴果は一人、池のほとりで泣いていた。草の上に座り込み、膝を立て顔を埋《うず》めている。

紅玉はそっと近づいた。だがかける言葉が見つからない。

大丈夫？　と声をかけるのはたやすい。だがどう見ても彼女は大丈夫じゃない。そんな言葉をかけても自己満足にしかならない。だから紅玉は少し距離を開けて隣に座った。

こうして改めて見ると、鳴果は幼かった。まだ十二、三歳か。そんな幼さで後宮に入れられ、周淑妃にきつく当たられている。彼女にとって後宮は地獄でしかないだろう。

やがて、鳴果が顔を膝に埋めたまま言った。

「……どうして、来たの」

盗み聞きをしたこと。それを続けるかどうか迷ったことまで見透かされている。

「同情なんか、いらない。意味がない」

「うん」

「そんなことされても、なんの役にも立たない」

「うん、そうだね」

会話の途切れた二人の間を風が吹き抜けていく。暑熱の籠もる夏の盛りでも、後宮の風は緑の香を含んでいて気持ちがいい。それは百年前と変わらない。故郷を離れてここへ来て六年。もうすっかりこの風が紅玉にとっての〈故郷の風〉になっている。

「……私ね、実家では母と折り合いが悪くて。ひどい扱いを受けてたんだ」

紅玉は言った。

「叩《たた》く蹴るは当たり前。ご飯も抜かれたし、お前なんか早く死ねってよく言われた」

鳴果は何も言わない。だが聞いているのがわかった。

「だけどね。今はこうしてこんな綺麗な場所にいて、温かい寝床で寝ることができてる。あの時、あきらめて生を手放さなくてよかったって思うの」

「よかったって思う？　あれだけ周淑妃さまに八つ当たりされて？」

鳴果が顔を上げて言った。

「私、知ってる。食事を抜かれてるのは今も同じ。それでどうしてよかったなんて言えるの」

「そりゃ食事は抜かれてるけど。厨に行けば中食をもらえるし、寝る場所もあるし。それにこうして話相手もいるし」

「話、相手……？」

それが自分のことだと気づいたのだろう。鳴果の顔がくしゃりと歪《ゆが》んだ。その瞳に再び大粒の涙が浮かんで。彼女はまた膝の間に顔を埋めてしまった。肩が震え出す。

(こんなに小さな子が、声を殺して泣かないといけないなんて)

鳴果は妖しい呪を行うと他の侍女たちから距離を置かれている。だから誰も助けてくれない。相談もできない。きっといろいろいっぱいなのだろう。

鳴果は紅玉が盗み聞きをしていたことを周淑妃に言いつけなかった。前に紗を取ってあげた時も素直にお礼を言ってくれたし、蛇の時の偽証言は周淑妃に強制されてのことだったのだろう。根は優しい、普通の女の子だと思う。だからこそ、彼女の置かれている立場がきついなと思う。皇帝と同じく、子どもの歳に子どものままでいられなかった彼女が哀しい。

その時、また風が吹いた。鳴果の紗と袖がふわりとなびいて、腕に布が巻かれているのが見える。薬らしいものがこびりついた細長い布。自分で傷の手当てをしたのか、片手で巻いたらしい布がずれている。

「それ、取れかかってるよ」

紅玉は手を伸ばした。布を巻き直そうとする。すると鳴果が「駄目っ」と叫んだ。雷に打たれたようにもう片方の手で包帯を押さえ、後ずさる。

「え？」

紅玉は驚いて手を止めた。鳴果が押さえる寸前、布下の肌が一瞬、見えた。見てしまった。

膿《う》んだ疵《きず》が、そこにあった。

（何、あの傷……）

自分の足に思わず触れる。そこにある蛇の噛み痕。鳴果の腕にあった傷は同じ形だった。どうして？　どうして彼女の腕にその傷が？　どくどくと紅玉の胸が鳴る。まさか祈禱の儀で毒蛇を放したのはこの子なのか。その時に誤って噛まれたのか？

いや、違う。あれから日が経っている。鳴果の傷はまだ新しかった。それにあの時の蛇は毒を持っていた。放す前に嚙まれたのだとしたら、今頃、命はない。

震えながらこちらを見上げる鳴果のあどけない顔は、毒蛇を扱う恐ろしい娘には見えない。もし仮にこの子が何かをしても、それはきっと周淑妃に言いつけられたからだ。

ふと、彼女が周淑妃に叱責されていたことを思い出す。蛇、と周淑妃は言っていた。

この子は今、いったい何をやらされているのだろう。

こちらを見る彼女の顔が泣き出しそうで。紅玉は無言で手を伸べた。鳴果の腕を取り布を巻き直すと、そっと彼女の袖を下ろして隠してやる。一人、胸の中でつぶやく。

（やだなあ……）

この少女は百年前の同僚、淵秀麗《えんしゆうれい》の一族かもしれない子だ。周淑妃の侍女たちから仲間外れにされた者同士で親近感もある。

が、周淑妃付きの女道士なのだ。紅玉からすれば正体がばれてはまずい〈敵〉で。

（でも。この子がこんなに幼いなんて気づいたら、何もできないじゃない……）

本当は彩家の侍女として、周淑妃の内幕を知っているであろう鳴果に探りを入れるべきだろう。心を弱らせている今こそ彼女に取り入って、さっき見た傷を脅しに使って。

ため息をつく。そんなこと、できるわけがない。

この子に何かしてあげたい。そう思った。が、紅玉も周淑妃に虐められている最中だ。

(今は何もできない。でも、もし周淑妃さまより大きな力を持てるようになれば)

まだ夢でしかないが、力を得て、他の人を助けられる余裕ができたら。

「あの、ね」

鳴果に言っていた。

「私が前にいた嘉陽宮ってところはね、厨が壊れてて使えないの。だから皆で焚火をして鍋を作って食べるんだけど。美味しいよ」

いつか鳴果も誘えたら。そんな想《おも》いを込めて言う。

それからまた無言で二人、並び合う。うつむいてじっと唇を噛み締めている鳴果に、紅玉は何も聞かなかった。そんなことをしてはいけない。そう思った。

＊＊＊＊

そんな二人を、茂みの陰から見つめる眼がある。

宦官姿の皇帝だ。

一通りお忍びの散策はしたので、皇城に戻る前にもう一度、気まずい別れ方をした鍋娘の様子を見てやるかと耀庭宮に寄ったのだが。彼は混乱しながら、先ほど聞いた言葉を反《はん》芻《すう》していた。紅玉は確かに、「実家ではひどい扱いを受けてたんだ」と言っていた。

（だからか？　だから紅玉の足にはあんなひどい嚙み痕があるのか……？）

相手は興味深いとはいえ、ただの侍女だ。それがどんな生い立ちをしていようと皇帝たる自分には関係ない。遊びの相手さえさせられればそれでいい。

なのに苛ついた。そして。

皇帝として、雉奴では知り得ない彼女の過去、先ほどはぐらかされた問いの答えを知りたいと思ってしまったのだ。

2

皇太后がとうとう寝ついてしまったのは、それからほどなくのことだった。

祈禱の儀の直後から体調不良と聞かされてはいたが、夏の暑さが疲れの重なる体に辛かったのか、牀《しんだい》から身を起こすことができなくなったそうだ。

見舞いに行かなくてはならない。事態の急な推移に、耀庭宮もあわただしくなった。

「皇太后さまのご不調、あの楼の呪いだって言われているそうよ」

「やだ、私たちもあそこに行ったわよね、大丈夫かしら」

侍女たちのおしゃべりを、無駄口を叩くのはおやめなさい、と、侍女頭が遮る。

「あなたたち忘れたの？　皇太后さまのお傍にも道士は控えているのですよ。呪いなら彼女がなんとかします。ご不調は祈禱の儀とは関係ありません。先帝の崩御から後、いろいろおありで疲れが出ておられるのでしょう。ならば精のつく見舞いの品をお持ちしなくては。早く準備をなさい。周淑妃さまに恥をかかせてはなりませんよ」

まとめ役の侍女頭の言葉で皆が噂《うわさ》をさえずるのはやめ、動き出す。

侍女数が多い周淑妃の宮だけあって、主は「行く」とだけ意思表示をすれば後は侍女たちが日程調整やその他すべての確認を先方と行い、準備を整えてくれる。

「当日は供の者も含めどんな服装がふさわしいか、見舞いの品と口上は何がいいか。それらの選択の成否は侍女の肩にかかってくるのですよ。皆、気を張りなさい」

侍女頭が活を入れる。だがどこで情報を仕入れればいいのか。宮廷は先例と格式を重んじる。朋家と周家の関係、淑妃の位。それらを吟味して用意しなくてはならない。

周家が妃を後宮に入れたのはこれが初めて。先例を記した覚え書きの類はない。周淑妃について後宮に入った侍女たちも皇帝の気を引くために、華やかさを重視した若い娘が多く、昔のことは知らない。侍女頭が女官として仕えたのも外朝であって後宮ではない。各宮に引き継ぎ書など便利なものがあるわけでもなく、若い侍女たちが右往左往している。

いい機会だ。紅玉は押しつけられた行李《こうり》を持ったまま、侍女たちにそっと言ってみる。

「あの、叡和《えいわ》帝さまの頃に作られた後宮書庫は、閲覧可能でしょうか」

もちろん、目当ては百年前のこと。保管されている史実を記した書だ。

「もし可能なら周淑妃さまのために先例を調べられると思うのです。確か二代皇帝の妃嬪のお一人が大層博識な方で。その方のために時の帝が後宮にある記録はもちろん、外廷にある日誌や正史までをも写して、後宮に築いた書庫に持ち込ませたと聞いています」

「どうしてあなたがそんなこと知ってるの。新参なのに」

「彩家の旦那さまも周大人さまと同じく工部にお勤めですから。後宮の図面をご覧になって、入宮の際に教えてくださったのです」

紹国二代目皇帝、叡和帝が行った事業である後宮書庫の設置は、妃嬪の気散じも兼ねていた。教養がありながら使いどころがなく、暇を持て余していた妃嬪とその侍女に写本を手伝わせ、五年がかりで外朝にあるすべての書を写し終えた。紅玉が入宮した頃にはすべての棚が埋まっていて、先輩侍女に案内してもらったのを覚えている。圧巻だった。

あれから百年。後宮内での影は薄くなっているようだが、皇帝が行った事業だ。さすがに残っているだろう。紅玉が欲してやまない玄禧《げんき》十年以後の記録も。周家の企みや彩才人のこと。いろいろ考えるべきことはあるが、恩ある蓉皇后のことは常に紅玉の胸にある。

「私が行きます」

紅玉は立候補した。普段なら紅玉のことは無視するか無茶な仕事をふるばかりの侍女たちだが、今は猫の手も借りたい。それに上品な周淑妃の侍女たちは重い竹簡や書を上げ下ろしして埃《ほこり》まみれになるのは嫌のようだ。

うまく役目をもらえそうになった時だった。

周淑妃の代筆を主に行う、祐筆《ゆうひつ》である侍女が話に割り込んだ。

「何を言っているの？　そんな書庫、とっくの昔になくなってるわよ」

「え」

「私も保管された手跡を見たくて探したことがあるの。けど、もうないって言われたわ。あそこにあ確か布の保管場に転用されたのではなかったかしら。まあ、無理もないわね。あそこにあったのはあくまで妃たちの手すさびの写本。叡和帝発起の最初の頃こそ史書であろうとすべて写したみたいだけど、男が好む堅苦しい書は後宮の女たちに不人気だもの」

紅玉は自分の喉が干上がるのを感じた。そんな、あそこにないなら、他に正史が置いてあるところなど思いつかない。このまま後宮の中にいるなら、侍女のままでいるなら、永遠に蓉皇后の真実はわからない。

茫然《ぼうぜん》とする紅玉に、声がかけられた。

「彩紅玉、そこにいますか？」

現れたのは侍女頭だった。「仕事中にすまないわね、急ぎなのです」と、紅玉の手から重い行李を受け取ると、彼女は言った。

「旦那様が、周栄款さまがあなたに伝えたいことがあるから面会所まで来るようにと使いをよこされました。ここはいいので、すぐに向かいなさい」

「え？　私を、ですか？」

どうして周栄款が、ただの侍女を名指しで呼びつける？　侍女頭も詳しくは聞いていないようだ。そして主の父親からの命令では、断れない。紅玉はごくりと息をのんだ。

緊張に顔を強張《こわば》らせ、西蛾門《さいがもん》まで赴くと、すでに周栄款は面会所の中で待っていた。

「遅い」

「申し訳ありません」

椅子に座る周栄款の前にあわてて膝をつき、拱手《きょうしゅ》して、ご用件は、と訊《たず》ねる。

「そなたのことで聞きたいことがあってな」と、前置きして、彼は頭《こうべ》を垂れた紅玉の全身をじろじろとなめるように見た。目を伏せていても視線を感じる。気まずい。

「ふ、ん。顔を上げよ。まったく。彩才人のもとにいた娘を召し抱えるなど、あれも何を考えているのか。余計な羽虫だったらどうする」

ぶつぶつ言いながら、周栄款が紅玉の経歴などを聞き始めた。娘の周囲に怪しい者を置きたくない、ということだろうか。意外と親子の情に厚い人なのかもしれない。

そう思いながら楚峻と打ち合わせしていた通りの経歴を語っていくと、栄款は、「ふむ。楚峻の言と差異はないな」と言った。何故、ここで楚峻の名が？ と、紅玉は戸惑う。事前に聞いたかのような言い様だが。

「あの、失礼を承知で申し上げます。何か不審な点でも」

「いや、少し気になることがあってな。そなた、不思議な語調で話すが、故郷といえばそなた、我が家と同じく荊州《けいしゅう》の出だったな」

栄款が言った。

「奇遇だな。石家荘《せっかそう》といったか、あの邑《むら》は。あそこへは幼い頃、父に連れていかれたことがある。あの邑には杏の木が多かった。覚えているか?」

何故、周栄款ともあろう人が侍女である〈紅玉〉にそんな話をふる。が、

「……杏の木、ではありません。桑です」

紅玉は〈彩紅玉〉の故郷へは行ったことがない。が、皇后の傍に仕えた経験から、紹国の気候や献上される土地の名産品を知っている。それらからすると邑に生えていたのは杏ではない。これは引っかけだ。

「ほう、そう返すか。ではこれの説明はどうする?」

そう言って彼が懐から取り出したのは、あの夜、楚峻が申請していた後宮への立ち入り許可の写しだった。案内役の宦官たちが途中、逃げ出したことも。それどころか身代わりを務めた娘が入宮の手続きをした尚宮《しょうきゅう》の担当官や門番の証言までをも周栄款は把握していた。見ているうちに紅玉の体が震え出す。

「さて。何か言うことはあるか、〈彩紅玉〉よ」

すべてを並べられれば紅玉は何も言えない。どこで不審に思われた。

これらの口述報告は紅玉の正体をあらわにする証拠であると共に、楚峻が紅玉のために皇帝をたばかった欺君罪の証《あかし》でもある。宮正《きゅうせい》に提出すると言われれば彩家はお終《しま》いだ。

蒼白《そうはく》になった紅玉に、周栄款は言った。

「書院の番人どもにも確かめた。そなた百年前のことに興味を持っているようだな。あの

楼が建てられた辺りの年の絵を探していたとか」

「それは……帯の補修をするために、朋皇后さまの花紋が知りたく調べていただけで」

「本当に？　本当にそれだけか？　そなたが知りたいことは他にあるのではないのか？」

周栄款がこちらの反応を窺《うかが》うように問いかける。「腹を割って話そう」と。

「儂《わし》には昔より調べていることがある。いや、我が周家が百年もの間、待ち望んでいることと、というべきか。儂なら彩楚峻では与えてやれない、そなたが持つ疑問に答えてやれるし、そなたなら儂が知りたがっていることにも答えを与えてくれるはずだ」

故に手を組もう。と言って、周栄款が続ける。

「儂はそなたの味方だ。その証拠に教えてやる。玄禧十年という年に皇后であった女、蓉氏は皇后の位を剥奪され、自害している。実質、処刑だな。元は皇后の位にあった女故、自死という形の恩寵を賜っただけの。それが知りたくて探っておったのではないか？」

意地悪く細められた周栄款の眼に、嘘……と紅玉は叫びたくなった。それを思いとどまれたのは、とっさに聞かされたことを、頭が理解することを拒否したからだ。

ゆっくり彼の言葉を頭の中で咀嚼《そしやく》して、紅玉は顔を上げる。真っすぐに周栄款を見る。

駄目だ、表情を変えては。悟られる。

何故かは知らないが、周栄款は紅玉の正体どころか百年前から来た娘ではと疑っている。

そもそも彼が語った蓉皇后の最期が本当のこととは限らない。こちらを動揺させるための偽言の可能性もある。

「……蓉皇后？　もう一度言いますが、私が探していたのは朋皇后さまですが」

紅玉が平然とした顔を作り、返してみせた。

「ほう、さすがは。ここまで来てもまだ踏みとどまるか。ただの小娘に見えて一筋縄ではいかん。これはますます手に入れる価値がある。さすがは周一族の宿願を宿した娘だ」

にやりと笑った周栄款が立ち上がり、思わず紅玉が後ずさった時だった。

「周栄款殿、このようなところにおられましたか」

拱手をしながら声をかけてきたのは、楚峻だ。職務の最中だったのだろう。工部の官吏であることを示す袍《ほう》に冠をつけている。

「侍郎《じろう》の慶相和《けいしょうわ》殿が急ぎ裁可を受けたい件があると探しておられます。どうか官庁の方へお戻りを」

さりげなく言って、彼は周栄款の傍から紅玉を引き離す。栄款は軽く舌打ちをして忌々しげに楚峻を見たが、他の眼がある。ここで事を荒立てるのはまずいと思ったのか、おとなしく引き下がった。

「ふん、まあいい。また話そう、彩紅玉」

言って、去っていく。その背が見えなくなったのを確かめて、紅玉はほっと肩の力を抜いた。感謝を込めて楚峻を見上げる。

「助かりました、いきなり私を指名なさって、皆の手前、断れなくて」

「間に合ってよかった……」

楚峻もまたほっとしたように力を抜いた。そこで紅玉は初めて彼が額に汗を滲ませているのに気がついた。きっとここまで駆けてきてくれたのだ。

でも、どうして紅玉の危機がわかったのか。

「別件で報告に上がったら、周尚書がこちらに向かったと聞いた。それで陛下のもとへ呼び出された時の彼の様子を思い出して、もしや、と思った」

急いで周栄款を官庁へ呼び戻す口実を作り、ここへ駆けつけたのだそうだ。

「君が叔母《おば》の侍女のままならばこんな回りくどいことをせずに済んだが。周淑妃さまの侍女となれば部外者の私はすぐ駆けつけることすら難しい」

言って、楚峻は真剣な顔をした。そして面会所の番をする宦官たちの眼を避けるためか、紅玉を建物の外へといざなった。

「実は。君が周栄款殿に疑われたのは、私にも責任があるのだ」

そして彼は事の起こりを話してくれた。

数日前のこと。楚峻は皇帝の呼び出しを受けたのだそうだ。

「表向きは着工が遅れている楼の取り壊しのことで直《じか》に話を聞きたいと召し出されたのだ。周栄款殿ともども来るようにと命じられて……」

そう、楚峻が語り出す。

＊＊＊＊＊

後宮内の建造物のこととはいえ、一工事のことで皇帝直々に声がかかるなどめったにない。何事かと緊張して赴くと、皇帝は玉座ではなく私室で、榻に肘をつき、物憂げに窓の外を眺めて待っていた。こちらから声をかけるわけにもいかず、膝の痛みを我慢しながら叩頭《こうとう》していると、皇帝が一通り工事の停滞状況を周栄款から聞いて、ぽつりと言った。

「そなたの叔母、彩才人のところにいた侍女のことだが」

いや、今は淑妃の侍女だなと自答して、「どのような生い立ちの娘か、直答を許す故、答えよ」と言われた。突然の話題転換に面食らったが、公の人である皇帝の傍には、すべての会話と行動を記録する官が常に控えている。へたなことを言えば後で参照される。

焦りつつ、楚峻は問われるままに〈彩紅玉〉の経歴を語った。

「……では特に家に問題はない娘だ、とそなたは言うのだな」

「はい。仰せの通りです、陛下」

正直に答えたのに、何故か皇帝の機嫌が悪くなっていた。

「朕が聞きたいのはそんな通り一遍のことではない」

冷ややかに言われて。

それを気にするあまり、楚峻は隣に立つ周栄款の表情が怪訝《けげん》そうなものから、妙に得心した、ぎらついたものに変わっていたことを気に留めることができなかったのだ——。

＊＊＊＊

「……今にして思えば。あの時、真に注意すべきは陛下の御気色ではなく、栄款殿だったのだ。おそらく彼はあのやりとりで〈彩紅玉〉が偽物ではないかと気づいたのだろう。彼は遠い姻戚として彩家のことも荊州のことも知っているから」

と、楚峻が言った。

周家と彩家は同郷だ。その地に住む娘たちの教養のほども知っている。そのうえで周淑妃から聞いたのであろう侍女〈彩紅玉〉の特異性に改めて気づいたのだ。あり得ないと。

「彼はその時まで娘である周淑妃の愚痴も聞き流していたのだと思う。だが陛下の御下問で興味を持ってしまった。そして君と出会ったあの夜、私が後宮に入る許可を求めていたことも思い出したのだろう。……彩紅玉が後宮に現れるのはあの翌日だ」

後は芋蔓式《いもづるしき》に調べれば、ぼろが出てくる。

「ただ、わからないのだ。怪しい侍女、それだけで何故ここまで気にするのか。栄款殿の位からすれば、いくら陛下に目をかけられた娘とはいえ、一侍女に会いに来るなどあり得ない」

「それは私も感じました、まるで私が過去から来たことを知っているような口調で」

紅玉は彼が蓉皇后の名を口にしたことを話した。話しつつも、楚峻の顔をまともに見ることができない。目の前のことを置いて、聞きたくて仕方がない。

(栄款さまが話したことは、真実なのですか⁉)

だが同時に聞きたくない。何故、彼は黙っている？　いくら男性が後宮の出来事に詳しくないといっても、栄款が言った皇后の処刑が真実であれば、それは立派に政変だ。外朝の記録にも記される。楚峻は科挙を受けた人なのだ。当然、正史は暗記している。

怖い。紅玉は渦巻く胸の内から眼をそらし、強いて〈今〉に眼を向ける。

「もしや私があの楼にいたことに気づかれたのでは。栄款さまは私を周一族の宿願とおっしゃいました。あれはどういう意味でしょう」

楼。何度も出てくる言葉だ。あの楼に何があるのだろう。ふと、前に聞いた言葉を思い出した。もともとあの楼は周家が解体する予定だったと。そして周淑妃は実家からの文を見ながら「いいこと？　前はせっかく袁昭儀がよい案を思いついてくれたのに、お父さまに横槍を入れられて、あの程度で我慢するしかなかったの」と言っていた。

理由はわからないが、周家はあの楼を自分たちの手で壊すことにこだわっている。

なら、あの蛇はもしや周栄款からすれば彩才人ではなく、楚峻を取り除くのが主目的だったのでは。彼がいなくなれば当然、工事の統括は周家に戻る。そうなると工人たちが幽鬼に怯《おび》えた最初の出来事も周家が画策したことだったのかもしれない。そして今、周栄款は紅玉にまでこだわり始めている。

（そういえば、あの時の声……）

百年前、眠りに落ちる時に聞いた、林杏、と呼ぶ声。あれはもしや周栄昇《えいしよう》の声だったのでは。男子禁制の後宮に彼がいるわけがないと無意識に除外していたが、あの時、彼はあそこにいたのではないか？　そしてなんらかの呪を行った。

（もしかして私が百年の間、あそこで眠っていたことと関係がある、の……？）

楚峻は前に彩家のことを、「代々建築に携わるだけあって、我が家は呪に長《た》けた道士たちに伝手がある」と言った。それと同じことは周家にも言える。百年前、周家には、「大きな工事の時は人柱を捧げている。だから周家の工事はうまくいく」という黒い噂があった。蓉皇后は「未開の昔ではあるまいに、今時そのようなことをする者はおるまい」と、周栄昇を引き立てておられたが。実際には周家はその時も今も呪を行っているのではないか。

（だって栄昇さまが建築の責任者となったあの楼は、道士たちの占により建てる場所を決めた、寿《ことほ》ぎの呪具でもあったのだもの！）

そんなものを実際に建てる一族が、呪に対してなんの知識もないなどあり得ない。

「……一族の宿願、か」

楚峻が言った。

「いったいなんなのだ。君がこの時代まで飛ばされたことと何か関係があるのか」

「それを私も知りたいのです」

紅玉も応えた。

「あの楼を建てたのは周栄昇さま。今まで聞きませんでしたが、周家の先祖の一人なのでしょう？　周家直系のみに、何か言い伝えが残っていても不思議ではありません」

＊＊＊＊

きっぱりと言う彼女を見て、楚峻は眉を顰めた。

彼女の瞳は、当時のことが知りたい、と強い光を帯びていた。今までは敢《あ》えて避けていたように見える周栄昇の名も出してきた。本気だ。

いつかは知られることだ。だがまだ早い。蓉皇后のこと、その皇子たちのことも。

彼女は幼い頃に蓉家に引き取られ、皇后に仕えるべく教育されたと言っていた。そんな彼女が今、あの過去を知ってしまったら。

彼女にはもう泣かないでほしい。それにはどうすればいいか。楚峻は初めて建物ではなく、人のことを真剣に考えた。そして言った。

「ここから出よう」と。

＊＊＊＊

紅玉は目を見開いた。楚峻の言葉が理解できなかった。そんな彼女に楚峻が畳みかける。

「君にこれ以上、無理を強いることはできない。陛下や皇太后さまに顔を覚えられ、周栄款殿にまで目をつけられて。今以上の深みにはまればもう後宮から逃れられなくなる」

「楚峻さま?」

「下男と逃がした本物の彩紅玉のことを覚えているか? 彼女は今は名を変え南の延州《えんしゅう》に住んでいる。確か隣に空き家があると文にあった。なんならそこへ私が……」

言って、自分でも無茶を言っていると気づいたのだろう。楚峻が片手で顔を覆った。

「……すまない。君はここから出られないのだった」

「いいえ。お気遣いくださり嬉しいです」

こんな赤の他人の娘を案じてくれた。それだけで踏みとどまる価値がある。

周栄款が何を考えて接触してきたのかはわからない。だがあの口調では紅玉自身に価値があるようだった。

ならばまだ自分にもできることがあるのではないか。

「……ご存知ですか？　あなたさまのお顔は、周栄昇さまにそっくりなのですよ」

紅玉は楚峻に言った。「え？」と突然の話題の転換に怪訝な顔をする彼に、さらに言う。

「血とは面白いものですね。直系ではないのに、彩家のあなたさまに栄昇さまの血が濃く現れている。栄昇さまもあなたさまと同じく、仕事熱心な方でした」

それで楚峻は栄昇が紅玉の許婚《いいなずけ》であったことを改めて思い出したのだろう。気遣うように、おそるおそる、「その、好いていた、のか？」と聞いてきた。それに紅玉は、どうでしょう、とあいまいに返した。

あの時は幸せだと感じた。最高の夫だと。だがこうして距離と時間を置いてみると、もし今、元の世界に戻れたとして、自分はおとなしく命に従い彼のもとへ嫁ぐだろうか。

「今でもでしょうけど、当時はよくあることだったのです。有望な官や家を取り込みたい。だが一族の娘を出すには惜しい。そんな時、子飼いの侍女を使うのは」

だが、それでも。

「それは私が選んだ道でもありました」

蓉皇后は「どうする？」と、決断を紅玉に任せてくれた。

受けたのは紅玉だ。紅玉にも下心があった。蓉家の役に立ちたい、娘が欲しいという心が。そして今回も。楚峻は紅玉として生きる道を示す代わりに、彩才人を守ってくれとは言ったが、強制はしていない。

「交渉しましょう。周栄款さまには知っていることを洗いざらい吐いてもらって、これ以上、彩家に手は出さないと誓ってもらう。彩家にも懇意の道士はいるのですよね？　その人に誓詞の用意もしてもらいましょう。呪の効果があって、反故《ほご》にはできない誓詞を」

「だがどうやって。交渉とは対等の力があって初めて成る。知識も家の力もあちらが圧倒的に上だ。対面の場など設けては、一方的に喰われて終わりだぞ」

思いとどまらせようとする楚峻に、大丈夫です、と紅玉は請け合う。

「私たちには強力な武器があるではありませんか。〈こちらが何も知らないということを、あちらが知らない〉という武器が」

「はったりを使うのか……！」

察しのよい楚峻が絶句する。

「それしかありません。そして今しか使えない武器です。あちらが探りを入れてきたら、すぐぼろが出てしまう。私が何も知らないとばれてしまう」

そうなる前にけりをつけます、と気合を入れる紅玉に、楚峻が危険だ、と反対する。

「もしばれたらどうする。栄款殿の君への対し方は慎重だった。それは栄款殿にとって君が貴重な存在だからだろう。そこは認める。だが彼は一族の宿願と言っていた。推測するに不思議な力を持つ道女か仙女のようなものを期待しているのではないか？　なら、そんな力がないとばれれば君の身まで危うい」

「あなたさまに許可を求めているのではないのです。協力を求めているだけ。ですから何が起ころうとあなたが責任を感じられたりすることはありません。私がやると決めました。なら、それは私の意思です。あなたさまが手を貸してくださらないなら、私は勝手にやります」

　楚峻がぐっと詰まる。

「……どうです？　ぐうの音も出ないでしょう。こんなふうに周栄款殿には対しますから」

「……その交渉術も蓉皇后のもとで学んだことか」

「はい」

　即答する。今ならそう言える。楚峻が息をのんだ。紅玉の覚悟が伝わったのだろう。すまなかった、と、素直に謝る。

「わかった。私も腹をくくろう」

　彼は周栄款の言葉を受け、会見の場を用意することに同意してくれた。

　そうして二人は西蛾門の前から立ち去る。

　その時だ。影が一つ、殿舎の陰から出て、皇城のほうへと走ったのは。

そして。その影が皇帝のもとへとたどり着いたことを、紅玉も楚峻もまったく気がつかなかった――。

奇《く》しくもあの楼で、周栄款と顔を合わせることになった。

一度、腹を据えた楚峻の仕事は早かった。彼はあっという間に準備を整えてくれた。

「いつでも大丈夫だ。やってくれ」

そう、楚峻が阿笙経由で伝言をくれたのは、数日後のことだった。

それを聞いて、紅玉は栄款に文を書いた。「あの楼で待つ」と。楚峻に脅されていて、面会所で会った時は話せなかった。保護してくれるなら、自分も知る限りのことを話す、と。

紅玉は呪術のことは何も知らない。百年前に何が起こったかもわからない。

だがこうして百年後に飛ばされた自分がいる。気を失う前に呪を唱える声も聞いた。一連の出来事には呪術が、周家が関わっているのは確かだ。なら、あの楼で、と書けば栄款は紅玉という娘が何者か、さらに気になって確かめに来るはずだ。建築や呪など緻密な計算に関わる者なら、あやふやな事象は性格的に放置できない。そう楚峻も太鼓判を押してくれた。

そうして今、紅玉はあの楼にいる。罠を仕掛けて。栄款はおそらく関係部署には黙ってここへ忍び込んでくるだろう。後宮に無断で立ち入るのは罪であっても、一族の宿願とやらは他には秘密のようだから。

窓の傍で見張りについていた楚峻が、小さく言った。

「驚いたな。予測はしていたが正三品の位にある周尚書が本当に来るとは。しかも一人だ」

顔こそ覆面で隠しているが体型その他で目星がつく。栄款は工部の長だ。後宮内部の構造なら図面で知っている。例の廃材搬出用の通路を通ってここまで来たらしい。

周栄款が階段を上ってきた。真っすぐ三階を目指してきたことに、彼が臥榻《しんだい》の位置を知っていたことを知る。いったいどれだけのことが周家には言い伝えられているのだろう。

栄款が戸口から中を覗《のぞ》き込む。隠れている楚峻には気づかず踏み込んでくる。彼を待っていた紅玉は、さっそく先制攻撃をかけた。「私はあなたの推察された通り、百年、眠りについていた娘です」と。

「ただ、あなたの言う周家の宿願というものがわかりません。私が百年前、栄昇さまにお聞きしたことと楚峻さまが話されることには乖離《かいり》があります。あなたの手を取っていいか判断するためにも、周家に伝わる話を先ず聞かせてください。私は真実を話してくださったほうにつきます」

相手に口を開く暇を与えず、何故、楼にこだわるのか教えてくれと迫る。

「言っておきますが虚言は受けつけません。この楼の中であれば呪の方陣内。私は虚言を見抜く力を使えますから」

ついでに、私には神通力がありますとはったりもかます。周家にそんなものはないと伝わっていないことを祈る。

ふん、と周栄款が鼻で笑った。

「なんだそんなことか。この楼を含めた二つの楼は、当時、宰相だった蓉大人が皇家に龍脈を使った栄華を献上すると偽り、皇城に建てた呪具だ。実際は皇家へではなく蓉一族へと運気が流れ込むように計算されていたがな。そう言い伝えられている」

「……では周家はそこにどう関わっているのです？」

「蓉家は呪にも建築にも知識がなかった。故に我が周家を頼った。そして祖先は皇家への忠義から、蓉家より依頼された呪を曲げてこの楼を建てた。儂はそう聞いた」

聞かされた過去の断片に、紅玉は動揺する。

（それが楼の〈曰く〉？　皇家に仇なす大がかりな呪というのはそういうこと？）

当時を知る紅玉にはそれが〈嘘〉であることがわかる。蓉宰相も蓉皇后もそんな依頼をするわけがない。いったい百年前の〈真実〉は何？　聞きたいのに、周栄款は紅玉のはったりを気にしてか、「そう言い伝えられている」「そう聞いた」と、伝聞形式でのらりくらりと言い抜けて、近づいてこようとする。紅玉の腕でもつかんで引き寄せれば、後は男と女、力の差で取り押さえられると思っているのだろう。らちが明かない。

（この手は使いたくなかったのだけど）

飛び出してきそうな楚峻にもう少しだけ待ってください、と目で合図して、栄款の手を振り払う。そして後ずさり、窓枠へと腰をかける。栄款が顔色を変えた。

「な、危ないっ」

「ならば話してください。本当のところを、あなたの言葉で」

ふっ、と笑って身を乗り出す。

「ただ一人、政争に利用され、こんな見知らぬ時代に飛ばされた私です。命に未練などありません。いえ、いっそ飛び降りてあの世で懐かしい人たちと会うほうが幸せかもしれない」

ぎしりと古くなった木枠がきしむ。ひやりとしたが外には幸い各階についた反り返った屋根がある。並の女なら身がすくむかもしれないが、紅玉は野生児だ。木枠が壊れて投げ出されても瓦につかまり、身を支えられるだろう。

「さあ、どうなさいます、栄款殿！」

「わ、わかった、わかったから戻ってくれ、話す。流れた噂、それは表向きだ。本当のところは、二つの楼は朋家に繁栄をもたらすよう設計されていた。そのことと偽りの罪で咎氏を告発し、皇后の座から降ろすことを手土産に、周栄昇は朋家に取り入ったのだ」

紅玉は息をのんだ。栄款の必死な形相がなくとも、直感でそれが真実とわかる。だって玲珠が前に言っていた。「ある時、都で政変があり、周家が重要な役割を務めた」と。

あれはこのことだ。地方官家の周家が、当時から勢力を誇っていた朋家に近づくなど、よほどのことがないと無理だ。

「……それが玄禧十年以降に〈蓉皇后〉が消えた理由？」

「ああ。だが残念ながら楼を建てる位置に計算の違っていた箇所があり、呪は誤った方向に働いた。あれだけ大がかりなものを建てておきながら、皇家にも朋家にもなんの益ももたらさなかった。それどころか皇城に集まる気を乱した」

被害を広げないためにも東の楼は即、取り壊すしかなかったそうだ。だが西の楼は渦巻く気脈が相互干渉を起こし、手がつけられなくなっていた。

「それで百年待った。計算を違《たが》えたのは道士たちとはいえ、建築に関わったのは周家だ。これは恥だ。故に他言せず、代々、家長のみが伝え、呪の効力が消え、取り壊しが可能になった百年目の今こそ、残る西の楼を取り壊し、人の記憶から葬らねばならなかった」

「百年前の失敗の隠蔽、それが周家がこの楼にこだわる理由ですか」

「ああ、そうだ」

栄款が言う。紅玉は迷った。彼が告白した蓉皇后を陥れたこと。これは重い罪だ。だが。

「わかっていると思うが、今さらこの件を掘り起こし、上奏したところで益はない。蓉氏はすでに過去の一族、事を成した周栄昇も鬼籍の人だ。今さら調べようにも証拠もない。しかも当時、断を下したのは時の皇帝である玄禧帝。かの皇帝の聖断が誤りであったなど、子孫である今上帝に言上できるわけがない」

栄款が話しながらじりじりと紅玉に近づいてくる。彼の言いたいことはわかる。正義を振りかざしたくとも、皇帝自身も朋家の血を継いでいる。たかが侍女の身で冤罪《えんざい》だと公にできるわけがない。

さらに栄款が言う。

「ついでに教えてやろう。西の楼のみを百年壊すのは待て、と止めたのは、周栄昇だ。自ら扉に封印を施した。誰も立ち入れないように。周家に伝わる栄昇の言葉にはまだ続きがある」

『百年、この楼を守れ。そののち必ず周家の者が開封し中を改めよ。そこに眠る者こそが周家栄達の道しるべ。百年の間、龍脈の上に眠り、力を蓄えし娘の生き胆《いぎも》を得よ。周家の敷地に聖廟を建て、娘を捧げよ。周家にさらなる栄えをもたらす宝となろう』

それが周栄昇の遺した言葉だったという。そしてそれが栄款が紅玉の正体を疑った理由であり、その身柄を欲しがった理由。朋家にも知らせず、周家のみで語り継がれ、成就の日を待っていた、と。生き胆、という生々しい言葉に、紅玉はぞっとする。

「さあ、もう話したのだ。いいだろう。そなたは我が周家で預かる」

言うなり腕をつかまれた。強引に連れていかれそうになる。その時だ。

「その手を離してください」

声と共に隠れ場所から現れ、栄款の前に立ちふさがったのは楚峻だ。

「我が一族の娘をどこへ連れていかれるおつもりか、周尚書殿」

突然現れた彩家の家長の姿に、栄款が驚いて手を離す。その隙に紅玉は楚峻の腕へと奪い返されていた。あわてて取り返そうとする栄款を制して、楚峻が言った。

「何を勘違いしておられるのかわからないが、ここにいる娘は〈彩紅玉〉。一時的に周淑妃のもとへ出しているとはいえ、我が叔母、彩才人の侍女で、あなたの言う百年前から来た娘ではない。それはあくまであなたを呼び寄せ、楼にこだわる真実を聞き出すための虚言です」

きっぱりと言う。もちろん栄款は楚峻の言葉を信じたりはしない。そこへ楚峻が〈証拠〉を突きつける。反撃開始だ。

「あなたが証言を得た門番とは、李見真《りけんしん》ですね」

「何？」

「そして入れ替わったと称した娘の名は淑葉《しゅくよう》。おかしいとは思われなかったのですか。新帝即位以来、数知れぬ女たちを迎え入れた後宮の門番が、何か月も前に門をくぐった一侍女の顔を詳細に覚えているなどと」

まさか、と息をのむ周栄款に、楚峻が堂々と言う。

「あなたが陛下の下問の際に妙に我が家の侍女を気にしておられたので、細工させていただいた。あなたから問い合わせがあればそう答えるようにと前もって言いくるめておいたのです。二人とも、思わぬ小遣いが手に入ったと喜んでいましたよ」

門番たちの証言こそが虚言。栄款を深夜にここにおびき寄せ、何故、紅玉と楼の解体工事にこだわるのかを白状させるための罠《わな》だと楚峻が言い放つ。

この門番を翻意させる策には紅玉が直接、出向いた。

周淑妃に命じられた皿洗いを阿笙に頼んで、厨の尚食たちにも頼んで目をつむってもらった。そして門番に対峙して、何か月も前のことなのに本当に顔を覚えているのか、小金に目がくらんで偽りの証言をすれば処罰されるぞと問い詰めた。周淑妃と彩才人の諍いは聞いていたのだろう。後宮の争いに巻き込まれては命が危ないと肝を冷やした門番は、もう何も言わないと震えながら誓ってくれた。

身代わりになった娘、淑葉のほうは楚峻が出向いてくれた。家まで訪ねると病の親がいたので哀れに思い、親ごと彩家で雇うことにしたそうだ。その場しのぎの小金をぽんと渡すのではなく、彩家の門内に囲い込んでくれた楚峻に娘は感激し、この恩義は忘れません、必ずお返ししますと、無私の奉公を務めることを誓ってくれたそうだ。

これは脅しだ。

門番は命の危険をちらつかせて黙らせた。娘のほうは親を人質にしたも同然だ。

楚峻の根っこは最初に感じたような誠実で建築物だけを眺めていたい、朴訥《ぼくとつ》とした青年なのだろう。だがただの朴訥とした青年が皇帝から直接声をかけられる官吏にまでなれるわけがない。向き不向き、好き嫌いは横に置いて、彼も彩氏という一族を背負った家長となるべく鍛えられた青年なのだ。そう紅玉は改めて実感した。

「とにかく、何故あなたがこの楼と我が家の侍女にこだわるのかはわかりました。後は互いのため、もうこちらには手を出さないと誓っていただけますか」

紅玉への誤解は解けたのですから、もういいでしょう？　と楚峻が言った。

「さもないと難しいお立場になりますよ。私は許可を得てここにいます。皇太后さまのご不調の原因を探るため、あなたの息のかかっていない侍郎の慶相和殿に一晩、ここで過ごす許しをいただいた。別室に見張りの宦官たちもいる。だがあなたはそうではないでしょう？」

無断で後宮に入っている。そのことを指摘する。

「は、お前たちごときの証言など、簡単にくつがえせる。儂を見くびるな」

「そう言うと思っていました」

楚峻が窓に歩み寄り、外へと合図する。その刹那、周栄款の眼が驚愕《きょうがく》に見開かれた。

「なっ」

地表に、一斉に灯が点《とも》った。

松明《たいまつ》だ。紙燭《しそく》もある。揺れる光が辺りを覆う。地上に星空が生まれたかのようだった。

それらを手に持ち、こちらを見上げているのは、楚峻配下の工人たちだ。

これが楚峻が事前に準備した〈罠〉だ。皆、楚峻と同じく正式に、「皇太后さまがお悩みの楼の呪の真偽を確かめるため」楼への立ち入り許可を取っている。

そしてそれ以外にも。楼を囲む塀の外に光がある。

阿笙が下っ端宦官たちを集めてくれていた。皆、深くは聞かず、ただ、周家の嫌がらせをやめさせるため、という紅玉の言葉に集まってくれた。それらを腕で示して楚峻が言う。

「さすがのあなたもこれだけの数の口を封じるのは容易ではないでしょう?」

それに、と楚峻が付け加える。

「我が一族の紅玉は、恐れ多くも皇帝陛下の覚えめでたい娘です。たとえ工部尚書であり周淑妃様の父であるあなたでも、無体をすればただでは済みませんよ」

さらにはったりをかます。ここまで言われれば、栄款も逆らえば身の破滅だとわかったのだろう。騒ぐのはやめておとなしくなる。だがそれでももう一度、食い下がるように言った。

「本当にそこにいる娘は、この楼に眠っていた娘ではないのだな？」

「違います。ただの侍女です。我が家の遠縁の」

ただ、と楚峻が小さな壺《つぼ》を差し出す。骨壺だ。中には本物の女の骨が入っている。証人たちの翻意だけでは押しが足りないと、楚峻が祖先の廟を暴き、持ち出してくれたものだ。

「封印を破り、中に入った時、臥榻が一つだけ置かれていました。そしてその上にこの骨が。あまりに哀れなので拾い上げ、墓に入れてやろうと持ち帰りましたが、もしやこの骨の主があなたの言う、周一族の宿願である娘ではありませんか？」

骨壺の中を見せられて、栄款が声にならない叫びをあげた。頽れる。

今度こそがくりと肩を落とし、栄款が独り言のようにつぶやいた。

「……頭ではわかってはいたのだ。百年の時を超えて蘇《よみがえ》る娘などいるわけがない。だが少しは期待していた。手に入れれば朋家を越せるかもと。百年だ。百年経っても我が周家は懐刀とは名ばかり、朋家の犬としてこき使われる日々だ」

言って、「取り引きだ」と、楚峻を見上げた。

「お前の思惑通り、周栄昇の言葉は教えたのだ、今夜、儂がここに来たことは忘れろ」

「いいでしょう。あなたももう一つ、我らと取り引きしてくだされば」

我が彩家が求めるのは、後宮に入った我が叔母の安寧です、と楚峻が言った。

「これ以上、叔母への嫌がらせをしないと書いた誓詞に判をいただければ、胸に秘めます。楼の解体も周家にお譲りします。私にあなたがたほどの思い入れはありませんから」

それはきちんと呪術の心得のある周家に解体は任せたほうがいいとの判断もあったのだろう。彼はちらりと紅玉のほうを見たから。

「わかった。彩才人には手は出さん。ただ……娘は、淑妃様はこの言い伝えを知らん」

他家へ嫁がせる娘だ。女は口が軽いと、一切教えていない、と彼は言った。

「儂が誓詞を書いたとて、あれを止めることはできんぞ。何しろ正一品をいただいた周淑妃様だ。父親ごときの言いなりになることはない、そう吹き込んだ者が傍にいるのでな」

楚峻が差し出した誓詞に名を書き、血判を押しながら栄款が言った。え？　と紅玉は思わず栄款の顔を凝視する。

「あの蛇。そもそもあんな不確かなものを使う必要はなかった。責任者に罪を持っていくなら現場の足場にでも細工すれば済む話だ。それをあのように、へたをすれば皇帝の暗殺未遂などという大罪が我が身に跳ね返るような物騒な方法など、儂はやりたくなかった。それを強行したのはあの女、淑妃様の威を借りた女狐《めぎつね》だ」

「それはもしや袁昭儀さまのことですか？」

「ああそうだ。淑妃様は箱入りだ。初めて得た〈友〉とやらに浮かれてな。これでも何度か諌《いさ》めてはいるのだ。つい先日も何やら企んでいるようなので釘《くぎ》は刺したが、遠い後宮の奥におられては儂の声も届かん。儂を抑えてもあの女狐がいる限り、彩才人の安全は保障できんぞ」

楚峻を見て馬鹿にしたように笑う。それで簡単に誓詞を書いてみせたのか、この男は。その態度を見ると、すべてを暴露し、周家に報いを受けさせたい気持ちが沸き起こる。

（でも）

紅玉の脳裏にこの時代に来て知った人々が浮かぶ。楚峻、彩才人、明蘭、玲珠の侍女仲間たち。それに……女道士の鳴果。周家とは縁戚にある、少なからず因縁のある人たちだ。周家の罪を暴けば彼らはどうなる？　周栄款は道連れとばかりに紅玉の不審な点や彩家との姻戚関係も口にするだろう。彩家は紅玉の身分詐称に関わったとはいえ、百年前の陰謀には関わっていない。連座はないと思うが、なまじ楚峻と栄昇が似ていることを知っている紅玉はためらう。

だが失敗したという呪のことを聞いて、一つだけ思ったことがある。

百年前の呪はもしかしてあの場に紅玉がいたから狂ったのではないだろうか。あの時、紅玉は鷲皇子を突き飛ばした。本当は鷲皇子を犠牲にする呪だったのでは。尊い存在を捧げるほうが効力があるというのは呪の基本だ。

（なら、私は鷲皇子さまをあの場から逃がすことだけはできたの……？）

少しだけ肩の重荷が下りる。まだ正史を確認していない。蓉皇后以外の皆がどうなったかはわからない。まだ楚峻に訊ねる勇気もない。それでも百年前のことを少しでも知れてよかったと思う。

ここが落としどころなのかもしれない。自分たちはこれ以上の彩才人への手出しさえやめてもらえればいいのだから。蓉皇后のことは……真実を知りたい、だが知りたくないというこの今の落ち着かない気持ちは、紅玉個人のものだ。彩家の人たちは巻き込めない。

背を向け、「行こう」と楚峻が紅玉をうながす。

工人たちには予定通り、一晩、楼を見張った後、資材通路から帰ってもらうことにして、阿笙がつれてきてくれた宦官たちにはお礼を言って解散してもらう。楚峻も彼らに感謝の鍋会の具材を、彩才人を通して送ると約束してくれた。

そして楚峻は彼が立ち入れるぎりぎりの、楼を囲む門のところまで紅玉を送ってくれた。

「とにかく、助かった。ありがとう」

楚峻が言った。後は周淑妃、いや、袁昭儀の動向さえ注意すれば平和に暮らせる。

「君のおかげだ。君は本当に我が家を守るために使わされた仙女かもしれない」

楚峻が冗談めかして目を細めて、紅玉もつられて微笑《ほほえ》む。

これで終わった。今度こそ。

そう、その時の紅玉は信じていた。すぐにその予想が覆されることになるなどと、思いも寄らずに。馬鹿だった。周栄款と消極的ながら不可侵の誓約を結ぶことができたのだ。

その勢いで一気に周淑妃と袁昭儀まで切り崩せばよかったのに。このまま事を荒立てず嵐が過ぎるのを待とうと消極策に出た。戦局を見誤った。おかげで反撃された。

翌朝のことだった。また因縁をつけられたのだ。

嘉陽宮の苑《その》で蠱毒《こどく》の呪が見つかり、それは彩才人が行った朋皇太后への呪詛《じゅそ》だと、周淑妃に訴えられたのだ。

3

見つかったのは古い壺だった。中には蟲《むし》たちの死骸が入っている。

忌まれる呪の中でも最も重い呪、蠱毒だ。

関わった者は絞首刑に処すと律令にも記されている。蛇、百足《むかで》、毒蜘蛛《どくぐも》など百種の毒蟲を一つの壺に入れて土中深く埋め、生き残ったものを呪に使うというもの。周淑妃の言い立てによると、朋皇太后の最近の不調はこの呪が原因だというのだ。

今回、彩才人に容疑がかかったのは、やはり嘉陽宮に大量の荷が運び込まれていたため。それと、彩才人の侍女、明蘭が穴を掘り、壺を埋めているのを見たという証言が複数あったからだ。不審に思って掘り返すと、これがあったと。

「わ、私、知りませんっ」

明蘭が主張する。

「そなたが埋めたのではないのか」

「う、埋めたのは私ですけど、それは周淑妃さまのご命令で」

「何故、周淑妃さまがわざわざ彩才人の侍女であるそなたに言いつける。いい加減にせよ」

訴えを受け、調べに乗り出した宮正の詰問に、明蘭がぐっと詰まる。

やっと彩才人の首を押さえられたと満足顔の周淑妃は、わざわざ耀庭宮に彩才人と二人の侍女、それに宮正や他の宮殿の妃嬪たち、それに皇后までをも呼び出して、見世物状態で宮正の調べを傍聴している。己を呪った娘が捕まったと皇太后のもとへも使いが走ったので、憎い犯人見たさに、牀から起き上がった皇太后までもが輿《こし》でこちらに向かっているそうだ。

紅玉は周淑妃の侍女たちの最後尾にいた。手を握り締め、床に膝をついた彩才人たちを見ている。

違う。明蘭は嘘は言っていない。いつもの嫌がらせだ。周淑妃は人の嫌がる汚れ仕事をよく押しつけてくるのだ。たぶん明蘭は中身を知らされず、埋めてこい、とだけ命じられたのだろう。侍女たちはそれぞれの主に迷惑をかけないため、いつも黙って従うから。

だがそれを言っても聞いてはもらえない。自分が主のためを思ってしたことで、逆に主を危機に落としているのだ。明蘭はもう蒼白だ。

古来、呪詛を行ったと、疑いをかけられた時ほど始末に負えないことはない。そんなことはしていない、それを証明できないからだ。証拠の品を埋めるところを見た、そんな偽証言一つで窮地に追い込まれる。

周淑妃は事の重大さがまだわかっていないのかもしれない。疑いを持たれた者がどんな処遇を受けるか。お嬢さま育ち故に知識では知っていても感情はついていっていない。だが袁昭儀は。知っている顔だ。

あれから阿笙に袁昭儀のことを調べてもらった。袁家は代々、都で官吏を務める名家だ。だが最近は当主の放蕩《ほうとう》がたたり家が傾いていた。そこへ豪商が娘を嫁がせた。それが袁昭儀の母だ。袁昭儀の人に取り入る術《すべ》、頭の回転の速さは母方から受け継いだのだろう。

(あの時、鳴果が叱責を受けていたのは、きっとこのことだ……)

周家の伝手で毒蟲を集めたのだろう。逆に言うと商人に伝手のある袁昭儀が、わざわざ周家の伝手を使って毒蟲を鳴果に取り寄せさせたのは。

(もし策がうまくいかなかった場合、周淑妃にすべて罪をかぶせるつもり?)

周淑妃がいなくなればあの宮殿の次席は袁昭儀。新たな妃を入れることに消極的な皇帝のこと、そのまま袁昭儀の地位を繰り上げ、耀庭宮の主にするだろう。成功しても失敗しても袁昭儀に損はない。そう計算したのだ。

(こんな人にしてやられるなんて……!)

周栄款の言葉をもっと重く受け止めるべきだった。あの時、一筆書かせただけで栄款を放すのではなかった。自分はまだ甘かった。しかも一通り明蘭からの聞き取りを済ませた宮正の宮官が、紅玉にも部屋の中央に出るようにと命じる。

「彩紅玉か。そなた、古い事例に詳しいそうだな。なら、呪の知識もありそうだ」

「違います、知りません」

「それに確か毒蛇を捕らえたのもそなただったな。扱い慣れているではないか。あれは勝手な侵入を許した庭師の怠慢ということでかたがついたが。本当のところはあの蛇はそなたのところから逃げ出したものではないか」

蛇も古事もこじつけだが証明のしようがない。頭の中を誰かに見せることはできない。

裁きの場に共に跪《ひざまず》いている彩才人がこちらを見た。一度あなたに救われた命だから今度はあなたに返す番、とその眼が言っていた。

駄目、と必死に伝える。そんなことをしてほしくて周淑妃のもとへ行ったわけじゃない。

どうする、どうする。せめて時間が欲しい。これが冤罪だと、作られた罪だと証明できる時間が。このまま連行されたら終わりだ。即、尋問という名の拷問《ごうもん》が待っている。か弱い彩才人など杖の一叩きで骨が折れてしまうかもしれない。必死に訴える。

「お願いです、どうか時間を、私に真相を調べさせてくださいっ」

だが当然、聞き入れられない。宮正にうるさいと殴られて終わりだ。

そこへ、「何事か」と、声が聞こえた。先導の宦官に案内されて現れたのは皇帝だ。

(あ、来てくれた……)

この前、気まずい別れ方をしたのに。いつも危機になると助けに来てくれる。今ほど彼が頼もしく見えたことはない。皇帝は一瞬、殴られた紅玉の頰《ほお》を痛ましげに見た後、説明せよ、と皆を見回した。一通り、周淑妃と宮正から話を聞き、皇后の意見をも訊ねた皇帝は、「調べたいというのなら、調べさせてやれ」と、言った。

「その娘が出入りしたという書院は呪とは関係のない絵図が納められた場所だ。前に彩家の者と話した折にその娘の素性も話に出たが呪術など関係のない家系であった。蟲毒のやり方を知っているとは思えぬ。……が、朕が言っても皆は納得せぬであろうな？」

大家のお言葉を疑う者などおりませぬと周淑妃が淑《しと》やかに頭を下げたが、それが本心でないことは丸わかりだ。ちょうど皇太后の輿も到着して、周囲の空気は〈犯人〉を明確にしなくては収まらない流れになっている。

それらを見回して、皇帝が鷹揚《おうよう》に言う。

「故に、間を取って、彩紅玉に身の証を立てる時間を与えてやれ。彩才人とその侍女たちをここへとどめ置けば、逃亡の危険もないだろう。そもそも兵が護る後宮から、娘一人が抜け出るなどできぬ。そして時間は。そうだな、朕が周淑妃と碁《ご》を打つ、その間でどうだ？」

言葉の後半は周淑妃に微笑みかけて、皇帝が言った。いつも妃に好ましい表情は向けるが、特定の誰かと長時間を過ごすことはない人だ。その人が周淑妃を名指しで、時間のかかる碁の対局を所望した。なかなか渡りのない皇帝と対面で口説ける好機だ。

「よいお考えです、大家。お相手仕ります」

誰か、早く用意を！　と、一も二もなく周淑妃が賛同する。螺鈿《らでん》細工の碁盤がすぐに用意され、皇帝を寛《くつろ》がせるための茶菓も運ばれる。周囲の目も華やかな皇帝とその妃の卓へと集まって、宮正たちが不快そうに眉を顰める。紅玉はほっとした。

皇帝と周淑妃の傍には彩才人と侍女二人が残され、人質になることになったが、名人同士の対局は決着がつくまでに時間がかかる。三日三晩、相対し続けたという逸話まである。周淑妃は妃となるべく育てられた名門の令嬢だ。当然、碁もきっちり師について仕込まれている。夜をまたいでの対局になれば皇帝の泊まりもあるかもしれない。新しい後宮で初めて褥《しとね》を共にした妃となれるかもしれない。必死に時間を引き延ばしてくれるだろう。

皇帝が目配せをしてきた。ここは任せろ、早く行け、と。

しかもさりげなく近づいてきた皇帝付きらしき太監がそっと後ろ手に小さく畳んだ紙を渡してくれる。きっと事件の真相に近づくための情報だ。

（ありがとう、〈雉奴〉！）

深々と頭を下げると、紅玉は彩才人たちに目をやる。必ず無実の証拠を持って帰るからと、視線に乗せて約束する。そして立ち上がった。

時間が惜しい！　紅玉は扉の外へ出るなり裙《くん》を翻して走り出す。

皇帝の碁の腕がいいことを、周淑妃が彼を引き留めるために粘ってくれることを再び天に祈りつつ、阿笙を探す。彼は心配して同輩たちと共に耀庭宮の院子に控えてくれていた。

走り出てきた紅玉を見るなり、「彩小姐！」と駆け寄ってくる。

彩才人さまは、明蘭さんや玲珠さんは、と安否を訊ねる彼に、彼女たちは無事だと知らせて、一局終わるまでになんとしても証拠を探さなくてはならないことを伝える。そして頼む。

「お願い、力を貸して」

「水臭い、当然じゃないっすか」

そして彼は同じ下っ端仲間だという宦官たちを紹介してくれた。昨夜、楼の周囲に集まってくれた宦官たちだ。紅玉の記憶にあるより数が増えている。嘉陽宮から耀庭宮へと紅玉が抜けた後も阿笙は立派に鍋会を続けて、味方を増やしてくれていたらしい。

「昨夜、楚峻さまからもこれからも彩才人たちを頼むって言われましたしね」

「豪華鍋素材もいただけるっていうし、絶対、俺たちが無実を証明してみせますから」

初対面の宦官たちまでもが口々に言ってくれる。その背後では、腹が減っては調査ができぬと、袁昭儀が周淑妃のもとに詰めて不在なのをいいことに、尚食の下っ端宮官たちが炊き出しを始めてくれている。うまそうな汁と蒸し饅頭《まんとう》の匂いが辺りに満ちた。

「……皆、ありがとう」

本当に、いい人ばかりだ。感謝を示して、「どうか私たちに力を貸してください」と改めて彼らに頼む。そして紅玉は太監を通してこっそり渡された皇帝の書き付けを広げた。

それは蟲毒の壺に入っていた、蟲たちの種類の一覧だった。

皇太后が呪われた、ということで、蟲毒が見つかった際にすぐ皇帝直属の道士の手に渡されたらしい。皇帝付きの道士たちはさすがだった。食い散らかされて殻だけになっていた蟲も多いのに、きちんとすべて仕分けて、種類を書き出している。素材となる蟲の種類によって蟲毒の強さや方向性が変わるので、皇太后を救うために必死に調べたらしい。

(雉奴、本当にありがとう!)

これがあれば後宮から一歩も外へ出られない明蘭が真実、あの蟲毒の蟲たちを用意できたかどうかを証明できる。お願い、と宦官たちに頼む。

「後宮の苑にここに書かれた蟲がいるかいないか、教えてほしいの。明蘭がこの蟲たちを揃《そろ》えることができなかったって証明させて」

できれば、周淑妃たちが蟲を集めていた、と証明できればもっといい。

実物は知っていても道士たちが使う名称を知らなかったりする下っ端たちに一つ一つどんな蟲かを説明していくと、そのうちの一つに皆が反応した。

阿笙が「無茶言っちゃ困りますよ」と、笑う。

「後宮は広いとはいえ、クサチタナグモなんて虫、さすがにいませんよ。俺らは太監の折《せっ》檻《かん》から逃れるのに、床下から空井戸の中と、隠れまくって隅の隅まで知ってるんです」

ということは。これは外から持ち込んだ蟲ということだ。

後宮内だけで百もの毒蟲を集めることができなかったからだろう。他にも何種か阿筆たちが「絶対に後宮じゃ手に入らない」と保証する蟲がいる。紅玉は過去の知識を引っ張り出す。百年前、蓉皇后や皇帝を狙った暗殺未遂事件は哀《かな》しいが何度かあった。中には蟲毒もあったし、毒蟲を牀に忍ばせていたというのもあった。

取り調べに同席した皇后のお供で裁きの場に出た時、係の官吏が読み上げていた書状を思い出す。犯人たちはどこからあれらの毒蟲を仕入れていた？

（……あの時の周淑妃さまと鳴果の会話がそうだと思うのだけど）

蛇を仕入れた商人、あれを持ち込む伝手。確かそんなことを言っていた。だがどうやって証明すればいい。自分が聞いた、というだけでは証拠にならない。

「そうだ、文があった！」

あの時の周淑妃は父親からのものらしき文を手にしていた。それは証拠隠滅に燃やしたとしても、返事を書いただろう。秘密の文だから代筆ではなく直筆で。ならば文具を扱いなれている祐筆とは違い、人にかしずかれるのが当たり前で育っている周淑妃が、何かを処分し損ねているなどということはないだろうか。

「反故紙《ほごし》とか……、重ねて書いたなら下の紙に墨が写ってるかも」

それに墨を乾かす時にはどうする？　砂をかけたり紙を置いて吸わせたり。人に世話されるのに慣れている周淑妃のことだ。届いた文を自分の手で燃やすくらいはするだろうが、そんなささいな〈塵《ちり》〉を片づけるだろうか。そして紙はいまだ貴重だ。わずかな汚れがついた程度の紙なら捨てられていても誰かが拾っているかもしれない。

「阿笙、お願い」

「任せてくれっす、塵のことならなんでも知ってますよ」

さっそく阿笙が耀庭宮の塵捨て担当の宦官に会いに行く。他に何かないか懸命に思い出す。ふと、鳴果の腕の疵を思った。蛇の嚙み痕。蟲毒には蛇も使う。

「あれって、蟲毒をする時に嚙まれたんじゃ……」

女道士と大層な肩書を押しつけられているが、中身は幼い身で親から引き離された十三歳の少女だ。誰にも相談できず、膿んだ患部を隠して震えている。

あの傷を医師に見せれば、周淑妃が関わっている何よりの証拠になる。

彼女が蟲毒に関わっていることも暴露することになるが、あの子はまだ幼い。命じられたのだ、脅されたのだとなんとか情に訴えられれば。いや、もっといい方法がある。

紅玉は耀庭宮の中を探した。殿舎の階を駆け上がり、一人ぽつんと椅子に座っていた鳴果を見つける。「あのね、迎えに来たの」と話しかけて、今、彩才人や自分たちが置かれている立場、無実の証拠を見つけるために動いていることをすべて話す。そしてそのうえで頼む。

「お願い、協力して。すべては袁昭儀と周淑妃が行ったこと。それを証言して」

鳴果が感情のない、死んだような眼でこちらを見上げる。当然だ。そんな証言をすれば実行犯として鳴果も処断されるのだから。でも、

「あの蟲毒は皇太后さまを殺《あや》めるためのものではない。手心が加えてあった。だって皇太后さまは寝込まれただけで、お命に別状はないから。そこを訴えるの」

周栄昇が百年前、蓉皇后を陥れるのに使った手と同じだ。

「あなたは脅されていやいや実行させられた。だけど肝心なところで別のものにすり替えた。皇太后さまの命を守るために。そして仲間になったと見せかけて内情を探っていたの」

そう証言してほしい。頭を下げて頼む。あなたを周淑妃と袁昭儀の枷《かせ》から解放してあげるから、と。どれくらい説得を続けていただろう。ぽつりと鳴果が言った。

「……証言する」

鳴果のすべてをあきらめたような顔に精気が戻っていた。泣かずに済む生き方ができるように頑張る、抵抗すると彼女が言った。

そこへ楚峻が阿笙に伝言をよこす。「朋家に取り引きを持ちかけた」と。

最近、力をつけてきた周家のことを朋家は疎ましく思い始めていた。なので楼の呪の真相を話し、皇太后を呪った本当の犯人は周淑妃であることも話したと、伝言と共に渡された書き付けには書かれていた。

「朋家の家長、朋宰相に直接持ちかけた。百年前に行われたあの楼の秘密を知っている。黙す代わりに、今回の蟲毒騒ぎでは沈黙を守ってほしいと。その代わり、今後は彩家が周家が担っていた建築と呪部分を補うと言って、協力を取りつけた」

紅玉は楚峻が清廉のみの道を行くのではなく、汚濁をも併せ飲む道を選択してくれたのを知った。すまないと思う。だが受け取る。これしか生き残る道はないから。

朋家は、周家を切り捨てたのだ。

証拠は少ないながらも手に入れた。

阿笙が反故紙を売り飛ばすために貯めていた宦官から、周淑妃のもとから出た紙を回収してくれた。うっすらとだが、残った字が読める。それと合わせて、仕事の早い楚峻が朋家の伝手で南方の毒蟲を扱う商家の取り引き記録を調べてくれた。そこにはあの毒蛇のことも書かれている。クサチタナグモや他の蟲のことも。そして……顧客に誰がいるかも。

これで周淑妃を告発できるだろう。

紅玉は、きりっ、と表情を引き締めた。負けない。証明してみせる。

「お待たせいたしました、中の皆さまにどうかお取り次ぎを。証拠の品をお持ちいたしました」

膝をつき、拱手して告げる。取り次ぎの宦官が皇帝と周淑妃に紅玉の帰還を知らせてくれた。

中に招き入れられた紅玉は、次々と証拠の品を出し、皆に示した。

周淑妃が外部の人間には手に入れられるはずのない証拠の数々に蒼白になる。もしや侍女や家の者の誰かが裏切ったのでは。その疑心暗鬼になった隙を突き、とどめの一枚を取り出す。

「ですがこれらは周淑妃さまの名を借り、袁昭儀さまが行われたことですね。周家のお父上にも確認を取りました。憂えておられます。側近は人を選べ、と文をいただきました」

それは楚峻経由で得た、周栄款の直筆の文だった。娘のしでかしたことで蒼白になった栄款は、以後は必ず娘の監督は自分がやると楚峻に誓ったうえで、どうかこれで淑妃の立場を守ってくれと、この文を託したのだ。朋家にも見捨てられた今、もはや罪を誰かに転嫁することでしか、淑妃の減刑は望めないから。

周淑妃は父からの文を読んでもまだぴんと来ていないようだ。それとも袁昭儀への友情から動けずにいるのだろうか。そこに代わりに動いた者がいる。侍女頭だ。

「恐れながらっ」

どうか直答をお許しください、と侍女頭が声をあげる。皇帝の前に身を投げ出し、声高に訴え始める。

「この宮殿の誰もが知ることです。袁昭儀さまは周淑妃さまのもとに入り浸り、周淑妃さまがまだ年若くあられるのをいいことに、耀庭宮全体を己の好きにしていたのです」

袁昭儀にすべての責を取らせ、周淑妃を守る。周栄款の意図を熟練の婦人は正確に読んだ。額を床につける。

取るに足らない侍女が皇帝に訴えた。そして皇帝はそれに耳を傾けている。それを見て、さらに人が動いた。

「私もっ」

勇気を振り絞ったらしい耀庭宮の妃嬪の一人、徐昭媛《じょしょうえん》が声をあげる。訴える。

「周淑妃さま、いいえ、袁昭儀さまが他の妃嬪や侍女を使うのはいつものことなのですっ。私どもは毎日、嫌がらせを受けてっ」

ここが勝敗の分岐点。袁昭儀の支配から逃れるまたとない機会と見て、「私も」「私も」と、今まで袁昭儀に虐《しいた》げられてきた下級妃嬪とその侍女たちが次々と立ち上がる。床に額《ぬか》づき、皇帝に袁昭儀の断罪を乞う。それは翻って周淑妃の減刑を願う声にもなった。

追い詰められた袁昭儀が叫ぶ。

「蟲毒も蛇も知らないわっ。私は何もできないお嬢さまのしり拭いをしていただけでっ」

この期に及んで、袁昭儀が周淑妃に罪を押しつけようとしている。友と信じていた相手の裏切りに、周淑妃が茫然としている。

袁昭儀は自分は無実だ、悪いのはすべて周淑妃だとねばる。が、それに耀庭宮の他の妃たちが反応した。ここで袁昭儀を封じなかったら、反撃を受ける。自分がやられる。そう敏感に察した女たちが袁昭儀への攻撃をさらに強める。次々と実際に袁昭儀が行った悪事が皆の前にさらけ出され、中の一人が袁昭儀に蟲を集めるように言われた、と天に誓って証言した。その蟲の名は、例の蟲毒に使われた蟲の一覧と一致した。

それらの言葉は一字一句違えず、皇帝に付き従う記録係が記録している。これは公文書だ。はっきりと証拠になる。だからこそ皇帝は周淑妃のもとで碁を打つなど、彼女の傍から離れなかったのだろう。皆の言葉を記録させるために。記録官は皇帝にしかつかないから。

そして今までおっとりと事態の推移を見守っていた皇后も動いた。

「……そういえば。先の斎会《さいかい》の折にも。袁昭儀は彩才人の侍女に刺させた刺繍を、周淑妃の刺したものとして皇太后さまに言上していましたね」

優雅に腰かけた椅子の上で、美しい手巾を揺らしながら、「ねえ、皇太后さま」と、伯母に語りかける。

それは不仲であった朋一族の二人の妃が、後宮に紛れ込んだ毒を取り除こうと、手を結んだということ。男たちが仕切る外朝では声高に互いを糾弾し議論して行われる方針の決定が、ここでは鈴の音を転がすような美声の囁《ささや》きで行われる。

大勢は決した。

「後宮内のもめ事は本来、皇后が裁くものだが。たまたま朕が立ち会ったのだ、このまま沙汰を申し渡そう」

皇帝が聖断を下す。

「袁昭儀を捕らえよ。法にのっとり、後日、正式な罰を言い渡す」

そんな、大家っ、と、袁昭儀が悲鳴をあげる。今まで公然と賄賂を受け取り好き放題やってきた袁昭儀だ。余罪もいろいろあるだろうが、何より皇太后に対して蟲毒を仕掛けたのだ。断首は免れないだろう。床に額づいた他の女たちもそれを思ってか、恐ろしげに身を揺らす。

そして皇帝は周淑妃に向き直った。

「周淑妃、そなたは降格だ。淑妃の位を取り上げ、以後は周昭儀とする。住まいも皇后の宮へと移す。名を呼ばれるたびに己のしたことを悔い、以後は皇后を範とし、後宮の妃にふさわしい行いを心がけるがよい」

「どうしてっ」

周淑妃が立ち上がる。父の指示通りにしたのだ。自分は無罪、袁昭儀という腹心は失ったが、今まで通り暮らせると思っていたのだろう。相手は皇帝だというのに食ってかかる。

「悪いのは私を騙《だま》していた袁昭儀だわ、私は何も……！」

「口を慎め、周昭儀！」

凛とした声で、皇帝が叱りつける。いつも人当たりのよい面ばかりを見せていた皇帝の思わぬ厳しさに、周淑妃、いや、周昭儀がびくりと体を震わせる。

「そなたが何も罪を犯していないだと？　上に立つ者は下の者を労わり、治める義務がある。それを怠りこのような騒ぎを起こしたのは誰だ」

「そ、それは……」

「なんのための職務と淑妃の位か。確かにそなたは袁昭儀に威を借りられただけかもしれぬ。だがここにいる彩紅玉が真実を解き明かし、そなたの父の言葉を伝えねば、そなたが一族と共に罪に服さねばならなかったのだぞ。そのことの意味をよく考えよ」

びしりと言い放った皇帝がふり返り、残った妃嬪たちに申し伝える。

「主不在となった耀庭宮は今後、次席の徐昭媛が治めるがよい。そして告発された彩才人とその侍女たちに罪はない。よって無罪。今まで通り才人として朕に仕えよ。住まいは嘉陽宮にするもよし、悪妃のいなくなった耀庭宮に戻るもよし。好きにするがいい。それが騒ぎに巻き込まれ、何度も気苦労をかけたそなたへのせめてもの労《ねぎら》いだ。よいな」

それでいかがでしょう、母上、と皇帝が皇太后に確認をとる。

すべての退路を断たれた袁昭儀が泣きわめきながら宦官に引きずられていって。残された周淑妃が茫然と床に座り込む。そこへ退出するために立ち上がった皇太后が声をかけた。

「愚かなことをしましたね」

哀しげな表情をした皇太后はすでに実家からも周淑妃を切るようにとの言伝《ことづて》は受け取っていたのだろう。そして己の命を狙ったのが誰かという真実も。表情こそ慈悲深い皇太后のものだが、その眼差《まなざ》しは冷たい。

「いくら彩才人が気に食わなくとも、鷹揚に構えておればよいものを。袁昭儀などという小者に惑わされて。そなたに淑妃の位は荷が重かったよう。私の見込み違いであったか」

放たれた蟲毒は、皇太后の身を確実にむしばんでいた。

己を危険に曝《さら》した者たちを前にして、皇太后は一切の迷いもなく、速やかに皇帝の断に同意した。

終章――時を超えた想い

皇帝の聖断から一夜明けた、翌日の午後のこと。

突然、主《あるじ》の変わった耀庭宮《ようていきゅう》では、余罪の追及と引っ越し騒ぎに、宮官や宦官たちが走り回っていた。

紅玉《こうぎょく》は周淑妃《しゅうしゅくひ》の侍女を務めていたが、もともと彩才人《さいさいじん》の侍女で一時的に周淑妃預かりになっていただけ。そう宮正《きゅうせい》たちに認めてもらい、無事、彩才人のもとへ戻れることになった。

だが他の周淑妃に仕えた者は侍女頭も含め、皆、一時冷宮《れいぐう》預かりとなり、袁昭儀《えんしょうぎ》の余罪追及も含めて事情聴収を受けることになった。侍女頭は連れていかれる際に薄く笑って、「私たちには周淑妃さまをお諫《いさ》めしきれなかった罪があるから」と言った。侍女の運命は主次第なのだと、紅玉は思い知った。そして冷宮送りになったのは侍女や宮官たちだけでない。

あの道士の少女、鳴果《めいか》も。捕らわれた。

紅玉は特別に面会許可をもらい、冷宮へと鳴果を訪ねた。

鳴果は袁昭儀の罪を内偵していただけだ。そう主張した。皇帝にもそれを認めてもらえた。だが完全に無罪放免とはならなかった。袁昭儀の犯した罪の裏づけ確認も含め、周淑妃に仕える道士として、蠱毒《こどく》を行った実行犯として調べを受けることになったのだ。

四半刻だけですので、と、番人に言われて、鍵のかかった格子扉越しに彼女と会う。

傷がないことにほっとする。そんな紅玉に淡々と鳴果が言う。

「打たれる前に、すべて話したから」

それから、「誓詞のことが心配で来たのでしょう?」と言った。

「誓詞?」

「あなたの主人の血判が入った、あれのこと」

それで紅玉は以前、周淑妃の嫌がらせを回避するために彩才人に書いてもらった誓詞のことだと思い当たった。

「違うの。あなたに会いたくて。顔を左右にふって否定する。

「謝りたくて。……結局、冷宮送りにしてしまったから」

侍女失格だが、鳴果のことが気になって他に気が回らなかった。わかってると鳴果が言った。

「最後に言ってほしかっただけ。そう言ってくれるのはここではあなただけだろうから」

一人で消えていくのは嫌だから。彼女はそう言った。

罪を免じられたとはいえ、鳴果はもう後宮では働けない。かといってこんな失態を犯した娘を淵《えん》一族が温かく迎えるとは思えない。彼女には辛《つら》い暮らしが待っている。だがここよりはましよ、家に帰れることになってほっとした、と鳴果が言う。

「私はあなたと違って家に私をぶつ人はいないから。父も母も元気で、私を待ってくれている。そのお礼というわけではないけど、教えてあげる。安心して。誓詞は呪を気味悪がった周淑妃さまに代わって袁昭儀さまが結んだの。だから袁昭儀さまが命を落とした時点で無効になる。誓詞も灰になるわ。後は自由にしたらいい。嘉陽宮の大きな岩の下に隠しているから、後で灰になっていることを確かめて」

「え、嘉陽宮って」

「耀庭宮に置いておくのは不安だったから。あそこへは何度も行った。他にも呪具を隠してたから。楽しそうだった、鍋会。温かい鍋を私も食べてみたかった」

駄目、涙が出てきた。

何も言えず涙を流す紅玉の頰を、格子の隙間からそっと鳴果がなでた。

「ずっと生きた形代《かたしろ》として扱われてきたの。ここでは。だから最後に反抗してみたかった。あなたのおかげで、あの袁昭儀にぎゃふんと言わせられた。ありがとう」

もはや〈袁昭儀〉と、さま、もつけずに彼女は言った。それに、ぎゃふん、という言葉。よく明蘭が口にしていた言葉だ。もしかして鳴果は嘉陽宮で鍋会以外の時も覗《のぞ》いていたのだろうか。

もう呪術なんてたくさんだ。だけど鳴果とはもっと一緒にいたいと思った。

「……生さえあればって前に言ったよね」

小さく言った。

「もしかしたら私がうんと偉くなって、あなたを自分のお抱え道士に呼び寄せるとか、そんな未来だってあるかもしれない」

夢物語だ。だが蓉皇后たちとは違い、同じ時代に生きることができているのだ。再会の希望くらい持ってもいいではないか。そう言うと、

「わかった。待ってる」

鳴果が初めて笑ってくれた。

時間だと番人が呼びに来て、鳴果と別れる。もうここに来る許可は下りないだろう。未練がましく冷宮を振り返る。だが立ち止まってはいられない。

この後、紅玉は皇帝から呼び出しを受けている。

褒美を、と言われたのだ。


冷宮の番人に金を渡し、鳴果のことを十分に頼むと、外へ出る。龍袍《りゆうほう》を着た皇帝がいた。すでに供の者も声が聞こえないように遠ざけてある。……周淑妃に連座した周栄款《しゆうえいかん》に話を聞いたのだろうか。彼の顔からは何も読み取れない。皇帝が言った。

「紅玉、と呼んでいいのだな」

この人はどこまで気づいているのだろうと思った。

周栄款に疑いを持たれた日の夜、彼から文が届いた。使え、と。身代わりの娘と会ったらしき門番たちの勤務表を記してあった。それがあったから紅玉は門番を脅しに行けた。正直、周栄款にざっと見せられただけでは、門番たちの名を覚えるのは無理だったから。その後も彼は追及の場に分け入ってくれたり、蟲《むし》の一覧をくれた。なんの交換条件も示さず、無償で助けてくれた。

礼が言いたくて、真意を確かめたくて、自分の方から雉奴《ちぬ》に会おうとした。だが無理だった。雉奴との、皇帝との距離を改めて感じた。彼のほうから来てくれなければ、自分たちの間の距離はこんなにも遠い。

だからまだ彼がどこまで知っているのかはわからない。だが敢《あ》えて言った。

「はい、どうか今まで通り、彩《さい》紅玉と」

皇帝に願う。本物の彩紅玉はすでに別の名で新しい生を歩んでいる。この時代に他に名乗る名はない。すべてを解き明かし、林杏と名乗っても、もうこの名に付随する人たちはいない。周栄款の言った通りの陰謀があったのなら、そんな大罪に関わった娘の一族などとっくに滅せられているだろう。だから、「褒美は何がいい」と、改めて聞いた皇帝に乞うた。

「では、正史を見せていただけませんか」

国の記録として残っているものを。もちろん後宮の侍女が外朝の書庫には入れない。だが、

「二代皇帝が作られた後宮書庫に、皇城にあるのと同じく、すべての書を納めることは勅命であったはずです。時が経《た》ち、廃止されたと聞きますが、どうか写本の許可を。私に書庫の復活を、空白を埋めさせてください」

簡単にはいかない望みだ。それでも知りたい。

周栄款が言ったこと、楚峻の口の重さ。きっといいことは書かれていない。だが知らなくてはと思う。誰かの口から聞くのではなく、字を読む形ならひどい事実でも耐えられるのではと思った。ようやくその覚悟がついた。皇帝も予測していたのだろう。「ついてくるがよい」と踵《きびす》を返した。

門の外にはすでに皇帝の駕輿《がよ》が待っていた。手続きは済んでいるらしく、そのまま紅玉は後宮の端にある書庫に連れていかれる。そこには棚に納められた布の他に、丸められた竹簡や書が山と置かれていた。

「一時的に運び込んだ。いずれは写本し、棚を埋めるつもりだが、当面はこれで満足せよ」

言って、皇帝が紅玉を一人にしてくれた。竹と紙の山に駆け寄る。幸い年代順に並んでいた。目当ての玄禧《げんき》十年前後を探す。見つけた順に急いで開く。誰に急《せ》かされているわけ

でもないのに手が震えた。読むうちに紅玉の表情が強張《こわば》っていく。

「何、これ……」

淡々とした字で書かれたのは、皇城を舞台に繰り広げられた陰謀劇とその結末だった。

正史に曰く。当時、皇后の座にいた蓉《よう》氏は、皇子を複数産んだのをいいことに、皇統を私物化しようとした。あろうことか己の第一子を生贄《いけにえ》に、皇帝を呪い殺し、第二子を皇帝位に、第三子を皇太子位につけようとした。腹心の侍女に言葉巧みに幼い第一皇子を楼へと誘い込ませ、それを贄としようとした。そう書かれていたのだ。

紅玉は自分の全身が瘧《おこり》にかかったようにがくがく震え出すのを感じた。

言葉巧みに第一皇子を楼へと誘い込んだ腹心の侍女とは、紅玉《林杏》のことか？　周栄款の言葉を聞いて覚悟はしていた。が、想像以上にひどい。

急いで続きを読む。呪具に使われたのはあの対で建てられた楼だと書かれていた。東と西に建てられた皇帝の居城を見下ろす楼が、皇家を守る運気を蓉家のほうへ流すよう方角を計算し、配置されたものだと。皇帝により調査を命じられた礼部《れいぶ》に所属する道士たちが地中を掘り調べると、確かに気脈を歪《ゆが》める形に呪具が埋まっていたと。

馬鹿な。それこそ誰かが歪めた事実ではないか。紅玉は思った。

（そんな、どうして皆こんな話を信じるの？　鷲《しゅう》皇子さまは蓉皇后さまの実子よ？　実の母が子を殺すわけないじゃない！）

鷲皇子は皇太子に立つことが決まっていた。わざわざ皇帝を呪わずとも次代の皇帝は蓉家の血筋が継ぐ。

だが残された史実は、見方を変えて書かれていた。

別の面から見ると、鷲皇子はまだ五歳。皇太子の位は今後、皇帝の寵《ちょう》次第で変わるかもしれない。それを避けるため、蓉氏は臣下の分を越え、外戚が次期皇帝をも決める、強固な垂簾《すいれん》政治体制をとろうとした。それが真相だという。

天に捧《ささ》げる供物は尊いものであればあるほどよい。道教の神は金で買える。術の親和性からしても鷲皇子は皇帝の血を引く。帝室の父祖代々の居城を使って行う術の贄にふさわしい。蓉皇后には他にも次期皇帝となれる皇子が複数いる。それらの事実が決め手となった。

幸い、侍女の一人が密告したおかげで阻止できた。その後は皇后はじめ陰謀に関わった者すべてを捕縛。皇后は自死、三人いた皇子はそれぞれ道院へ送られ出家。他の者たちは蓉一族も、皇子を弑《しい》そうとした侍女の九族もすべて斬首、その体を城外にさらされた……と、名も知らぬ官吏の手で書かれた冷徹な字が、過去の惨劇を知らせてくる。

涙が出た。

今までどこかすべてを夢のように感じていたところがある。百年後に来たとはいえ、にぎやかな宴の最中にここに飛ばされただけ。蓉皇后の最期を見たわけではない。だからここを地続きの異国のように感じて、後宮の壁を越えて馬を走らせれば、懐かしい皆のいる宮殿があるのだと、どこかそんなふうに感じていたところがある。なのに。

「これが事実だと、正史だなんて認めない……！」

（楚峻さまが話さなかったのは、だから……）

あの時、さりげなく視線をそらせていたのは。

放心していると、誰かが書庫に入ってきた。皇帝だ。紅玉はあわてて目をこする。なんでもない顔をする。鷲皇子の面影があると思っていた。だけどこの人は蓉皇后に取って代わった朋《ほう》皇后の末なのだ。

身を強張らせた紅玉に気づいているのかどうか。皇帝が開いた書に目をやった。

「……見ているのは蓉氏の項か。あの一族はもうない。そなたが気にかける必要はない」

目に涙があったことを見られていたらしい。目ざとい。

「正史などつまらん。四角張った字で苔《こけ》の生えたような昔のことを羅列してあるだけだ」

「……どうしてそのようなことを言われるのですか」

ここで何か言えば何をむきになっていると言われる。だけど黙っていることなんかできない。彼からすれば自分も蓉皇后も苔むした過去かもしれない。だがあの時代、確かに蓉皇后は生きておられた。笑って、怒って、皆を慈しんでくださった。

（それを昔のことなどという簡単な言葉で終わらせたくない！）

眼にした内容に気が立っていた紅玉は、思わず言っていた。

「正史が必ずしも事実だとは限りません」

正史とは勝者の声。勝ち残った者から見た、そう残したい、という事実だ。それは通常、前の王朝を倒した新しい王朝が、己の正当性を誇示するために行う改竄《かいざん》だが、同じ王朝内で編まれた正史でも同じだ。その時の権力者が都合よく書く。だから。

「四角張った字とおっしゃいますが、真に養うべきは書かれた字の行間を読む力だと思います。歴史に学ばない者は必ず同じ轍《てつ》を踏みます。ここに記された事象、それらに関わった人々は私たちの祖、己の祖先を知らずに廟《びょう》に祈りを捧げるのですか？　正史とは勝者の記録、真実は人の数だけある、そう主に聞いたことがあります。過ぎ去った時代に生きた人々に想《おも》いを馳《は》せれば、正史のことをつまらないなどと言う余地はないと思います」

きっぱり言って、心が定まった。確信した。この、わざと蓉一族を貶《おとし》める記述の数々に、かえって確信した。蓉一族に罪はない。冤罪《えんざい》だと。蓉一族を陥れた者たちが己の罪を隠すため、後世に間違った事実を信じ込ませるため、ことさらひどく書いたのだと。

陰謀とは、姦計《かんけい》とは誰が起こす？

己の一族を繁栄させるために邪魔な者を蹴落とすために、野心を持つ者が起こすのだ。

（つまり、蓉皇后さまが失脚して、台頭してきた者たちの中に、黒幕はいる）

こんな当たり前のことに何故、気づかなかった。紅玉は自分の意識がまだ後世の歪められた歴史を見ることに慣れていないことを実感した。

まだ当事者のつもりでいるから。あの時、皇后に偽りの顔を見せた人たちの人間関係がどうしても頭にあるから。だから冷静に分析しきれていない。

蓉一族が滅ぼされて台頭してきたのは誰だ？　周一族と朋一族だ。

（つまり、栄昇《えいしょう》さまが関わった）

証拠を差し出した侍女とは、後の朋皇后の絵に残っていた同僚侍女の淵秀麗《えんしゅうれい》ではないか。そういえばあの時、紅玉が眠りに落ちる前に聞いた呪を唱える声は。あの細い抑揚のある女の声、あれは何度も蓉皇后の傍《そば》で聞いた。思い出した。彼女の声だ。それに淵氏は今も周家の庇護《ひご》のもと、道士一族として長らえている。蓉一族のように滅ぼされてはいない。

淵氏と周家も縁戚だと袁昭儀が言うのを聞いたことがある。もしや紅玉がいなくなった後、栄昇が妻に迎えたのは淵秀麗では？　自死させられた皇后の侍女などというなんの益もない娘を娶《めと》ったのは、彼女の密告に報いるためでは。

（なら、私との婚約は？　なんだったの？）

すでに朋一族と手を結んでいた栄昇は、紅玉と婚約することで蓉皇后の信頼を得、懐に入り込んだのでは。そして冤罪を仕掛け告発すべく工作した。

もちろんすべて推測に過ぎない。だが限りなく真相に近いと思う。……証拠すらないが。

気づかず浮かれていた自分が悔しくてたまらない。そんな紅玉を見て、皇帝が言う。

「……そなたは百年も前のことをまるで昨日見たかのように話し、悔しがるな」

はっとした。熱くなりすぎた。

「それに正史が正しいとは限らない、か。そなたの主は博識だ。これからは朕《ちん》も心を正して己の祖と書物に向かおう。進言、心に染みた」

居住まいを正して、皇帝が言った。

「だがそなたの主とは誰だ。彩才人が初めて仕えた相手ではなかったか？　深く話したわけではないが、そのような言を吐く女人には見えなかったが」

訊《たず》ねられて、紅玉は唇を嚙《か》む。自分の正体がばれても雉奴であれば悪いようにしないと思う。が、皇帝をたばかった事実は消えない。彩才人や楚峻たちを巻き込んでしまったら。真実の告白がどう転ぶか。それがわからないと答えられない。

身構えると、皇帝が付き従っている太監《たいかん》たちに向かって言った。

「皆、下がれ」

紅玉は息をのんだ。ただの侍女とはいえ皇帝を誰かと二人きりにするなど危険すぎる。太監たちもそう思ったのだろう。すぐ命には従わずうろたえる。そこへ皇帝が言葉を重ねる。

「聞こえなかったか。下がれ」

威厳ある声に、皆がざっと音を立てて拱手《きようしゆ》し、従う。紅玉は、ああ、この人は皇帝なのだと実感した。そんな紅玉の腕を引き寄せて、皇帝が言った。

「朕のもとに来ぬか」

いっそのこと正式に宮官にならないか、と。

「そなたを一侍女で終わらせるには惜しいと思う。後宮にいたいというのであれば、今は閉めているが、朕がこちらに滞在する際に使う太白宮《たいはくきゆう》を開けよう。阿笙《あしよう》をつけてやるからそこで朕の渡りを待っているがいい」

そなたがいれば面白そうだ、と言って、皇帝が昇格の条件を示した。

「ここにあるのは〈史実〉を書き写した正史だけだが。内朝に行けば代々の皇帝の記録が残っている」

それは皇帝の傍に常に控え、その言葉や行動の記録をとった日誌、〈起居注〉のことだ。皇帝が崩御するたびに編纂され、〈実録〉とされる。

「後世の者たちの眼に触れても美しいよう取り繕われた正史よりも真実に近い。当時、何があったか、玄禧帝が何を聞き、何故その判断をしたか。つぶさに知ることができる。一才人の侍女では無理だが。朕の供をする宮官であれば中にも入れる」

それは、強烈な誘惑だった。

皇帝の私的な記録なら、紅玉の望む真実が記されているかもしれない。玄禧帝が何故、蓉皇后の冤罪を見過ごしたのか。何故、あんなひどい正史が書かれるのを黙認したのかがわかるかもしれない。

ごくりと息をのむ。

この人の手を取れば、真実に近づく手がかりを見ることができる。

これは雉奴の好意なのだろう。身元が不確かな紅玉を、これ以上、周栄款のような輩《やから》の手にかからぬよう、己の宮官として保護しようという。

だがこの手を取る、それはすなわち蛇の事件に次いで、二度目に皇帝の特別の恩顧を賜るということになる。情けが一度だけなら。それは皇帝の気まぐれとして、多少はいびられても生きていける。だが二度目なら。皇帝の傍近くに仕えることになったら。

彩才人のことで思い知った。つぶされる。今の自分では受け止めきれない。

紅玉は硬く唇を引き結び、言った。宮官にはならない、との意味を込めて。

「……それは雉奴としての希望ですか。それとも主上としての命令ですか」

皇帝がはっと手を離した。ずるいことを言った。焚火《たきび》を前にした雉奴がどんなに嬉《うれ》しそうに笑うか知っていたのに。彼がわざわざ内官ではなく女官として仕えないかと言ってくれたのは、紅玉を妃嬪の争いから少しでも守ろうという気遣いとわかったのに。

だが宮官として皇帝のもとに侍《はべ》るのであれば、もう今までのような気安い、秘密の関係は持ち込めない。皇帝に忠誠を誓わなくてはならない。……紅玉が持つ秘密をそのままに。

だが雉奴にそんなずるい気持ちで対したくなかった。それは言わなくとも彼も察したのだろう。「……すまなかった」と言った。

「朕がずるかった」

「いえ、私が悪いのです。主上は……何も悪くありません」

皇帝に取り入って、力を得て、真実を公にして朋氏を罰する。正直、今の紅玉はそんな誘惑に耐えるのがきつかった。蓉一族の最期を知ったばかりだから、胸の中がぐちゃぐちゃだ。

だからこそ、彼の申し出は受けられない。雉奴が好きだから、彼の真っすぐな目をこれ以上、受け止められない大人になりたくない。

そう考えて、自分はもう〈紅玉〉としてこの時代につながりができてしまったのだなと思った。蓉皇后を第一に考えるのではなく、他のことも忖度《そんたく》している。

もちろんそれでも、紅玉は真実を知りたい。蓉皇后の無念を晴らしたい。その想いは変わらない。だから。

「……私、いつになるか、どうすればいいかはまだわかりませんが。努力します。考えます。主上のお力に甘えず、きちんとここで立てるよう。自分の想いを叶《かな》えられるように」

大切な人に恥じない心で、目的を達成させたい。

見守っていただけますか、と言うと、皇帝が優しく微笑んでくれた。

「そうだな。それでこそ朕が見込んだ鍋娘だな」

その笑みに、胸がきゅっと痛んだ。

心の底から、この笑みに報いたい、と思った。この人は蓉皇后ではなく、朋皇后の末だ。それでもあの懐かしい百年前の恋しい人たちの面影を彼に重ねた。

そして皇帝の力を借りずともつぶされないだけの力を必ず得ようと思った。皇帝の記録を手にしても人から妬《ねた》まれないだけの地位を。自分の立てた推測、それが真実だと証《あか》すだけの立場を手に入れる。この人の信頼に応えるためにも。

（だから。いつかきっと）

心の中の蓉皇后に約束する。明らかにしますから。すべてを。そう誓う。もう少しだけお待ちください、と。


後年、工部尚書《こうぶしょうしょ》である彩楚峻と共に賢雄《けんゆう》帝をよく支えた名女官として知られる彩紅玉が、女人の身でありながら過去の陰謀を暴き、正史に名を記すのはこの数年後のことである。

そして。そんな彼女には、過去から来た娘という不思議な噂《うわさ》があったという――。

本作品は書き下ろしです。

二見サラ文庫

本作品に関するご意見、ご感想などは
〒101-8405
東京都千代田区神田三崎町2-18-11
二見書房 サラ文庫編集部 まで

目《め》が覚《さ》めると百年後《ひゃくねんご》の後宮《こうきゅう》でした
～後宮侍女紅玉《こうきゅうじじょこうぎょく》～

2021年 6月 10日 初版発行

著者 藍川竜樹《あいかわたつき》

発行所 株式会社 二見書房
東京都千代田区神田三崎町2-18-11
電話 03(3515)2311 [営業]
03(3515)2314 [編集]
振替 00170-4-2639

印刷 株式会社 堀内印刷所
製本 株式会社 村上製本所

ISBN978-4-576-21068-1
https://www.futami.co.jp/sala/

二見サラ文庫

アレキサンドライトの正義
～怪盗喫茶は営業中～

狐塚冬里
イラスト＝巖本英利

ある日、謎の言葉を残して父が消えた。ニコは眉目秀麗で優秀な兄二人とともに父の行方を捜すのだが、それは新たな謎の始まりだった──

二見サラ文庫

偽りの神仙伝

―かくて公主は仙女となる

鳥村居子

イラスト＝zunko

「私は神仙に選ばれし女道士になるの。私は人を捨ててみせます」跳梁跋扈する王宮の中で最愛の姉を守るため、主人公は仙女を目指す